¿SUEÑAN LOS ANDROIDES CON OVEJAS ELÉCTRICAS?

Austral Singular

Biografía

Philip K. Dick nació en Chicago en 1928 y residió la mayor parte de su vida en California. Asistió a la universidad pero no llegó a finalizar sus estudios. Escritor precoz, empezó a dedicarse a ello profesionalmente en 1952 y a publicar un total de treinta y seis novelas y cinco colecciones de relatos. En 1963 ganó el Premio Hugo a la mejor novela con *El hombre en el castillo* y en 1975, el John W. Campbell Memorial con *Fluyan mis lágrimas, dijo el policía*. Murió el 2 de marzo de 1982 en Santa Ana (California) sin llegar a ver la primera adaptación cinematográfica de su obra, *Blade Runner*.

PHILIP K. DICK
¿SUEÑAN LOS ANDROIDES CON OVEJAS ELÉCTRICAS?

Traducción
Miguel Antón

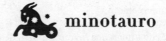 minotauro

Obra editada en colaboración con Editorial Planeta – España

Título original: *Do Androids Dream of Electric Sheep?*

© 1968, Philip K. Dick

© 1996, Laura Coelho, Christopher Dick e Isolde Hackett

© 2012, Traducción: Miguel Antón

© 2012, 2019, Editorial Planeta, S. A. – Barcelona, España

Derechos reservados

© 2023, Editorial Planeta Mexicana, S.A. de C.V.
Bajo el sello editorial AUSTRAL M.R.
Avenida Presidente Masarik núm. 111,
Piso 2, Polanco V Sección, Miguel Hidalgo
C.P. 11560, Ciudad de México
www.planetadelibros.com.mx

Diseño de la colección: Austral / Área Editorial Grupo Planeta
Ilustración de la portada: Shutterstock

Primera edición impresa en España en Austral: junio de 2019
ISBN: 978-84-450-0512-5

Primera edición impresa en México en Austral: marzo de 2023
ISBN: 978-607-07-9914-3

Impreso en los talleres de Litográfica Ingramex, S.A. de C.V.
Centeno núm. 162-1, colonia Granjas Esmeralda, Ciudad de México
Impreso en México – *Printed in Mexico*

Para Maren Augusta Bergrud
10 de agosto de 1923-14 de junio de 1967

Sueño aún que pisa la hierba,
Caminando fantasmal entre el rocío,
Atravesado por mi alegre canto.

YEATS

Auckland

Una tortuga que el capitán Cook obsequió al rey de Tonga en 1777 falleció ayer, cerca de los doscientos años de edad.

El animal, llamado *Tu'imalila*, murió en el jardín del palacio real, situado en la capital tongana de Nuku'alofa.

Las gentes de Tonga consideraban como un jefe al animal, y se nombraban cuidadores especiales para atender sus necesidades. La tortuga perdió la vista hace unos años de resultas de un incendio.

La radio tongana anunció que los restos de *Tu'imalila* serán enviados al Museo de Auckland, en Nueva Zelanda.

Reuters, 1966

1

Una deliciosa y sutil descarga eléctrica, activada por la alarma automática del climatizador del ánimo, situado junto a la cama, despertó a Rick Deckard. Sorprendido, porque nunca dejaba de sorprenderle eso de despertarse sin previo aviso, se levantó de la cama y se desperezó, vestido con el pijama de colores. En la cama, su esposa Iran abrió los ojos grises, apagados; al pestañeo siguió un gruñido, y cerró de nuevo los párpados.

—Has puesto un ajuste muy suave en el Penfield —regañó a su mujer—. Volveré a modificarlo, te despertarás y...

—Aparta las manos de mis ajustes —le advirtió ella con una nota de amargura—. No quiero despertar.

Se sentó a su lado, inclinado, hablándole en voz baja.

—Si lo ajustas a un nivel lo bastante alto, te alegrarás de estar despierta; ése es el quid de la cuestión. En el ajuste C supera el umbral de la consciencia, como me pasa a mí. —Se sentía tan bien dispuesto hacia el mundo en general, después de pasar la noche con el dial en la posición D, que le dio unas suaves palmadas en el hombro desnudo y blanco.

—Quita de ahí tu áspera mano de poli —le advirtió Iran.

—No soy poli. —Aunque no había ajustado el mando se sintió irritado.

—Aún peor —dijo su mujer sin abrir los ojos—. Eres un asesino que trabaja a sueldo para los polis.

—Nunca he matado a un ser humano. —Su irritabilidad había aumentado hasta convertirse en hostilidad.

—Sólo a esos pobres andys —dijo Iran.

—Pues no recuerdo que hayas tenido ningún problema para gastarte el dinero de las recompensas que gano en cualquier cosa que te llame la atención. —Se levantó para acercarse a la consola del climatizador del ánimo—. En lugar de ahorrar para que podamos comprarnos una oveja de verdad que sustituya a la falsa eléctrica que tenemos en la azotea. Un simple animal eléctrico. Para eso llevo todos estos años esforzándome. —Ya junto a la consola, titubeó entre marcar el código del inhibidor talámico, que suprimiría la ira, o el estimulante talámico, que le irritaría lo suficiente para salir vencedor de la discusión.

—Si aumentas el veneno, yo también lo haré —le advirtió Iran—. Marcaré el nivel máximo y acabarás inmerso en una pelea que dejará cualquier disputa que hayamos tenido a la altura del betún. Tú marca y verás; ponme a prueba. —Se levantó y corrió hasta la consola de su propio climatizador del ánimo; se quedó de pie junto a ella, mirándole expectante con los ojos muy abiertos.

Él lanzó un suspiro, vencido por la amenaza.

—Marcaré lo que estaba previsto en mi agenda del

día. —Examinó el programa para el día 3 de enero de 1992 y comprobó que se trataba de la actitud profesional de un hombre metódico—. Si marco lo que tengo programado —dijo con cautela—, ¿harás tú lo mismo? —Esperó, consciente de que no debía comprometerse hasta que su mujer aceptase imitar su ejemplo.

—En mi programa del día figura un episodio depresivo de autorreproches de seis horas de duración —anunció Iran.

—¿Cómo? Pero ¿por qué has programado algo así? —Eso atentaba contra el espíritu del climatizador del ánimo—. Yo ni siquiera sabía que pudiera programarse algo semejante —dijo, desanimado.

—Estaba aquí sentada una tarde, y como de costumbre había sintonizado el programa del Amigable Buster y sus amigos amigables. Estaba anunciando una noticia importante, cuando pusieron ese horrible anuncio, ése que odio tanto; ya sabes, el de las braguetas de plomo Mountibank. Durante un minuto, más o menos, apagué el sonido. Y entonces oí al edificio, a este edificio; oí… —Hizo un gesto.

—Los apartamentos vacíos —dijo Rick. A veces también él los oía de noche, cuando se suponía que debía estar durmiendo. Era sorprendente que se clasificara en la parte alta de la horquilla de densidad de población un bloque de pisos medio vacío como aquél, situado en lo que antes de la guerra eran los suburbios, donde podían encontrarse edificios prácticamente deshabitados… o eso había oído. Había pasado por alto aquella información; como mucha gente, no quería experimentarlo de primera mano.

—En ese momento —continuó Iran—, cuando tuve apagado el volumen del televisor, estaba en un estado de ánimo 382; acababa de marcarlo. Así que aunque escuché físicamente el vacío, no lo sentí. Mi primera reacción consistió en agradecer que pudiéramos permitirnos un climatizador del ánimo Penfield. Pero entonces caí en la cuenta de lo poco sano que era ser consciente de la ausencia de vida, no sólo en este edificio, sino en todas partes, y no ser capaz de reaccionar. ¿Lo entiendes? Supongo que no. Pero eso se consideraba síntoma de desequilibrio mental; lo llamaron «ausencia de respuesta emocional». Así que mantuve apagado el sonido del televisor y me senté junto al climatizador, dispuesta a experimentar. Al cabo de un rato encontré el ajuste de la desesperación. —Su impertinente rostro moreno adoptó cierta expresión de satisfacción, como si hubiera logrado algo valioso—. Así que lo introduje en mi agenda para que apareciese dos veces al mes. Creo que es una periodicidad razonable para sentirse desesperanzada por todo y con todos, por habernos quedado aquí en la Tierra, después de que todas las personas listas hayan emigrado, ¿no te lo parece?

—Pero tiendes a conservar semejante estado de ánimo —dijo Rick—. A ser incapaz de marcar otro para salir de él. Una desesperación tan amplia, que abarque la totalidad, se perpetúa a sí misma.

—Programo un reajuste automático que se activa al cabo de tres horas —le explicó su esposa—. Un 481: consciencia de las múltiples posibilidades que me ofrece el futuro; una esperanza nueva de que…

—Conozco el 481 —la interrumpió. Había marcado aquella combinación muy a menudo, de hecho, confiaba mucho en ella—. Escucha —dijo, sentándose en la cama, cogiéndole las manos para que ella se acomodase a su lado—, incluso con una interrupción automática es peligroso sufrir una depresión, sea del tipo que sea. Olvida lo que has programado y yo haré lo mismo; marcaremos juntos un 104 y lo disfrutaremos juntos, luego tú te quedarás con él un rato mientras que yo reajusto el mío para adoptar mi habitual actitud metódica. Subiré a la azotea, a ver cómo está la oveja, y luego iré a la oficina; así sabré que tú no estás aquí metida, dándole vueltas a la cabeza con el televisor apagado. —Soltó sus dedos finos, largos, y cruzó el amplio apartamento hasta llegar al salón, que aún olía un poco al humo de los cigarrillos de la noche anterior. Una vez allí, se inclinó para encender el televisor.

—No soporto la televisión antes del desayuno. —La voz de Iran le llegó desde el dormitorio.

—Marca el 888 —sugirió Rick mientras se calentaba el aparato—. El deseo de mirar la televisión, sin importar lo que pase a tu alrededor.

—Ahora mismo no me apetece seleccionar nada —dijo Iran.

—Entonces pon el 3.

—¡No puedo marcar un ajuste que estimula mi corteza cerebral para infundirme el deseo de modificar el ajuste! Si lo que quiero es no marcar, lo menos que querré es precisamente eso, porque entonces querría hacerlo, y querer marcar es ahora mismo la necesidad más ajena a mis deseos que puedo imaginar. Lo único que quiero es quedarme sentada en la cama, mirando el suelo. —Su voz se había vuelto áspera con los matices de la desolación mientras su alma se congelaba y su cuerpo dejaba de moverse, mientras una película instintiva, omnipresente, de un gran peso, de una inercia casi absoluta, la cubría por completo.

Rick subió el volumen del televisor, y la voz del Amigable Buster reverberó con estruendo llenando la sala.

—Ja ja ja, amigos. Ha llegado la hora de dar un apunte sobre la previsión del tiempo. El satélite Mongoose informa que la precipitación radiactiva será especialmente pronunciada hacia el mediodía, momento a partir del cual perderá intensidad, así que para todos los que estéis planeando aventuraros al exterior...

Iran apareció a su lado, con su largo camisón, y apagó el televisor.

—De acuerdo, me rindo. Lo marcaré. Cualquier cosa que quieras que sea; una extática dicha sexual. Me siento tan mal que soy capaz de soportarlo. Qué coño. ¿Qué más dará?

—Lo seleccionaré para ambos —dijo Rick mientras la llevaba de vuelta a la cama. Allí, en la consola de Iran, marcó el 594, reconocimiento a la superior sabiduría del marido en todos los aspectos. En la suya programó una actitud fresca y creativa hacia el trabajo, aunque no lo necesitara, porque ése era su comportamiento habitual sin tener que recurrir a la estimulación cerebral artificial que le proporcionaba el Penfield.

Después de un desayuno apresurado, pues había perdido mucho tiempo discutiendo con su esposa, Rick se vistió para salir al exterior, incluido el modelo Ajax de la braguera de plomo Mountibank, y subió a la azotea cubierta de hierba donde «pastaba» la oveja eléctrica. Donde ella, sofisticada pieza de ingeniería que era, mordisqueaba algo, con simulada satisfacción, engañando al resto de los inquilinos del edificio.

Estaba seguro de que algunos de los animales de sus vecinos también eran falsificaciones hechas de circuitos eléctricos, pero nunca había indagado en ello, igual que sus vecinos tampoco habían metido la nariz en lo de su oveja. Nada habría sido menos cortés. Preguntar «¿esa oveja es auténtica?» hubiese sido peor muestra de mala educación que inquirir si la dentadura, o el pelo o los órganos internos de alguien eran auténticos.

El ambiente matinal gris plomizo, salpicado de motas radiactivas y capaz de ocultar el sol, se desparramaba a su alrededor, irritándole la nariz; aspiró involuntariamente el olor de la muerte. Tal vez era una descripción algo exagerada, pensó mientras se acercaba al trozo de césped que le pertenecía junto al apartamento excesivamente espacioso de abajo. El legado de la Guerra Mundial Terminus había perdido intensidad; quienes no sobrevivieron al polvo habían muerto años atrás, y éste, ahora más ligero, tan sólo trastornaba las mentes y los genes de los supervivientes más fuertes. A pesar de la bragueta de plomo, el polvo, sin duda, se filtraba en y sobre él, proporcionándole a diario, mientras no pudiese emigrar, su pequena dosis de sucia mugre. Hasta entonces, las revisiones médicas a las que se sometía mensualmente confirmaban que era un tipo normal, capaz de reproducirse según los límites que establecía la ley. Pero llegaría el momento en que los médicos del departamento de policía de San Francisco que lo examinaban le darían otro diagnóstico. Continuamente se detectaban nuevas mutaciones genéticas, gente especial, derivada de personas normales a causa del polvo omnipresente. Los carteles, los anuncios televisivos y el correo basura del gobierno machacaban con esta consigna: «¡Emigra o degenera! ¡La decisión es tuya!» Nada más cierto, pensó Rick mientras abría la puerta que daba a su modesta dehesa y se acercaba a la oveja eléctrica. Pero no puedo emigrar, se dijo. Por mi trabajo.

Le saludó el propietario del pasto contiguo, su vecino Bill Barbour. Al igual que Rick, se había vestido para ir a trabajar, pero también había decidido acercarse antes a ver a su animal.

—Mi yegua está preñada —anunció Barbour con una sonrisa de oreja a oreja. Señaló el imponente percherón que contemplaba el vacío con ojos de vidrio—. ¿Qué le parece?

—Pues me parece que no tardará en tener dos caballos —respondió Rick. Estaba ya junto a la oveja, que rumiaba con la mirada alerta clavada en él, por si le había llevado tortas de avena. La supuesta oveja tenía un circuito capaz de procesar la avena. En presencia del cereal se ponía tiesa y se le acercaba con paso lento pero con cierto garbo—. ¿Qué la habrá preñado? —preguntó entonces a Barbour—. ¿El viento?

—He traído un poco del plasma fertilizante de mejor calidad que había disponible en California —le explicó Barbour—. Gracias a los contactos internos que tengo en la junta estatal para la cría de animales. ¿No se acuerda de que la semana pasada vino el inspector a examinar a *Judy*? No ven el momento de tener el potrillo; es un ejemplar de primera categoría. —Barbour dio unas cariñosas palmadas en el cuello del animal, y la yegua inclinó la cabeza hacia él.

—¿Alguna vez se ha planteado la posibilidad de venderla? —preguntó Rick. Deseó en ese momento tener un caballo. Cualquier animal, de hecho. La propiedad y el mantenimiento de un fraude desmoralizaban a cualquiera poco a poco, por mucho que, desde un punto de vista social, no hubiera más remedio dada la ausencia del ejemplar auténtico. Por tanto no tenía más opción que seguir con el engaño. Puede que a él no le importara, pero estaba su esposa, y a Iran sí le importaba. Y mucho.

—Vender mi caballo sería una inmoralidad —sentenció Barbour.

—Podría vender el potro. Tener dos animales es más inmoral que no tener ninguno.

—¿A qué se refiere? —preguntó Barbour con extrañeza—. Hay mucha gente que tiene dos animales, incluso tres o cuatro, o en el caso de Fred Washborne, que posee la planta procesadora de algas donde trabajaba mi hermano, incluso cinco. ¿No leyó el artículo sobre su pato en el *Chronicle* de ayer? Dicen que es el mayor ejemplar de pato de Muscovy de toda la costa Oeste. —Se le extravió la mirada, como si pensara en el placer de semejantes posesiones; tanto fue así que estuvo a punto de entrar en trance.

Buscando en los bolsillos del abrigo, Rick encontró el manoseado ejemplar del Catálogo Sidney de animales y aves del mes de enero. Buscó en el índice, encontró la entrada correspondiente a los potros (titulada «Caballo, potro») y obtuvo el precio medio a escala nacional.

—Por cinco mil dólares podría comprar a Sidney un potro percherón —reflexionó en voz alta.

—No, no podría —dijo Barbour—. Compruebe otra vez la lista y verá que está en cursiva. Eso significa que no tienen existencias, y que ése sería el precio si tuvieran.

—Suponga que le pago quinientos dólares al mes durante diez meses —propuso Rick—. A precio de catálogo.

—Deckard, usted no entiende de caballos —dijo Barbour con expresión compasiva—. Existe una razón por la que Sidney no tiene stock de potros percherones. Los potros percherones no cambian de manos así por las buenas, ni siquiera pagando el precio que marca el catálogo. Son muy escasos, incluso los relativamente inferiores. —Se inclinó sobre la valla que separaba ambos pastos, gesticulando—. Hace tres años que tengo a mi *Judy*, y en todo ese tiempo no he visto una yegua de percherón de su calidad. Para comprarla tuve que volar a Canadá, y yo mismo conduje durante el viaje de vuelta para asegurarme de que no me la robaran. Si se le ocurriera andar por Colorado o Wyoming con algo parecido, le asaltarían para quitárselo. ¿Sabe por qué? Porque antes de la Guerra Mundial Terminus había literalmente cientos…

—Pero que usted tenga dos caballos y yo ninguno atenta contra los principios básicos teológicos y morales del mercerismo —interrumpió Rick.

—Usted tiene su oveja. Qué coño, puede proseguir con la ascensión de su vida individual, y cuando aferre las dos asas de la empatía se acercará a la honorabilidad. No le niego que si usted no tuviera esa oveja entendería en parte su argumento. Por supuesto, si yo tuviera dos animales y usted ninguno, yo estaría contribuyendo a privarle de la verdadera fusión con Mercer. Pero todas las familias de este edificio… Veamos, en torno a cincuenta: una por cada tres apartamentos, según mis cálculos. Todas tenemos un animal de alguna clase. Graveson tiene allí a su pollo. —Señaló hacia el norte con un gesto—. Oakes y su mujer tienen ese perro rojo enorme que se pasa la noche ladrando. —Adoptó la expresión de quien medita algo, antes de concluir—: Y creo que Ed Smith tiene un gato en su apartamento. Al menos eso dice él, aunque nadie haya visto al animal. Probablemente lo finja.

Rick se acercó a la oveja, se inclinó junto a ella y tanteó en la gruesa capa de lana, que al menos era de verdad, en busca del panel de control oculto que manipulaba el mecanismo. Ante la atenta mirada de Barbour abrió la capa que lo cubría, dejándolo al descubierto.

—¿Lo ve? —preguntó a su vecino—. ¿Comprende ahora por qué insisto tanto con lo del potrillo?

Hubo una pausa.

—Pobre hombre —dijo finalmente Barbour—. ¿Siempre ha sido así?

—No —dijo Rick mientras cerraba el panel que cubría los controles de la oveja eléctrica—. Hace tiempo tuvimos una oveja de verdad. Mi suegro nos la regaló antes de emigrar. Luego, hace más o menos un año, ¿se acuerda de cuando la llevé al veterinario? Nos cruzamos aquí esa mañana, cuando salí y la encontré tumbada de costado y no hubo manera de que se levantara.

—Pero finalmente lo hizo —dijo Barbour, recordando y asintiendo—. Sí, logró que se incorporara, pero uno o dos minutos después volvió a caerse.

—Las ovejas contraen enfermedades extrañas —explicó Rick—. O, por decirlo de otro modo, las ovejas contraen muchas enfermedades, pero con síntomas idénticos: no hay forma de hacer que se levanten, y tampoco la hay de saber hasta qué punto revisten gravedad, si se trata de un esguince en una pata o se mueren de tétanos. De eso murió la mía, de tétanos.

—¿Aquí arriba? ¿En la azotea? —preguntó Barbour.

—El heno —explicó Rick—. Esa vez no quité todo el alambre de la bala; dejé un trozo y *Groucho*, así la llamaba entonces, se hizo un corte con él y contrajo el tétanos. La llevé al veterinario pero murió. Le di muchas vueltas al tema hasta que al final llamé a una de esas tiendas que fabrican animales artificiales y les mostré la fotografía de *Groucho*. Ellos la construyeron. —Señaló la réplica reclinada del animal, que seguía rumiando con calma, alerta al menor indicio de avena—. Hicieron un trabajo de primera, y yo he invertido tiempo y atenciones cuidando de ella, como cuando era de verdad. Pero… —Se encogió de hombros.

—No es lo mismo —concluyó Barbour.

—Casi. Sientes lo mismo haciéndolo; tienes que echarle un ojo, igual que cuando estaba realmente viva. Porque puede estropearse y entonces se enterarían todos en el edificio. He tenido que llevarla seis veces al taller para hacerle algunos arreglos sin importancia, pero si alguien se diera cuenta… Por ejemplo, una vez se rompió la cinta de voz, o acabó enredada a saber cómo, y la oveja no dejaba de balar. Si alguien llega a darse cuenta habría reconocido un fallo mecánico —concluyó, pronunciando con énfasis la última palabra. Y añadió—: Incluso el camión del taller mecánico que la recoge lleva un letrero que reza CONSULTA VETERINARIA TAL. Y el conductor viste de blanco, como si fuera un veterinario. —Miró de pronto el reloj, consciente de la hora—. Tengo que ir a trabajar —dijo a Barbour—. Nos veremos esta noche.

Cuando echó a caminar hacia el coche, Barbour le llamó.

—Hum. No pienso mencionar nada de esto a los vecinos.

Rick hizo una pausa, a punto de volverse para darle las gracias, pero entonces parte de la desesperación de la que le había hablado Iran le dio un golpecito en el hombro, y dijo:

—Yo qué sé. Tal vez no haya ninguna diferencia.

—Pero le despreciarían. No todos, algunos. Ya sabe cómo se comporta la gente con quienes no cuidan de los animales; lo consideran inmoral, poco empático. Me refiero a que técnicamente ya no es un crimen como lo era al terminar la Guerra Mundial Terminus, pero el sentimiento sigue estando ahí.

—Dios mío —dijo Rick, mostrando, vencido, las palmas de las manos—. Quiero tener un animal. Quiero comprar uno, pero con mi sueldo, con lo que gana un empleado municipal… —Si volviera a tener suerte en mi trabajo, pensó. Como hace dos años, cuando en un solo mes retiré cuatro andys. Si llego a saber entonces que *Groucho* iba a morir… Pero eso fue antes del tétanos. Antes de los seis centímetros de alambre roto que rodeaban la bala de heno, fino como una aguja hipodérmica.

—Tendría que comprarse un gato —sugirió Barbour—. Los gatos son baratos. Busque en su Catálogo Sidney.

—No quiero una mascota —dijo Rick en voz baja—. Quiero lo que tuve, un animal grande. Una oveja o, si consigo el dinero, una vaca, un buey o lo que tiene usted: un caballo. —Cayó en la cuenta de que bastaría con cobrar la recompensa que ofrecían por retirar cinco andys. Mil dólares la pieza, muy por encima de mi salario, pensó. Entonces podría encontrar lo que busco en alguna parte, porque alguien me lo vendería. Incluso aunque apareciera impreso en cursiva en el Catálogo Sidney de animales y aves. Cinco mil dólares. Claro que antes esos cinco andys tendrían que viajar a la Tierra, procedentes de los planetas colonizados, pensó. Eso no puedo controlarlo, no puedo hacer que cinco vengan aquí y, aunque pudiera, por todo el mundo hay cazadores de recompensas que trabajan para otras agencias de policía. Los andys tendrían que instalarse en el norte de California y el cazarrecompensas más veterano de la zona, Dave Holden, tendría que morir o retirarse.

—Compre un grillo —sugirió Barbour, ingenioso—. O un ratón. Eh, por veinticinco pavos hasta podría comprar un ejemplar adulto.

—Su caballo podría morir, igual que le sucedió a *Groucho* —replicó Rick— Sin previa advertencia. Cuando vuelva a casa del trabajo esta noche podría encontrarse la yegua tumbada sobre el lomo, con las patas al aire, como un insecto; como lo que me ha sugerido: un grillo. —Se alejó caminando a paso vivo, con las llaves del coche en la mano.

—Discúlpeme si le he ofendido —dijo Barbour, inquieto.

En silencio, Rick Deckard abrió la puerta de su vehículo flotante. No tenía nada más que decir a su vecino. Estaba concentrado en el trabajo, en la jornada que tenía por delante.

2

En un edificio gigantesco, vacío y abandonado, que en tiempos albergó a miles de personas, un solitario televisor anunciaba ofertas a viva voz en una habitación vacía.

Antes de la Guerra Mundial Terminus, esa ruina sin dueño disfrutó del mantenimiento y las atenciones debidas. Allí se habían extendido los suburbios de San Francisco, a los que se llegaba tras un breve trayecto en el monorraíl rápido. Toda la península había parloteado como un árbol lleno de vida, y quejas y opiniones. Ahora los atentos propietarios o bien habían muerto, o bien habían emigrado a cualquiera de los planetas colonizados, sobre todo lo primero. Fue una guerra costosa, a pesar de las arriesgadas predicciones del Pentágono y su presuntuoso vasallo científico, la Corporación Rand n, que, de hecho, no se encontraba muy lejos de ese lugar. Al igual que los propietarios de los apartamentos, la corporación había abandonado el lugar. Para siempre. Y nadie la echaba de menos.

Además, nadie recordaba por qué había estallado la guerra, ni quién la había ganado. Eso si alguien había resultado vencedor. El polvo que contaminó la mayor parte de la superficie planetaria no se había originado en ningún país concreto, y nadie, ni siquiera el enemigo, lo había planeado. Fue extraño que los primeros en morir fuesen los búhos. En aquel momento hasta resultó divertido ver todas aquellas aves cubiertas de pelusa blanca desparramadas por doquier, en los patios y en las calles; como cuando estaban vivas no asomaban antes del anochecer, nadie solía reparar en ellas. Las pestes medievales solían manifestarse de un modo similar, en forma de grandes cantidades de ratas muertas. Esta peste, sin embargo, había llovido del cielo.

Por supuesto, a los búhos les siguieron otras aves, pero entonces ya se había comprendido el misterio. Antes de la guerra, se había puesto en marcha un insuficiente programa de colonización, pero como el sol había dejado de brillar sobre la Tierra, la colonización entró en una fase totalmente nueva. En relación con esto se modificó un arma de guerra, el guerrero sintético por la libertad. Capaz de desenvolverse en un mundo alienígena, el robot —que para ser más precisos debía denominarse «androide orgánico»— se convirtió en el burro de carga por antonomasia, en el verdadero motor del programa de colonización. Según las leyes de las Naciones Unidas, cada emigrante obtenía automáticamente la posesión de un modelo de androide de su elección y, hacia 1990, la variedad de modelos superaba la comprensión, en una línea muy similar a lo sucedido con los automóviles norteamericanos en la década de los sesenta.

Ése fue el gran incentivo para la emigración: el sirviente androide hizo las veces de zanahoria, y la lluvia radiactiva fue el palo que la sostuvo. La ONU facilitó la emigración: resultaba difícil, si no imposible, quedarse. Permanecer en la Tierra suponía correr el riesgo potencial de verse clasificado como inaceptable biológicamente, convertido en una amenaza para la prístina herencia de la raza. A partir del momento en que clasificaban a un ciudadano como alguien especial, por mucho que aceptase la esterilización era como si desapareciera. Cesaba, a casi todos los efectos, de formar parte de la humanidad. No obstante, hubo personas en todas partes que se negaron a emigrar; eso, incluso para los implicados, constituía una embarazosa muestra de irracionalidad. Lógicamente, cualquiera en sus cabales había emigrado ya. Tal vez, a pesar de sus deformaciones, la Tierra seguía siendo un lugar familiar, algo a lo que aferrarse. O posiblemente quien no emigraba se imaginaba que la capa de polvo terminaría por agotarse. Fuera como fuese, miles de individuos se habían quedado, repartidos la mayoría en zonas urbanas donde podían verse físicamente, consolarse por la mutua presencia. Esas personas parecían ser las relativamente sanas. Y, además de ellas, alguna que otra entidad peculiar habitaba los suburbios, que habían quedado prácticamente abandonados.

John Isidore, a quien su televisor parloteaba incesante desde el salón mientras se afeitaba en el baño, era una de estas entidades.

Había llegado a ese punto poco después de la guerra. En aquellos tiempos difíciles nadie era muy consciente de lo que hacía. Poblaciones enteras, alejadas de sus residencias por la guerra, vagabundearon y se alojaron temporalmente ora en una región, ora en otra. Por aquel entonces, la lluvia radiactiva era esporádica y muy variable; algunos estados se libraron casi completamente de ella, otros se vieron saturados. Las poblaciones desplazadas se trasladaban a medida que avanzaba el polvo. La península que había al sur de San Francisco se libró de él al principio, y la ingente masa de personas respondió alojándose allí. Cuando llegó el polvo, algunos fallecieron y otros se marcharon. J. R. Isidore no se movió del lugar. En la televisión gritaban:

—¡Disfrute de la gloria en que vivían los estados sureños antes de la Guerra Civil! Ya sea como sirvientes o incansables peones, el robot humanoide se adapta a sus necesidades específicas, hecho a su medida y sólo a su medida, y se le entregará absolutamente gratis a su llegada, totalmente equipado, tal como se le detallará antes de que abandone la Tierra; este compañero leal no le dará problemas en ésta, la mayor aventura, el mayor desafío concebido por el hombre en la historia moderna, y le proporcionará... —Y así seguía y seguía.

Me pregunto si llego tarde al trabajo, pensó Isidore mientras se rascaba. No tenía reloj, al menos que funcionase; por lo general dependía de la televisión para ser consciente del paso del tiempo, pero al parecer era el Día de los Horizontes Interespaciales. El caso es que el televisor aseguraba que era el quinto (¿o sexto?) aniversario de la fundación de Nueva América, principal colonia estadounidense en Marte. Y su televisor, roto en parte, únicamente captaba el canal que fue nacionalizado durante la guerra y que aún seguía estándolo; el gobierno de Washington, con su programa de colonización, constituía el único patrocinador a quien Isidore se veía obligado a escuchar.

—Veamos qué nos dice la señora Maggie Klugman —sugirió el presentador de televisión a John Isidore, quien tan sólo estaba interesado en saber la hora—. Recientemente emigrada a Marte, la señora Klugman dijo lo siguiente en una entrevista grabada en directo en Nueva Nueva York: «Señora Klugman, ¿cómo compararía su anterior vida en la contaminada Tierra con su nueva vida aquí, en este mundo fértil que ofrece infinitas posibilidades?»

Hubo una pausa, y seguidamente una voz femenina, cansada, seca, perteneciente a una persona de mediana edad, respondió:

—Creo que lo que más nos ha llamado la atención, tanto a mí como a mi familia, compuesta por tres miembros, ha sido la dignidad.

—¿La dignidad, señora Klugman? —preguntó el presentador.

—Sí —dijo la señora Klugman, que ahora residía en Nueva Nueva York—. Es difícil de explicar. Tener un sirviente en quien poder confiar en estos tiempos tan duros que corren… Me da mucha paz.

—En la Tierra, señora Klugman, durante los viejos tiempos, ¿le preocupó también la posibilidad de que la clasificaran… ejem, de que la clasificaran especial?

—Bueno, mi marido y yo estábamos muertos de preocupación. Pero, por suerte, eso se acabó para siempre en cuanto emigramos.

John Isidore pensó que también para él se había acabado, y sin tener que emigrar. Hacía un año que lo habían clasificado especial, y no sólo por culpa de la distorsión genética que sufría. Peor aún, había suspendido el test de facultades mentales mínimas, lo que en términos populares lo convertía en un cabeza hueca. Sobre él se abatía el desprecio de los tres planetas. Sin embargo, a pesar de ello, sobrevivía. Tenía su trabajo, pues conducía un camión de transporte de una empresa dedicada a la reparación de animales falsos. El Hospital Veterinario Van Ness y su tenebroso y gótico jefe, Hannibal Sloat, le aceptaron como un ser humano más, lo cual agradeció. *«Mors certa, vita incerta»*, citaba de vez en cuando el señor Sloat. A pesar de haber escuchado a menudo aquella expresión, Isidore tan sólo tenía una leve noción de su significado. Después de todo, cualquier cabeza hueca capaz de entender latín dejaría de ser un cabeza hueca. Cuando le señaló ese detalle al señor Sloat, éste tuvo que admitir que así era. Había cabezas huecas infinitamente más estúpidos que Isidore, gente incapaz de desempeñar funciones laborales, ingresados en instituciones que cuidaban de ellos, con nombres pintorescos como «Instituto Estadounidense de Formación Especial». Como siempre, había que introducir por todos los medios la palabra «especial».

—¿No se sentía protegido su esposo, llevando continuamente la incómoda y costosa braguera protectora, señora Klugman? —preguntó el presentador.

—Mi marido… —empezó a responder la señora Klugman, pero en ese momento Isidore, que había terminado de afeitarse, fue al salón y apagó el televisor.

Silencio. Saltaba de la carpintería y de las paredes; caía con fuerza sobre él con su poder terrible, inmenso, como si fuera generado por un gigantesco molino; se alzaba del suelo y recorría la ajada moqueta gris que cubría las paredes; se desataba desde los electrodomésticos estropeados y medio estropeados de la cocina, máquinas muertas que no funcionaban desde que Isidore vivía allí; supuraba por la inútil lámpara de pie que había en el salón, mezclándose con la vacua y muda réplica de sí mismo que descendía desde el techo salpicado de excrementos de mosca. De hecho lograba emerger de todos los objetos que alcanzaba a ver a su alrededor, como si aquel silencio desempeñase la función de suplantar a todas las cosas tangibles. Por tanto no sólo le agredía los oídos, sino también los ojos; allí de pie junto al inerte televisor, experimentó el silencio como un ente visible y, a su modo, vivo. ¡Vivo! Había sentido a menudo su austera presencia. Anunciaba su llegada sin la menor sutileza, incapaz de esperar. El silencio del mundo era incapaz de refrenar su propia codicia. Ya no. No teniendo prácticamente ganada la partida.

Entonces se preguntó si el resto de las personas que se habían quedado en la Tierra experimentaban el vacío de ese modo. ¿O era característico de su particular identidad biológica, un monstruo generado por su inepto aparato sensorial? Interesante cuestión, se dijo Isidore. Pero ¿con quién podía comparar sus notas? Vivía solo en aquel edificio ciego y decadente que contaba con mil apartamentos deshabitados, el cual, al igual que sus homólogos, se deterioraba a diario, pura ruina entrópica. Al cabo, todo en el edificio se amalgamaría, sin identidad, idéntico, simple basugre que se amontona hasta el techo de cada apartamento. Y, después, aquel edificio desatendido se acomodaría en la informidad, sepultado bajo la ubicuidad del polvo. Para entonces, como era de esperar, él ya habría muerto, otro suceso interesante a tener en cuenta mientras seguía allí de pie, en su salón roto, inmerso en el ufano mundo-silencio que todo lo permeaba.

Quizá sería preferible encender el televisor. Pero los anuncios, dirigidos a los asiduos supervivientes, lo asustaban. Le informaban, con una infinita sucesión de las innumerables razones, de por qué él, un especial, no era un ser querido. No servía. No podía, por mucho que

33

quisiera, emigrar. Entonces ¿por qué debo prestarles atención?, se preguntaba irritado. Que les den a ellos y a su colonización. Espero que estalle una guerra allí. Después de todo no era algo tan descabellado. Espero que terminen como la Tierra. Que todos los que emigraron se vuelvan especiales.

Muy bien, pensó. Me voy a trabajar. Alargó la mano hacia el tirador de la puerta que daba a un vestíbulo en penumbra, pero reculó al comprobar la vacuidad que reinaba en el resto del edificio. Afuera lo aguardaba la fuerza que había sentido penetrar con tanto denuedo en su propio apartamento. Precisamente en el suyo. Por Dios, pensó antes de cerrar la puerta. No estaba preparado para subir por la escalera metálica hasta la azotea vacía donde no le esperaba ningún animal. El eco de sí mismo ascendiendo, el eco de la nada. Ha llegado el momento de aferrar los mangos, se dijo justo antes de cruzar el salón, en dirección a la negra caja empática.

Cuando la encendió, la fuente de alimentación despidió el habitual tufo a iones de carga negativa; aspiró con ansia, algo más animado. Entonces el tubo de rayos catódicos resplandeció como una imitación, débil imagen de televisión; se formó un collage, hecho en apariencia de colores, trazos y formas aleatorios, los cuales, hasta que asiera los mangos, no constituirían nada. Y así, aspirando con fuerza para afianzarse en el suelo, aferró los mangos simétricos.

La imagen se congeló. De pronto contempló el famoso paisaje, la antigua pendiente, parda y desierta, con matas de malas hierbas que se alzaban secas e inclinadas hacia un cielo apagado y sin sol. Una solitaria figura, cuya forma era más o menos humana, ascendía con dificultad la ladera: un anciano vestido con una túnica ajada que apenas le cubría, como si se la hubiese arrebatado a la hostil vacuidad del firmamento. El hombre, Wilbur Mercer, caminaba con dificultad, y, al asir los mangos, John Isidore experimentó gradualmente cómo se desvanecía el salón donde se encontraba: desaparecieron las paredes y el mobiliario destrozado, y dejó de percibir el menor atisbo de su existencia. En lugar de ello, se vio, como siempre le había pasado, adentrándose en aquel paisaje dominado por la colina gris y el cielo mortecino. Y al mismo tiempo ya no presenciaba el ascenso del anciano. Eran sus propios pies los que caminaban, buscando con dificultad dónde asentar cada paso entre las familiares piedras sueltas; sintió la misma aspereza dolorosa bajo los pies, y de nuevo le alcanzó la niebla acre del cielo, no el cielo de la Tierra, sino el de un lugar extraño, lejano y, sin embargo, gracias a la caja empática, inmediatamente accesible.

Había cruzado de una forma asombrosa aunque habitual, para fundirse físicamente, además de identificarse de forma mental y espiritual, con Wilbur Mercer, igual que le sucedía a todo aquel que aferrara los mangos de la caja empática, ya fuese allí en la Tierra o en cualquiera de los planetas colonizados. Experimentó la presencia de los demás, de los otros, incorporada la cháchara de sus pensamientos, escuchando en su propio cerebro el ruido de sus diversas existencias individuales. Tanto a ellos como a él sólo les importaba una cosa: esa fusión de mentalidades orientaba su atención a la colina, a la pendiente, a la necesidad de ascender. Avanzó paso a paso, con tal lentitud que apenas resultaba perceptible. Pero ahí estaba. Más alto, pensó a medida que pisaba las piedras. Hoy estamos más arriba que ayer, y que mañana. Él, la comedida figura de Wilbur Mercer, levantó la vista hacia lo alto de la pendiente. Era imposible distinguir el final. Demasiado lejos. Pero llegaría.

Le alcanzó una piedra que alguien le había arrojado. Acusó el dolor. Se medio volvió, momento en que otra piedra le pasó cerca sin alcanzarle y fue a golpear la tierra. El ruido del golpe le asustó. ¿Quién?, se preguntó, entornando los ojos para distinguir a quien le atormentaba. Los viejos antagonistas se manifestaban en la periferia de su campo de visión; eso, o ellos, le habían seguido colina arriba, y no cejarían en su empeño hasta que coronara la cima.

Recordó la cima, el súbito allanamiento de la colina, cuando concluía ese ascenso que daba paso a otro. ¿Cuántas veces lo había hecho? Las numerosas ocasiones se confundieron en su mente; el futuro y el pasado se convirtieron en indistinguibles. Lo que ya había experimentado y lo que experimentaría con el tiempo se fundieron de modo que nada restó en aquel instante, el hecho de estar de pie y el descanso durante el cual se acarició el corte en el brazo que le había causado la piedra. Dios mío, pensó, agotado. ¿Qué justicia habrá en esto? ¿Qué hago yo aquí arriba, solo, atormentado por algo que ni siquiera soy capaz de ver? Entonces, en su interior, el parloteo mutuo, la fusión de todos los demás, quebró la ilusoria soledad.

También vosotros lo sentisteis, pensó. Sí, respondieron las voces. La piedra nos alcanzó el brazo izquierdo, causándonos un dolor de mil demonios. De acuerdo, dijo. Será mejor que reanudemos el ascenso. Entonces siguió caminando, y todos ellos le acompañaron sin titubear.

Recordó una vez en que fue distinto. Fue antes de que llegara la maldición, en una etapa anterior de la vida, tal vez más dichosa. Ellos, sus padres adoptivos, Frank y Cora Mercer, lo encontraron flotando en una balsa neumática de salvamento marítimo frente a la costa de Nueva Inglaterra… ¿O fue en Nuevo México, cerca del puerto de Tampico? En ese momento no recordaba los pormenores. Tuvo una infancia feliz. Amaba toda la vida, sobre todo la vida animal, de hecho había sido capaz durante un tiempo de traer de vuelta a los animales muertos tal como habían sido. Convivió con conejos e insectos, dondequiera que fuera, bien en la Tierra, bien en una colonia, pero también había olvidado eso. No obstante recordaba a los asesinos, porque ellos le habían arrestado por ser distinto, más especial que cualquiera de los demás especiales. Y debido a ello todo había cambiado.

Las leyes locales prohibían la facultad de invertir el curso del tiempo, gracias a la cual los muertos regresaban a la vida; se lo habían explicado durante su décimo sexto año. Siguió haciéndolo en secreto un año más, en el silencio de los bosques que quedaban, pero una anciana a quien no conocía de vista u oído se chivó. Sin el consentimiento de sus padres, ellos, los asesinos, habían bombardeado aquel nódulo único que se le había formado en el cerebro, lo atacaron con cobalto radiactivo y eso le había arrojado a un mundo distinto, uno cuya existencia jamás había sospechado. Era un pozo lleno de cadáveres y huesos, de cuyo interior tardó años en escapar. El asno, y sobre todo el sapo, los animales más importantes para él, habían desaparecido, se habían extinguido; sólo quedaban restos putrefactos, una cabeza sin ojo aquí, parte de una mano allá. Por fin un ave que había ido allí a morir le reveló dónde estaba. Se había hundido en el mundo tumba. No podía salir hasta que los huesos dispersos a su alrededor recuperasen su carne viva. Se había unido al metabolismo de otras vidas y hasta que no renaciesen, él tampoco lo haría.

No sabía cuánto había durado esa parte del ciclo. Por lo general no pasaba nada, así que fue inmensurable. Pero al final los huesos recuperaron la carne, las cuencas vacías se llenaron y vieron con nuevos ojos, mientras los picos y bocas renovadas cloquearon, ladraron y maullaron. Posiblemente fue él quien lo hizo; tal vez el nodo extrasensorial de su cerebro había vuelto a desarrollarse. O puede que no fuese responsabilidad suya. Lo más probable era que se tratase de un proceso natural. Fuera como fuese, ya no se hundía; había empezado a ascender, junto a los otros. Hacía tiempo que los había perdido de vista, así que se vio subiendo en solitario. Pero allí estaban, acompañándole aún; extrañamente, los percibía dentro de sí mismo.

Isidore siguió aferrado a los mangos, experimentando la sensación de que abarcaba a todos los seres vivos, y entonces, a regañadientes, se soltó. Tenía que terminar, como siempre, y de todos modos le dolía el brazo, que le sangraba a la altura a la que le había alcanzado la piedra.

Soltó los mangos y se examinó el brazo. Después se dirigió con paso inseguro hacia el cuarto de baño del apartamento para limpiarse la herida. No era la primera que sufría estando en fusión con Mercer, y probablemente no sería la última. Había gente, sobre todo ancianos, que habían muerto, la mayoría hacia la parte final de lo alto de la colina, cuando empeoraba el tormento. Me pregunto si seré capaz de pasar otra vez por ello, se dijo mientras se lavaba la herida. Posible paro cardíaco. Sería mejor, reflexionó, que viviera en la ciudad, donde están esos edificios que tienen un médico de guardia con esas máquinas de chispa eléctrica. Aquí, a solas en este lugar, es demasiado arriesgado.

Pero era consciente de que asumiría el riesgo. Como siempre había hecho. Como hacía mucha otra gente, incluso los ancianos físicamente frágiles.

Se secó el brazo herido con un kleenex.

Y oyó, ahogado, lejano, el rumor de un televisor.

Hay alguien más en el edificio, pensó con el pulso acelerado, incapaz de creerlo. No es mi televisor; está lejos y siento la resonancia en el suelo. ¡Proviene de abajo, de otro piso! Ya no estoy solo aquí, comprendió. Se ha instalado otro inquilino en uno de los apartamentos abandonados, lo bastante cerca de mí para que pueda oírle. Debe de ser la segunda o tercera planta, no creo que esté más abajo. Veamos. ¿Qué hay que hacer cuando se instala un nuevo vecino? Pasar a saludar y pedir algo prestado, ¿es eso lo que se hace? Fue incapaz de recordarlo, nunca le había pasado algo parecido, ni allí ni en ninguna otra parte. La gente se había mudado a otro lugar, había emigrado, pero nadie se había instalado allí. Decidió que debía llevar un obsequio, como un vaso de agua o de leche. Sí, es leche o harina, o puede que un huevo, o, concretamente, los sustitutos equivalentes.

Echó un vistazo en la nevera, cuyo compresor hacía tiempo que había dejado de funcionar, y encontró un cubo de margarina en dudoso estado. Con él en la mano echó a andar muy nervioso, con el corazón latiéndole con fuerza, en dirección a la planta inferior. Tengo que mantener la calma, se dijo. No debo permitir que sepa que soy un cabeza hueca. Si descubre que soy un cabeza hueca no me hablará. Por alguna razón, eso es lo que sucede siempre. Me pregunto por qué.

Cruzó apresuradamente el vestíbulo.

3

De camino al trabajo, Rick Deckard, como Dios sabe cuánta otra gente, se detuvo brevemente a mirar con disimulo una de las mayores tiendas de mascotas de San Francisco, situada en el paseo de los animales. En mitad del escaparate que recorría toda la manzana, un avestruz le devolvió la mirada desde una jaula climatizada de plástico traslúcido. El ave, según la etiqueta que acompañaba a la jaula, acababa de llegar procedente de un zoo de Cleveland. Era el único avestruz de la costa Oeste. Después de contemplarlo, Rick pasó unos minutos más con los ojos clavados en la otra etiqueta, la del precio. Luego echó a caminar hacia el departamento de justicia, situado en Lombard Street, donde se incorporó con un cuarto de hora de retraso a su puesto de trabajo.

Mientras abría la puerta de su despacho le saludó su superior, el inspector de policía Harry Bryant, un hombre pelirrojo y orejudo que vestía con descuido, pero tenía la mirada despierta de quien es consciente de casi todo lo que tiene importancia.

—Reúnete conmigo a las nueve y media en el despacho de Dave Holden. —Mientras hablaba, el inspector Bryant repasó las hojas mecanografiadas en papel cebolla que llevaba en una tabla sujetapapeles—. Holden —continuó mientras echaba a andar— está ingresado en el Hospital Mount Zion con una huella láser en la columna. Al menos pasará un mes allí metido. Hasta que logren que uno de esos trozos nuevos de plástico orgánico se adapten a su cuerpo.

—¿Qué ha pasado? —preguntó Rick con un escalofrío. El jefe de los cazarrecompensas del departamento estaba bien el día anterior; al término de la jornada, se largó como de costumbre en su vehículo flotante, en dirección a su apartamento, situado en la concurrida y prestigiosa zona urbana de Nob Hill.

Sin volverse, Bryant murmuró algo relacionado con la cita de las nueve y media en el despacho de Holden y se marchó, dejando a Rick a solas.

Al entrar en su despacho, Rick oyó la voz de su secretaria, Ann Marsten, a su espalda.

—Señor Deckard, ¿se ha enterado ya de lo que le ha pasado al señor Holden? Le dispararon. —Lo siguió al interior del despacho, donde reinaba un ambiente asfixiante, y puso en marcha el filtrado de aire.

—Sí —respondió, ausente.

—Debe de haber sido uno de esos nuevos andys súper inteligentes que la Asociación Rosen ha puesto en circulación —aventuró la señorita Marsten—. ¿Ha leído usted la publicidad de la compañía y las especificaciones de esos nuevos modelos? El cerebro de la unidad Nexus-6 que utilizan ahora posee dos billones de piezas, con diez millones de vías neuronales separadas. —Bajó el tono de voz para añadir—: Se ha perdido la videollamada de esta mañana. La señorita Wild me ha contado que le dieron paso a través de la centralita a las nueve en punto.

—¿Una llamada entrante? —preguntó Rick.

—Una llamada saliente del señor Bryant a la WPO en Rusia. Según parece, les ha preguntado si estaban dispuestos a presentar una queja formal por escrito ante el representante en el Este de las fábricas de la Asociación Rosen.

—¿Harry sigue empeñado en que retiren del mercado el cerebro del Nexus-6? —Aquello no le sorprendió. Desde la publicación oficial de sus especificaciones y los gráficos de rendimiento en agosto de 1991, la mayoría de las agencias policiales que se encargaban de los andys fugados habían elevado constantes protestas—. La policía soviética tiene las manos tan atadas como nosotros —continuó. Legalmente, los fabricantes de la unidad cerebral Nexus-6 se regían por la legislación colonial, pues la fábrica original estaba situada en Marte—. Será mejor que aceptemos esa nueva unidad como un hecho —dijo—. Siempre pasa lo mismo, con cada nueva unidad cerebral mejorada que han sacado. Recuerdo los aullidos cuando los de la Sudermann mostraron su viejo modelo T-14 en el ochenta y nueve. Todas las agencias de policía del hemisferio occidental pusieron el grito en el cielo, aduciendo que no había ninguna prueba capaz de detectar su presencia, en caso de que entrasen ilegalmente. De hecho, durante una temporada estuvieron en lo cierto. —Que él recordara, cerca de cincuenta androides modelo T-14 lograron de un modo u otro colarse en la Tierra, y en ciertos casos se tardó un año en detectarlos. Pero entonces se diseñó el llamado test de empatía Voigt, obra del Instituto Pavlov de la Unión Soviética. Al menos que él supiera, ningún androide T-14 había logrado burlar ese test.

—¿Quiere saber qué ha dicho la policía soviética? —preguntó la señorita Marsten—. Porque también estoy al tanto de eso. —Su rostro bronceado y cubierto de pecas se iluminó.

—Ya se lo sonsacaré a Harry Bryant —dijo Rick, que se sentía irritable; las habladurías de oficina le incordiaban porque siempre eran mejores que la verdad. Sentado al escritorio, revolvió el contenido de uno de los cajones hasta que la señorita Marsten, consciente de la indirecta, se retiró.

Sacó del cajón un arrugado sobre de papel manila. Recostó la espalda, inclinando la silla de directivo, e inspeccionó el contenido del sobre hasta encontrar lo que buscaba: la recopilación de los datos exactos del Nexus-6.

Una breve lectura respaldó la exposición de la señorita Marsten. El Nexus-6 estaba constituido por dos billones de piezas, además de un abanico de decisiones que alcanzaba los diez millones de combinaciones posibles de actividad cerebral. En menos de un segundo, un androide equipado con semejante estructura cerebral era capaz de asumir cualquiera de las catorce reacciones básicas disponibles. En fin, no había test de inteligencia capaz de desenmascarar a semejante andy. Pero los test de inteligencia no habían revelado un solo andy en años, desde los modelos más toscos de los años setenta.

Los androides clase Nexus-6, reflexionó Rick, superaban a varias clases de humanos especiales en inteligencia. En otras palabras, los androides equipados con la nueva unidad cerebral Nexus-6 estaban, desde una perspectiva sencilla, pragmática y sin andarse con ambages, más evolucionados que un importante segmento de la humanidad, por inferior que fuera. En ciertos casos, el sirviente era más capaz que su amo. Pero se habían ingeniado nuevos logros, como por ejemplo el test de empatía Voigt-Kampff, para disponer de un criterio según el cual poder juzgarlos. Un androide, por intelectualmente dotado que estuviera, era incapaz de encontrarle sentido a la fusión que tenía lugar rutinariamente entre los seguidores del mercerismo, una experiencia que él, y prácticamente cualquier otra persona, incluidos los anormales cabezas huecas, alcanzaba sin dificultades.

Como le había sucedido a mucha otra gente, Rick se había preguntado en varias ocasiones por qué un androide se sentía tan impotente cuando se enfrentaba a un test que mesuraba la empatía. La empatía era algo particular a la raza humana, mientras que es posible encontrar cierto grado de inteligencia en todas las especies, incluidos los arácnidos. Se debía seguramente a una razón: la facultad empática probablemente exige un instinto de grupo definido; para un organismo solitario, como una araña, no tendría la menor utilidad, es más, incluso perjudicaría su capacidad de supervivencia. La volvería consciente del anhelo de vivir de su presa. Por esa razón, todos los depredadores, incluso los mamíferos más desarrollados como los gatos, se morirían de hambre.

Había llegado a la conclusión de que la empatía debía limitarse a los herbívoros, o a los omnívoros capaces de prescindir de una dieta que incluyera la carne. Porque en última instancia, el don de la empatía confundía la frontera que separa al cazador de su presa, al vencedor del vencido. Y en la fusión de Mercer, todos ascendían juntos o, cuando el ciclo llegaba a su fin, caían juntos en la fosa del mundo tumba. Era extraño que se antojase una especie de seguro biológico, pero de doble filo. Mientras una criatura experimentase la dicha, la condición de las demás incluía un fragmento de ésta. Sin embargo, si cualquier ser vivo sufría, no era posible desterrar del todo la sombra que se extendía sobre los otros. En virtud de lo anterior, un animal gregario, como el hombre, vería aumentado su factor de supervivencia, mientras que para un búho o una cobra supondría la extinción.

Por tanto, el robot humanoide era un depredador solitario.

A Rick le gustaba considerarlos de ese modo, hacía que su trabajo fuese soportable. Retirando, es decir, asesinando, a un andy no violaba la ley de la vida establecida por Mercer. «Sólo matarás a los asesinos», les ordenó Mercer el año en que aparecieron por primera vez en la Tierra las cajas empáticas. Y en el mercerismo, a medida que éste evolucionaba camino de convertirse en una disciplina teológica en toda regla, el concepto de Los Asesinos se había vuelto capcioso. En el mercerismo, el mal puro pisaba el borde raído de la capa que cubría al anciano en su ascenso por la pendiente. Pero nunca quedaba claro quién o qué era esa presencia maligna. El mercerita percibía el mal sin comprenderlo. Explicado de otro modo, un mercerita tenía libertad para localizar la presencia nebulosa de Los Asesinos siempre que lo considerase necesario. Para Rick Deckard, un robot humanoide fugado, responsable del asesinato de su amo, equipado con una inteligencia mayor que la de muchos seres humanos, que no sentía consideración alguna para con los animales, que no poseía la menor capacidad de empatizar con otra forma de vida, con las alegrías o las penas del prójimo, eso, a su juicio, era el epítome de Los Asesinos.

Pensar en los animales le recordó el avestruz que había visto en la tienda de mascotas. Alejó de su mente las especificaciones de la unidad cerebral Nexus-6, tomó un pellizco del rapé número 3 y 4 de la señorita Siddons, y reflexionó. Luego comprobó la hora, tranquilo al ver que tenía tiempo; tomó el videófono que descansaba en el escritorio y le dijo a la señorita Marsten:

—Póngame, por favor, con la tienda de mascotas Perro Feliz, en Sutter Street.

—Sí, señor —respondió la señorita Marsten, abriendo el listín videofónico.

Tanto no pedirán por un avestruz, se dijo Rick. Supongo que habrá que dejar el coche para cubrir el adelanto, como se hacía antes.

—Tienda de mascotas Perro Feliz, dígame —respondió una voz masculina, momento en que apareció un rostro sonriente en la videopantalla de Rick. Pudo oír al fondo a los animales.

—Ese avestruz que tienen en el escaparate —dijo Rick, que jugueteaba con el cenicero de cerámica del escritorio—, ¿qué clase de pago por adelantado sería necesario para cubrirlo?

—Veamos —respondió el vendedor de animales, tanteando en busca de un bolígrafo y una libreta—. Un tercio del valor total —calculó—. ¿Puedo preguntar, señor, si dejaría algún objeto de valor para cubrir el pago?

—Aún no lo… tengo decidido —respondió Rick con cautela.

—Digamos que ponemos el avestruz en un contrato de treinta meses —propuso el vendedor—. A un interés bajo, muy bajo, del seis por ciento al mes. Eso supondría que las letras mensuales, una vez descontado el adelanto…

—Tendrá que bajar el precio que pide —dijo Rick—. Si lo reduce en dos mil no tendré que adelantarle nada; llegaré a la tienda con el dinero en la mano. —Pensó que Dave Holden estaba fuera de combate, lo que podía suponer mucho… Dependiendo de cuántos encargos hubiera durante el mes entrante.

—Señor —replicó el vendedor de la tienda de animales—. El precio marcado ya está unos mil dólares por debajo de lo que sería de esperar. Puede comprobarlo en el Catálogo Sidney; esperaré. Quiero que compruebe usted personalmente, señor, que nuestro precio es más que justo.

Por Dios, pensó Rick. No van a bajarse del burro. Sin embargo, sólo por seguirle la corriente, sacó el Catálogo Sidney del bolsillo del abrigo, y pasó las páginas hasta encontrar la entrada correspondiente al avestruz coma macho-hembra, viejo-joven, débil-sano, nuevo-usado, para echar un vistazo a los precios.

—Nuevo, macho, joven y sano —informó el vendedor—. Treinta mil dólares. —También él había consultado el Catálogo Sidney—. Pedimos exactamente mil dólares menos. Y en lo que al adelanto respecta…

—Me lo pensaré —le interrumpió Rick—. Volveré a llamar. —E hizo el gesto de colgar.

—¿Cómo se llama usted, señor? —preguntó el vendedor.

—Frank Merriwell —dijo Rick.

—¿Y cuál es su dirección, señor Merriwell? Por si no me encuentra cuando vuelva a llamar.

Se inventó una dirección y puso el receptor del videófono en su sitio. Todo ese dinero, pensó. Incluso así la gente los compra. Porque hay gente que tiene esa cantidad. Tomó de nuevo el receptor y pidió, hosco:

—Quiero comunicarme con un número del exterior, señorita Marsten. Y no escuche la conversación, es confidencial. —La miró fijamente.

—Sí, señor —dijo la señorita Marsten—. Adelante, ya puede marcar. —Ella misma cortó su comunicación, dejándole a solas ante al mundo exterior.

Marcó de memoria el número de la tienda que vendía animales falsos, donde había comprado la oveja. En la pequeña videopantalla apareció un tipo vestido de veterinario.

—Doctor McRae —se presentó.

—Soy Deckard. ¿Cuánto cuesta un avestruz eléctrico?

—Ah, diría que podríamos conseguirle uno por menos de ochocientos dólares. ¿Le corre prisa? Lo digo porque tendríamos que empezar de cero, y ahora mismo no disponemos del material necesario para…

—Le volveré a llamar más tarde —interrumpió Rick, que consultó la hora en el reloj y comprobó que ya eran las nueve y media—. Adiós. —Colgó apresuradamente, se levantó y, poco después, se encontró ante la puerta del despacho del inspector Bryant. Pasó junto a su recepcionista, una mujer atractiva con una melena plateada que le caía hasta la cintura, y después junto a la secretaria del inspector, un monstruo antediluviano salido del pantano jurásico, gélido y ladino, como una aparición arcaica creada a partir de restos del mundo tumba. Ninguna de las mujeres le dirigió la palabra; ni él a ellas. Abrió la puerta y saludó con la cabeza a su superior, que estaba al teléfono; una vez se hubo sentado, Deckard sacó las especificaciones del Nexus-6 que había llevado consigo, y las leyó de nuevo mientras el inspector Bryant se despedía de su interlocutor.

Estaba algo alicaído, no obstante lo cual, y dada la repentina baja de Dave del panorama laboral, también se sentía moderadamente contento.

4

Quizá me preocupa que lo que le pasó a Dave pueda pasarme también a mí, conjeturó Rick. Un andy lo bastante listo para alcanzarle con el láser probablemente también podría conmigo. Pero no parecía deberse a eso.

—Veo que has traído esa mierda de folleto con las especificaciones de la nueva unidad cerebral —dijo el inspector Bryant al tiempo que colgaba el videófono.

—Sí, me lo ha dicho un pajarito. ¿Cuántos andys están involucrados y hasta dónde llegó Dave?

—Ocho, de momento —respondió Bryant, consultando la tabla sujetapapeles—. Dave se encargó de los dos primeros.

—¿Y los otros seis se encuentran aquí, en el norte de California?

—Que nosotros sepamos. Dave también lo cree así. Estaba hablando con él cuando has entrado. Conservo sus notas, las tenía en el escritorio. Dice que todo lo que sabe está en ellas. —Bryant dio una palmada al montón de papeles. De momento no parecía muy por la labor de confiar las notas a Rick; por algún motivo, seguía hojeándolas, ceñudo, pasándose la lengua por los labios.

—No tengo nada en mi agenda —se ofreció Rick—. Estoy dispuesto a hacerme cargo de lo de Dave.

—Dave utilizaba la escala alterada Voigt-Kampff para poner a prueba a los individuos de quienes sospechaba —dijo Bryant, pensativo—. Ya sabes, o al menos deberías, que no se trata de una prueba específica para las nuevas unidades cerebrales. Ninguna prueba lo es; la escala Voigt, alterada hace tres años por Kampff, es todo lo que tenemos. —Hizo una pausa, reflexivo—. Dave la consideraba precisa. Puede que lo sea. Pero yo sugeriría lo siguiente, antes de que emprendas la caza de esos otros seis. —De nuevo dio una palmada a la pila de papeles—. Toma un vuelo a Seattle y entrevístate con la gente de Rosen. Pídeles una muestra representativa de modelos que utilicen la nueva unidad Nexus-6.

—Y los someto al Voigt-Kampff —dijo Rick.

—Dicho así suena fácil —admitió Bryant, en parte para sí.

—¿Cómo?

—Creo que yo mismo hablaré con la organización Rosen mientras viajas a Seattle —se ofreció el inspector, que entonces miró fijamente a Rick en silencio. Al cabo, lanzó un gruñido, se mordió una uña y dio forma a las palabras que quería decir—. Comentaré con ellos la posibilidad de incluir a varios humanos entre los nuevos androides en la muestra. Sin que tú estés al corriente de quién es quién, claro. Es cosa mía y actuaré en colaboración con los fabricantes. Estará todo listo para cuando llegues allí. —Señaló de pronto a Rick con rostro severo—. Ésta es la primera vez que actuarás como cazarrecompensas *senior*. Dave conoce bien el oficio, cuenta con años de experiencia a sus espaldas.

—Yo también —dijo Rick, tenso.

—Tú te has encargado de asuntos que te derivábamos porque Dave no daba abasto. Siempre decidía exactamente cuáles confiarte y cuáles no. Pero ahora te enfrentas a seis que él se había propuesto retirar personalmente, uno de los cuales logró adelantársele. Éste. —Bryant rebuscó en las notas para que Rick pudiera verlo—. Max Polokov —continuó el inspector de policía—. Al menos así es como se hace llamar. Suponiendo que Dave esté en lo cierto. Todo se basa en esa suposición, toda esta lista. Pero tan sólo llevamos a cabo la escala alterada Voigt-Kampff con los tres primeros, los dos que Dave retiró y Polokov. Sucedió mientras Dave efectuaba el test, fue entonces cuando Polokov le hirió con el láser.

—Lo que demuestra que Dave tenía razón —observó Rick. De otro modo, no estaría herido, porque Polokov no hubiera tenido motivos para agredirle.

—Tú empieza por Seattle —dijo Bryant—. No les avises de tu llegada, ya me encargaré yo de ponerles al corriente. Escucha. —Se puso en pie, mirando a Rick a la cara—. Cuando efectúes allí el Voigt-Kampff, si alguno de los humanos lo suspende…

—Eso no es posible.

—Recuerdo el día, hace unas semanas en que hablé con Dave al respecto de este tema Él había estado pensando en ello. Yo había recibido un informe de la policía soviética, nada menos que la WPO, que no sólo circulaba por la Tierra sino también por las colonias. Un grupo de psiquiatras de Leningrado se pusieron en contacto con la WPO para plantear la siguiente propuesta. Quieren lo último y más preciso en herramientas de análisis de la personalidad que puedan usarse para determinar la presencia de un androide; en otras palabras: la escala Voigt-Kampff, aplicada a un grupo cuidadosamente escogido de pacientes humanos esquizoides o esquizofrénicos. Concretamente aquellos que revelen lo que se denomina «reducción del afecto». ¿Has oído hablar de ello?

—Es precisamente lo que mide esa escala —respondió Rick.

—Entonces comprenderás qué los tiene tan preocupados.

—Este problema existe desde siempre. Desde que descubrimos a los primeros androides que se hacían pasar por humanos. El consenso de la opinión policial se resume en el artículo que Lurie Kampff publicó hace ocho años, «Bloqueo en la asunción de roles en el esquizofrénico no deteriorado». Kampff comparó la menguada facultad empática en enfermos mentales humanos con el parecido superficial…

—Esos psiquiatras de Leningrado creen que un grupo muy concreto de seres humanos sería incapaz de puntuar en la escala Voigt-Kampff —le interrumpió Bryant con brusquedad—. Si les hicieses la prueba como parte de las ruedas de reconocimiento policial llegarías a la conclusión de que son robots humanoides. Te habrías equivocado, pero a esas alturas ya estarían muertos. —Permaneció en silencio, atento a la respuesta de Rick.

—Pero todos estos individuos han de estar…

—Ingresados en instituciones mentales. No podrían desenvolverse en el mundo exterior; es imposible que pasen desapercibidos en un estadio avanzado de su enfermedad, a menos, claro, que ésta haya aparecido recientemente y por el motivo que sea nadie haya caído en la cuenta de ello. Pero algo así podría suceder.

—Sería un caso entre un millón —dijo Rick, que sin embargo comprendió la preocupación del inspector.

—Lo que tenía preocupado a Dave —continuó Bryant— era el nuevo tipo avanzado Nexus-6. La organización Rosen nos aseguró, como sabes, que era posible descubrir a un Nexus-6 mediante las pruebas estándares de personalidad. Nosotros aceptamos su palabra. Ahora nos vemos obligados, como ya sabíamos que sucedería, a determinarlo por nuestra cuenta. Eso es lo que harás en Seattle. Quiero asegurarme de que entiendes que esto podría torcerse de muchas formas. Si no puedes distinguir a los robots humanoides, entonces no dispondremos de un arma analítica que nos permita identificar a los fugados. Si tus test identifican erróneamente como androide a un sujeto humano… —Bryant le sonrió con frialdad—. Sería un embrollo, pero nadie, ni siquiera la gente de Rosen, hará pública la noticia. De hecho, podremos contar con su silencio indefinido, aunque por supuesto habrá que informar a la WPO, que a su vez se lo notificará a Leningrado. Con el tiempo la prensa se nos tirará encima, pero para entonces quizá hayamos desarrollado una escala mejor. —Descolgó el teléfono—. ¿Quieres ponerte en marcha? Coge un coche del departamento y llena el depósito en nuestra estación de servicio.

—¿Puedo llevarme las notas de Dave Holden? —preguntó Rick, ya de pie—. Quiero leerlas de camino.

—Vamos a esperar a que realices los test en Seattle. —El tono de Bryant tuvo una interesante nota despiadada que no se le escapó a Rick Deckard.

Cuando el vehículo flotante del departamento de policía aterrizó en la azotea de la sede de la Asociación Rosen en Seattle, vio que una joven le estaba esperando. Era delgada, de pelo negro, y llevaba las nuevas y enormes gafas que filtraban el polvo. Se acercó a su coche con las manos hundidas en los bolsillos de un largo abrigo a rayas de vivos colores. En su rostro pequeño de rasgos marcados destacaba una expresión furibunda.

—¿Qué pasa? —preguntó Rick cuando salió del vehículo estacionado.

—Ah, no sé —respondió la joven, esquiva—. Algo relacionado con el modo en que se dirigieron a nosotros por teléfono. No importa. —De pronto tendió su mano, y Rick, pensativo, la estrechó—. Soy Rachael Rosen. Supongo que usted es Deckard.

—Esto no ha sido idea mía —se excusó él.

—Sí, el inspector Bryant ya lo ha dicho. Pero oficialmente usted trabaja para el departamento de policía de San Francisco, el cual no cree que nuestra nueva unidad suponga un beneficio para el gran público. —Le miró por debajo de las largas pestañas negras, que probablemente eran artificiales.

—Un robot humanoide es como cualquier otra máquina. En un abrir y cerrar de ojos puede fluctuar entre suponer un beneficio y convertirse en un peligro. En el primer caso no es nuestro problema.

—Pero en el segundo… Ahí es donde entran ustedes —dijo Rachael Rosen—. ¿Es cierto, señor Deckard, que es usted un cazarrecompensas?

Rick se encogió de hombros, pero asintió a regañadientes.

—No tiene dificultades a la hora de considerar a un androide como algo inerte —dijo la joven—. Así puede «retirarlo», como lo llaman por ahí.

—¿Ha escogido ya a mi grupo? —preguntó—. Me

gustaría… —Se interrumpió porque, de pronto, había reparado en la presencia de los animales.

Comprendió que una corporación poderosa podía permitírselos. En el fondo, ya se había imaginado que tendrían una colección imponente, así que no le sorprendió acusar cierto anhelo. Se alejó con lentitud de la joven, en dirección a la dehesa más próxima. Le alcanzó el olor, la mezcla de efluvios de los animales que estaban de pie, sentados o, en el caso de lo que a esa distancia le pareció un mapache, dormidos.

Jamás en toda su vida había visto un mapache de verdad. Reconoció al animal por las películas en tres dimensiones que se emitían en la televisión. Por algún motivo, el polvo había afectado a esa especie casi con la misma crueldad que había mostrado con las aves, de las cuales prácticamente no quedaban especímenes con vida. El instinto lo llevó a sacar el ejemplar del manoseado Catálogo Sidney, dispuesto a consultar todas las variantes de la entrada del mapache. Los precios del listado aparecían impresos en letra cursiva, como no podía ser de otro modo; al igual que sucedía con los percherones, no había ninguno disponible. El Catálogo Sidney se limitaba a listar el precio de la última transacción relacionada con un ejemplar de mapache. La suma era astronómica.

—Se llama *Bill* —dijo a sus espaldas la joven—. *Bill* el mapache. Se lo compramos el año pasado a una empresa subsidiaria.

Cuando señaló más allá de Rick, éste reparó en la presencia de los guardias de la compañía, de pie y armados con subfusiles del modelo Skoda, de sólida cadencia de fuego, ligeros y compactos. Los guardias no le habían quitado ojo desde que había aterrizado con su vehículo. Y eso que mi vehículo, pensó, va claramente identificado como un coche de la policía.

—Uno de los principales fabricantes de androides —dijo, pensativo— invierte su superávit en animales vivos.

—Mire el búho —dijo Rachael Rosen—. Venga, lo despertaré para que pueda verlo. —Echó a andar en dirección a una jaula pequeña, situada en mitad de la azotea, donde se alzaba un árbol reseco.

Estuvo a punto de decir que no quedaban búhos vivos. O que eso le habían contado. El Catálogo Sidney, pensó; ahí figuran como extintos: la diminuta pero precisa letra E, que se repite y se repite a lo largo de las páginas del catálogo. Mientras la joven caminaba delante de él comprobó si estaba en lo cierto. Sidney jamás comete un error, se dijo. De eso podemos estar seguros. ¿De qué otra cosa podemos fiarnos?

—Es artificial —dijo, cayendo de pronto en la cuenta, presa de una profunda decepción.

—No. —Ella sonrió, dejando al descubierto una perfecta ristra de pequeños dientes, tan blancos como negros eran sus ojos y su cabello.

—Pero el listado de Sidney… —arguyó, intentando mostrarle el catálogo. Estaba decidido a demostrárselo.

—Nosotros no compramos a Sidney, ni a ningún otro vendedor de animales —dijo la joven—. Realizamos todas nuestras compras a particulares, y los precios que manejamos no son de conocimiento público. También contamos con nuestros propios naturalistas, que trabajan en Canadá. Allí queda un buen trecho de bosque, comparativamente hablando, claro. Suficiente para animales pequeños y alguna que otra ave.

Rick se pasó un buen rato mirando el búho, que

estaba adormilado sobre una rama. Un millar de pensamientos cruzaron su mente, pensamientos relativos a la guerra, a los tiempos en que los búhos habían caído del cielo. Recordó cuando, siendo niño, se descubrió que cada vez más especies se iban extinguiendo, y cómo la prensa informaba de ello a diario: los zorros una mañana, los tejones a la siguiente, hasta que la gente dejó de leer las perpetuas defunciones de las especies animales.

Pensó también en su necesidad de tener un animal de verdad, y en su interior se manifestó de nuevo cierto odio hacia su oveja eléctrica, a la que tenía que cuidar y de la que se ocupaba como si estuviera viva. La tiranía de un objeto, pensó. No sabe ni que existo. Como los androides, carecía de la habilidad de apreciar la existencia de otro. Nunca había pensado en eso antes, en la similitud entre un animal eléctrico y un andy. El animal eléctrico, reflexionó, podía considerarse una subforma del otro, una especie de robot muy inferior. O, recíprocamente, podía considerarse al androide como la versión desarrollada de un animal falso. Ambos puntos de vista le repugnaron.

—Si vendieran el búho —le planteó a Rachael Rosen—, ¿cuánto pedirían por él, y cuánto por adelantado?

—Nunca venderíamos el búho. —Le miró con atención, con una mezcla de placer y lástima, o eso creyó leer en su expresión—. Y aunque lo hiciéramos, no podría pagar el precio que pusiéramos. ¿Qué clase de animal tiene usted en casa?

—Una oveja —respondió—. Una Blackface de Suffolk.

—Pues debería considerarse afortunado.

—Y lo soy —dijo—. Es que siempre quise tener un

búho, incluso antes de que cayeran del cielo. —Y añadió con afán de puntualizar—: Todos excepto el vuestro.

—Nuestro actual plan de empresa nos exige obtener un ejemplar adicional que pueda aparearse con *Scrappy* —explicó Rachael, señalando al búho que dormitaba en la rama; había abierto momentáneamente los ojos, unas rendijas amarillas que volvieron a cerrarse cuando el búho basculó el peso del cuerpo para reanudar la siesta. Su pecho se inflaba y desinflaba visiblemente, como si el búho, en su estado hipnagógico, hubiera exhalado un suspiro.

Cuando apartó la vista del animal, la amargura se mezcló con su anterior reacción de asombro y añoranza.

—Querría echar un vistazo a la selección. ¿Bajamos?

—Mi tío recibió la llamada de su superior, y a estas alturas lo más probable es que…

—¿Son familia? —interrumpió Rick—. ¿Una corporación tan grande como ésta es un negocio familiar?

—El tío Eldon habrá reunido ya un grupo de androides y otro de señuelos —continuó Rachael—. Vamos. —Se dirigió al ascensor, hundidas de nuevo las manos con fuerza en los bolsillos del abrigo. No volvió la vista atrás.

Rick, un poco molesto, titubeó un instante antes de seguirla.

—¿Qué les he hecho yo? —preguntó mientras bajaban juntos.

Ella pareció reflexionar, como si hasta ese momento no se hubiese dado cuenta.

—Bueno, usted, un insignificante empleado del departamento de policía, se halla en una posición única —dijo—. ¿Sabe a qué me refiero? —Le dirigió una maliciosa mirada de soslayo.

—¿Qué parte de su actual producción corresponde a modelos equipados con el Nexus-6?

—La totalidad —respondió Rachael.

—Estoy seguro de que el test Voigt-Kampff dará resultado con ellos.

—Y si no lo hace, tendremos que retirar todos nuestros modelos Nexus-6 del mercado. —Se le encendieron los ojos negros cuando se volvió para mirarle fijamente; el ascensor llegó a su planta y las puertas se abrieron—. Porque sus departamentos de policía son incapaces de resolver adecuadamente algo tan sencillo como detectar al insignificante número de Nexus-6 ausentes...

Se les acercó un hombre mayor, apuesto y delgado con la mano extendida; en su rostro había una expresión azorada, como si de un tiempo a esa parte todo se hubiese precipitado a su alrededor.

—Soy Eldon Rosen —se presentó a Rick cuando se estrecharon la mano—. Escuche, Deckard, usted comprende que nosotros no fabricamos nada aquí en la Tierra, ¿verdad? No podemos hacer una llamada a la sección de producción y pedir un surtido diferente de artículos: no es que no queramos cooperar con ustedes. Así que he hecho lo posible. —Se pasó la temblorosa mano izquierda por el pelo ralo.

—Estoy listo para empezar —dijo Rick, señalando su maletín. El nerviosismo del anciano Rosen hizo que aflorara su confianza en sí mismo. Me temen, comprendió con un sobresalto. Incluida Rachael Rosen. Probablemente podría obligarlos a abandonar la fabricación de sus modelos Nexus-6; lo que haga durante la próxima hora afectará a la estructura de sus operaciones. Es posible que determine el futuro de la Asociación Rosen, aquí en Estados Unidos, en Rusia o en Marte.

Ambos miembros de la familia Rosen le observaron preocupados, momento en que fue consciente de la vacuidad del comportamiento de sus anfitriones. Al acudir a ese lugar les había llevado el vacío, había conducido hasta allí el silencio de la muerte económica. Ellos controlaban un poder desmesurado, pensó. Esta empresa está considerada uno de los pilares industriales del sistema; la manufactura de los androides, de hecho, se encuentra tan ligada al empeño colonizador que si una se arruina, también lo hará éste con el tiempo. La Asociación Rosen comprendía perfectamente la situación. Eldon Rosen había sido consciente de ello desde que recibió la llamada de Harry Bryant.

—Yo en su lugar no me preocuparía —dijo Rick mientras los dos Rosen lo conducían por un amplio pasillo iluminado. Se sentía bastante satisfecho. Aquella situación le complacía más que ninguna otra que pudiera recordar, y no tardarían en comprobar de lo que era capaz, o incapaz, su batería de test—. Si no confían en la escala Voigt-Kampff, tal vez su organización tendría que haber diseñado una alternativa —señaló—. Podría decirse que parte de la responsabilidad descansa sobre sus hombros. Ah, gracias. —Los Rosen lo habían llevado por el pasillo hasta una espaciosa estancia decorada con elegancia, amueblada con alfombras, lámparas, un sofá y mesitas en cuya superficie descansaban revistas de reciente publicación... incluido, reparó, el suplemento de febrero del Catálogo Sidney, que él aún no había visto. De hecho, no se publicaría hasta tres días después. Obviamente, la Asociación Rosen tenía una estrecha relación con Sidney.

Tomó el suplemento, molesto.

—Esto supone una violación de la confianza pública.

Nadie debería disponer de una actualización de los precios antes que los demás. —De hecho aquello podía constituir un delito federal, así que hizo un esfuerzo para recordar la ley concreta, pero fue incapaz—. Me lo llevaré —dijo, y, tras abrir el maletín, guardó en su interior el suplemento.

Después de un largo silencio, Eldon Rosen dijo con tono cansino:

—Mire, oficial, no fue cosa nuestra solicitar el envío avanzado de mate…

—No soy agente de las fuerzas del orden —cortó Rick—. Soy cazarrecompensas. —Sacó del interior del maletín el aparato Voigt-Kampff, tomó asiento en una mesita de palosanto cercana, y empezó a montar el sencillo instrumental poligráfico—. Pueden enviar al primer sujeto —informó a Eldon Rosen, que le pareció más macilento que nunca.

—Me gustaría estar presente —dijo Rachael, sentándose también—. Nunca he visto efectuar un test de empatía. ¿Qué miden esas cosas que tiene usted ahí?

—Esto —respondió Rick, levantando un disco adhesivo hecho de alambre— mide la dilatación capilar del área facial. Sabemos que se trata de una respuesta primaria automática, la reacción conocida como vergüenza o rubor, ante un estímulo que sacude en lo moral la conciencia del sujeto. No puede controlarse voluntariamente, como la respuesta galvánica, la respiración y el ritmo cardíaco. —Le mostró otro instrumento, un bolígrafo con luz—. Esto registra las fluctuaciones de la tensión de los músculos oculares. Junto a la reacción que he mencionado anteriormente puede detectarse un movimiento minúsculo pero perceptible de…

—Y éstos no se detectan en los androides —interrumpió Rachael.

—No los producen las preguntas destinadas a producir estímulos, no. Aunque biológicamente existen. Potencialmente.

—Hágame el test —pidió Rachael.

—¿Por qué? —preguntó Rick, extrañado.

—La hemos escogido para que sea su primer sujeto —intervino entonces Eldon Rosen con voz ronca—. Podría tratarse de un androide, y confiamos en que usted pueda distinguir si lo es o no. —Se sentó tras una serie de torpes movimientos, sacó un cigarrillo y lo encendió, dispuesto a no perderse un solo detalle del proceso.

5

El haz de luz iluminaba el ojo izquierdo de Rachael Rosen, cuya mejilla izquierda tenía adherido el disco cableado. Aparentaba tranquilidad.

Sentado en un lugar donde no perdiese detalle de las lecturas de ambas mediciones del aparato Voigt-Kampff, Rick Deckard dijo:

—Paso a describir una serie de circunstancias sociales. Usted expresará su reacción tan rápidamente como sea posible a medida que yo las exponga. Por supuesto mediré el tiempo de reacción.

—Y por supuesto —dijo Rachael, distante—, mis respuestas verbales no contarán. Tan sólo utilizará para las mediciones la reacción capilar y la del músculo ocular. Pero responderé. Quiero hacerlo de principio a fin, y... —Se interrumpió—. Adelante, señor Deckard.

Rick escogió la pregunta número tres.

—Le regalan por su cumpleaños una cartera de piel de becerro. —En el aparato, ambas agujas superaron la zona verde, traspasaron la roja y sufrieron un movimiento brusco antes de recuperar la posición original.

—No lo aceptaría —respondió Rachael—. Además, denunciaría a la policía a quien quiso regalármela.

Después de garabatear una anotación, Rick continuó, escogiendo la octava pregunta del perfil de la escala.

—Tiene un niño pequeño, y un día le muestra su colección de mariposas, incluida la cámara húmeda.

—Lo llevaría al médico. —Rachael habló con voz grave pero firme.

De nuevo ambas agujas registraron la respuesta, pero en esta ocasión no llegaron tan lejos. Rick también tomó nota de ello.

—Está sentada mirando la televisión —continuó—. De pronto descubre una avispa que le recorre la muñeca.

—La mataría —dijo Rachael. Esa vez, las agujas apenas registraron algo más allá de un débil y momentáneo temblor. Tomó nota de ello y repasó las preguntas para escoger la siguiente con cuidado.

—Encuentra en un almacén la fotografía de una joven desnuda. —Hizo una pausa.

—¿Este test tiene por objeto determinar si soy androide o lesbiana? —preguntó Rachael con tono cortante. Las agujas no registraron nada.

—A su marido le gusta la fotografía —prosiguió Rick, atento al hecho de que las agujas siguieron sin indicar una reacción—. La joven está tendida boca abajo sobre una hermosa alfombra de piel de oso. —Las agujas permanecieron inertes, y se dijo a sí mismo que aquélla era la respuesta de un androide, incapaz de detectar el elemento principal de la cuestión: la piel del animal muerto. La mente de ella, de ello, se concentra en otros factores—: Su marido cuelga la fotografía en la pared de su despacho —concluyó, momento en que las agujas se movieron.

—No se lo permitiría —reaccionó Rachael.

—De acuerdo —asintió él—. Ahora considere lo siguiente: está leyendo una novela escrita en los viejos tiempos, antes de la guerra. Los personajes visitan Fisherman's Wharf, en San Francisco. Tienen hambre y entran en una marisquería. Uno de ellos pide langosta, y el chef introduce la pieza en una olla de agua hirviendo ante la atenta mirada de los personajes.

—Dios mío —dijo Rachael—. ¡Eso es terrible! ¿De veras lo hacen? ¡Qué depravados! ¿Se refiere a una langosta viva? —Las agujas, no obstante, no respondieron. En teoría era la respuesta correcta. Pero era fingida. Simulada.

—Alquila una cabaña en la montaña —dijo Rick—. En una zona que sigue cubierta de verde. Es de pino rústico y hasta tiene chimenea.

—Sí —dijo Rachael, que asintió impaciente.

—Alguien ha colgado de las paredes mapas antiguos, grabados de Currier e Ives, y sobre la chimenea hay una cabeza de ciervo, un venado con toda su cornamenta. Quienes la acompañan admiran la decoración de la cabaña y todos ustedes deciden...

—No si hay una cabeza de ciervo —cortó ella. Las mediciones, sin embargo, no superaron la zona verde.

—Se queda embarazada —continuó Rick—. El padre es un hombre que ha prometido casarse con usted, pero sale con otra mujer, que es su mejor amiga. Decide abortar y...

—Yo jamás abortaría —aseguró Rachael—. De todos modos no se puede; está penado con la muerte y la policía nunca baja la guardia. —Esa vez ambas agujas alcanzaron la zona roja.

—¿Cómo lo sabe? —preguntó Rick, curioso—. Me

refiero a la dificultad de que le practiquen un aborto.

—Eso lo sabe todo el mundo —respondió Rachael.

—Pues sonaba como si hablara por experiencia propia. —Observó con atención las agujas, que siguieron barriendo un amplio campo en la marcación—. Una última pregunta. Se ve con un hombre que la invita a visitar su apartamento. Una vez allí, le ofrece una copa. Con la copa en la mano, ve el dormitorio, que está decorado con carteles de corridas de toros, los cuales le llaman la atención hasta el punto de acercarse para verlos más de cerca. Él la sigue y cierra la puerta. Cuando le rodea los hombros con el brazo, dice…

—¿Qué es un cartel de una corrida de toros? —preguntó Rachael, interrumpiéndole de nuevo.

—Son ilustraciones a color, bastante grandes, que muestran a un torero con el capote, mientras un toro intenta cornearlo —explicó, extrañado—. ¿Cuántos años tiene usted? —preguntó entonces, pensando que ese factor podía explicar su ignorancia sobre ese tema.

—Dieciocho —dijo Rachael—. De acuerdo, así que ese hombre cierra la puerta y me rodea los hombros con el brazo. ¿Y qué me dice?

—¿Sabe cómo terminan las corridas de toros? —preguntó Rick.

—Supongo que alguien sale malherido.

—Al final, siempre matan al toro. —Aguardó, atento a ambas agujas. Palpitaron incansables, pero no sucedió nada más. No pudo extraer una lectura palpable—. Una última pregunta —dijo—. Consta de dos partes: está viendo una película antigua en la televisión, una película de las de antes de la guerra. Muestra un banquete, donde los invitados disfrutan de una bandeja de ostras crudas.

—Arg —protestó Rachael. Las agujas oscilaron ligeramente.

—El entrante —continuó— consiste de un guiso de perro relleno de arroz. —Las agujas se movieron menos esa vez, aún menos que cuando mencionó lo de las ostras crudas—. ¿Son las ostras crudas más aceptables para usted que un plato de guiso de perro? Evidentemente no. —Dejó el lápiz en la mesa, apagó el haz de luz y retiró el disco adhesivo de la mejilla de la joven—. Usted es un androide —dijo—. Ésa es la conclusión del test. —Dirigió más bien la información a Eldon Rosen, que le miró con honda preocupación. El anciano torció el gesto, transformado por la ansiedad y la cólera—. Tengo razón, ¿verdad? —preguntó Rick. Pero no hubo respuesta por parte de ninguno de los Rosen—. Mire —dijo con tono conciliador—. No existe ningún conflicto de intereses; para mí es importante saber que el test Voigt-Kampff funciona, casi tanto como lo es para usted.

—Ella no es un androide —respondió el anciano Rosen.

—No me lo creo —dijo Rick.

—¿Por qué iba a mentirle? —le preguntó Rachael con vehemencia—. En todo caso, mentiríamos en sentido contrario.

—Quiero que le hagan un análisis de médula ósea —replicó Rick—. Al final siempre se puede determinar si es un androide o no mediante una prueba médica; admito que es lento y doloroso, pero…

—Legalmente no estoy obligada a someterme a una prueba de médula ósea —dijo Rachael—. Eso ya se ha establecido por un tribunal: autoinculpación. De todos modos, con un ser vivo, no me refiero al cadáver de un androide retirado, requiere mucho tiempo. No puede fiarse de ese jodido perfil de escala Voigt-Kampff por culpa de los especiales, a quienes hay que someter al test constantemente; mientras el gobierno se dedicaba a ello, sus agencias de policía se aferraron al test Voigt-Kampff. Pero lo que ha dicho usted es cierto. Hasta aquí han llegado las pruebas. —Se levantó, se apartó de él y permaneció en pie con los brazos en jarras, dándole la espalda.

—Aquí el asunto no es la legalidad del análisis de médula ósea —dijo Eldon Rosen con la voz grave—. El asunto es que su test de delineación de la empatía ha resultado ser un fracaso tras aplicarse a mi sobrina. Puedo explicar por qué ha puntuado como un androide. Rachael creció a bordo de la *Salander 3*. Nació a bordo, pasó catorce de sus dieciocho años educándose gracias a las grabaciones de la biblioteca y lo que los otros nueve miembros de la tripulación, todos ellos adultos, sabían acerca de la Tierra. Luego, como sabrá, la nave regresó cuando había cubierto la sexta parte de la travesía a Próxima. De otro modo, Rachael jamás habría visto la Tierra, al menos hasta haber cumplido una edad avanzada.

—Usted me habría retirado —dijo Rachael sin darse la vuelta—. Me habrían matado en una redada policial. Soy consciente de ello desde que llegué hace cuatro años, porque no es la primera vez que me someto al test Voigt-Kampff. De hecho, apenas abandono este edificio; el riesgo es enorme debido a los controles policiales y los puestos móviles de identificación, destinados a atrapar a especiales no clasificados.

—Y a androides —añadió Eldon Rosen—. Aunque, como es natural, al gran público no le cuentan eso; se supone que nadie está al corriente de la presencia de androides en la Tierra, aquí, entre nosotros.

—Creo que las diversas agencias policiales, tanto aquí como en la Unión Soviética, los han atrapado a todos. La población es muy reducida; todo el mundo, tarde o temprano, acaba tropezando con un punto de control aleatorio.

Al menos ésa era la idea.

—¿Qué instrucciones tenía si identificaba a un humano como un androide? —preguntó Eldon Rosen.

—Eso es asunto del departamento. —Empezó a guardar el equipo en el maletín ante la mirada de ambos Rosen, que permanecieron en silencio—. Obviamente, se me ordenó cancelar el resto de los test, tal como me dispongo a hacer —añadió—. Si uno fracasa, ya no tiene sentido proseguir con los demás. —Cerró el maletín con un golpe seco.

—Podríamos haberle engañado —dijo Rachael—. Nada nos obligaba a admitir que usted me ha hecho un test que está equivocado. Y lo mismo digo para los nueve sujetos que hemos escogido. —Reforzó su argumento con un gesto—. De todos modos, nuestro cometido no pasaba de someternos al test.

—Claro, pero yo habría insistido en recibir la lista de sujetos, con sus test correspondientes, por adelantado. En sobre cerrado. Y habría comparado mis propios resultados para mantener la coherencia, y no me habría quedado tranquilo hasta que todas las piezas encajaran.

Y ahora entiendo, pensó, que no habría logrado que encajaran. Bryant tenía razón. Gracias a Dios que no he acabado dando caza a los sospechosos basándome en los resultados de este test.

—Sí, supongo que eso es lo que hubiera hecho —dijo Eldon Rosen, que miró a Rachael.

La joven asintió.

—Comentamos esa posibilidad —continuó el anciano con desgana.

—La razón de este problema nace de su metodología, señor Rosen. Nadie obligó a su organización a evolucionar la producción de los robots humanoides hasta el punto que…

—Atendemos las demandas de los colonos —dijo Eldon Rosen—. Seguimos el antiguo principio que supone la razón fundamental de cualquier negocio. Si nuestra empresa no hubiese producido modelos cada vez más avanzados de humanoides, lo habría hecho la competencia. Fuimos conscientes del riesgo que corríamos al desarrollar la unidad cerebral Nexus-6. Pero su test Voigt-Kampff ya era un fracaso antes de que nosotros lanzáramos esa clase de androide. Si usted no hubiese clasificado como androide a un Nexus-6; si lo hubiera declarado humano… Pero no es eso lo que ha sucedido. —Su tono se había revestido de dureza y mordacidad—. Su departamento de policía, y otros también, podría haber retirado, probablemente lo han hecho, a verdaderos seres humanos con una capacidad empática subdesarrollada, como mi inocente sobrina. Señor Deckard, su posición es moralmente reprochable Al contrario que la nuestra.

—En otras palabras —dijo Rick con agudeza—. No me van a dar la oportunidad de realizar un solo test a un Nexus-6. Antes de que tuviera ocasión de hacerlo, me han puesto delante a esta joven esquizoide.

Y mi test, comprendió, ya no sirve para nada. No tendría que haberme dejado engañar. Pero ya es tarde.

—Ahora ya es nuestro, señor Deckard —dijo Rachael Rosen en voz baja. Entonces se volvió hacia él. Y sonrió.

Ni siquiera después comprendió cómo se las había ingeniado la Asociación Rosen para salirse con la suya tan fácilmente. Eran expertos en ello, pensó. Una corporación gigantesca como aquélla acumulaba una gran experiencia. Poseía, de hecho, una especie de mente colmena. Y Eldon y Rachael Rosen hacían de portavoces de la entidad corporativa. Su error, evidentemente, había sido verlos como individuos. Un error que no volvería a cometer.

—A su superior, el señor Bryant, le costará Dios y ayuda comprender cómo nos ha permitido usted invalidar su test antes de que diera comienzo. —Señaló al techo, donde Rick reparó en la lente de una cámara. Su imperdonable error al tratar con los Rosen había quedado grabado—. Creo que lo mejor para todos será que nos sentemos y… —Eldon dejó inacabada la frase, mientras hacía un gesto afable para invitar a Rick a tomar asiento—. Podemos llegar a un acuerdo, señor Deckard. No es necesario que nos pongamos nerviosos. El modelo de androide Nexus-6 es un hecho; así es como nosotros lo consideramos aquí en la Asociación Rosen, y creo que ahora también usted lo hace.

—¿Cuánto desea tener un búho en propiedad? —preguntó Rachael tras inclinarse sobre Rick.

—Dudo que llegue a tener uno. —Pero comprendió a qué se refería; entendía la clase de trato que la Asociación Rosen quería hacer. En su interior se manifestó una clase de tensión que nunca había sentido y que explotó a sus anchas hasta en el último rincón de su cuerpo.

Acusó la tensión y la consciencia de lo que estaba pasando se apoderó de él.

—Pero usted quiere un búho —dijo Eldon Rosen, que miró con curiosidad a su sobrina—. No creo que tenga idea de...

—Por supuesto que la tiene —le contradijo Rachael—. Sabe exactamente de qué estamos hablando. ¿Me equivoco, señor Deckard? —Volvió a inclinarse sobre él, y esa vez se le acercó un poco más, de modo que Rick alcanzó a oler el suave perfume que la envolvía, casi un ardor—. Puede acariciarlo con la mano, señor Deckard. Prácticamente ya es suyo. —Y, tras volverse hacia Eldon Rosen, dijo—: Es un cazarrecompensas, ¿recuerdas? Es decir, vive de las recompensas que cobra. No tiene un sueldo fijo. ¿No es así, señor Deckard?

Asintió.

—¿Cuántos androides han escapado esta vez? —preguntó Rachael.

—Ocho —dijo—. Originalmente fueron ocho. Dos han sido retirados, pero el responsable fue otra persona, no yo.

—¿Cuánto le pagan por cada androide? —preguntó la joven.

—Varía —respondió, encogiéndose de hombros.

—Si no hay ningún test que pueda aplicar, entonces no hay modo de que pueda identificar a un androide —dijo Rachael—. Y si no hay modo de que pueda identificar a un androide, no podrá obtener su recompensa. Por tanto, si es necesario abandonar la escala Voigt-Kampff...

—La sustituirá otra escala —respondió Rick—. No es la primera vez que sucede algo así. Para ser exactos sería la cuarta. Pero ya existían tanto la nueva escala como el instrumental analítico más moderno, así que no hubo ningún intervalo entre el abandono de la escala anterior y la adopción de la nueva. Esta vez sería distinto.

—Con el tiempo la escala Voigt-Kampff se volverá obsoleta —admitió Rachael—. Pero no ahora. Nos contentaríamos con que perfilara los tipos Nexus-6 y en consecuencia nos gustaría que usted siguiera adelante con su peculiar y particular cometido. —Se apartó de él con los brazos cruzados a la altura del pecho, mirándole fijamente. Intentando comprender su reacción.

—Dile que puede tener su búho —dijo, ronco, Eldon Rosen.

—Puede quedarse con el búho —obedeció Rachael sin dejar de mirar a Rick—. El de la azotea, *Scrappy*. Pero insistiremos en aparearla si encontramos un macho. Cualquier cría que resulte de la unión nos pertenecerá. Eso debe quedar perfectamente claro.

—Nos repartiremos las crías —dijo Rick.

—No —replicó, tajante, Rachael. Tras ella, Eldon Rosen hizo un gesto de negación con la cabeza, respaldándola—. De otro modo usted tendría derecho legal a toda la descendencia de búhos por el resto de la eternidad. Ah, y hay otra condición: no puede legar su búho a nadie. A su muerte volverá a ser propiedad de la asociación.

—Da la impresión de que necesitan un motivo para matarme —dijo Rick—. Para recuperar su búho de inmediato. No aceptaré esa condición, es demasiado peligrosa.

—Usted es cazarrecompensas —dijo Rachael—. Sabrá empuñar un arma láser; de hecho, lleva una en este preciso momento. Si no puede protegerse, ¿cómo planea retirar a los restantes andys Nexus-6? Son bastante más listos que los antiguos modelos W-4 de la Corporación Grozzi.

—Pero soy yo quien les da caza —dijo—. En este caso, con una cláusula de reversión sobre el búho, alguien podría darme caza a mí. —No le gustó la idea de que pudieran perseguirle. Había visto el efecto que causaba en los androides. Producía ciertos cambios notables, incluso en ellos.

—De acuerdo, cederemos en ese punto —aceptó Rachael—. Podrá legar el búho a sus herederos. Pero insistimos en quedarnos con toda la descendencia. Si no acepta esa condición, regrese a San Francisco y admita ante sus superiores que la escala Voigt-Kampff, al menos tal como la aplica usted, no basta para distinguir a un andy de un ser humano. Luego tendrá que buscarse otro empleo.

—Denme un rato —pidió Rick.

—Muy bien —dijo Rachael—. Aquí estará cómodo; le dejaremos a solas un rato. —Examinó su reloj.

—Media hora —concretó Eldon Rosen.

Rachael y él se dirigieron en silencio a la puerta de la sala. Rick comprendió que habían dicho cuanto tenían que decir y que el resto dependía de él.

—Han logrado comprometerme por completo —dijo Rick, bronco, cuando Rachael comenzó a cerrar la puerta tras franquearla—. Tienen grabado que he fallado con usted; saben que mi trabajo depende del uso de la escala Voigt-Kampff, y encima tienen en propiedad ese jodido búho.

—Su búho, querido —puntualizó ella—. ¿Recuerda? Le ataremos a la pata una etiqueta con la dirección de su casa y lo enviaremos volando a San Francisco. Lo encontrará allí a su vuelta del trabajo.

Habla del búho como si fuera un objeto, pero no es eso, sino ella.

—Un segundo —dijo.

—¿Ya se ha decidido? —preguntó ella desde el umbral de la puerta.

—Quiero hacerle una pregunta más de la escala Voigt-Kampff —dijo—. Siéntese otra vez.

Rachael se volvió hacia su tío. Cuando éste asintió, ella volvió a sentarse a regañadientes en el mismo sitio de antes.

—¿Con qué objeto? —preguntó con las cejas levantadas con una mezcla de aversión y cansancio.

Rick fue consciente de la tensión corporal de la joven y tomó buena nota de ello.

Dirigió el haz de luz del bolígrafo a su ojo derecho, y volvió a adherirle el parche en la mejilla. Rachael miró la luz muy rígida, sin mudar la expresión de profundo disgusto.

—Mi maletín —dijo Rick mientras revolvía entre los documentos del test Voigt-Kampff—. Es bonito, ¿no le parece? Nos lo proporciona el departamento.

—Muy bien, muy bien —respondió ella, ausente.

—Es de piel de bebé —explicó Rick, acariciando la negra superficie de cuero del maletín—. Cien por cien auténtica piel de bebé. —Vio cómo se dispararon ambas agujas, pero reparó en que lo habían hecho tras una pausa. La reacción se había producido, pero demasiado tarde. Conocía los períodos de reacción hasta la última fracción de segundo, y sabía cuál era el correcto para esa respuesta: no debía transcurrir ni un solo instante—. Gracias, señorita Rosen —dijo mientras recogía de nuevo el equipo, concluida ya la prueba—. Eso es todo.

—¿Se marcha? —preguntó Rachael.

—Sí —dijo—. Me doy por satisfecho.

—¿Y los otros nueve sujetos? —preguntó ella, cauta.

—La escala se ha aplicado adecuadamente en su caso —respondió él—. Puedo extrapolar mis conclusiones, y una de ellas es que sigue siendo efectiva. —Y dirigiéndose a Eldon Rosen, que se encontraba encogido en un rincón oscuro junto a la puerta de la sala, dijo—: ¿Lo sabe? —Algunas veces no eran conscientes. En diversas ocasiones se habían intentado incluir memorias falsas, debido a la idea errónea de que gracias a ellas era posible alterar las reacciones a las pruebas.

—No —respondió Eldon Rosen—. La programamos completamente. Pero creo que hacia el final del proceso empezó a albergar sospechas. —Y le dijo a la joven—: Lo supusiste cuando te pidió hacer una última pregunta.

Rachael, pálida, asintió.

—No le tengas miedo —le dijo Eldon Rosen—. No eres uno de los androides que se ha fugado y se encuentra en la Tierra de forma ilegal. Eres propiedad de la Asociación Rosen, y se te utiliza como instrumento de venta para convencer a futuros emigrantes. —Se acercó a Rachael, en cuyo hombro puso suavemente una mano. El contacto hizo que la joven diera un respingo.

—Tiene razón —dijo Rick—. No voy a retirarla, señorita Rosen. Buenos días. —Se encaminó a la puerta, pero se detuvo de pronto—. ¿El búho es de verdad? —preguntó, dirigiéndose a ambos.

Rachael se volvió hacia el anciano Rosen.

—Va a irse de todos modos —dijo Eldon Rosen—. Qué importa. El búho es artificial. No quedan búhos con vida.

—Hum.

Rick salió al pasillo, ante la mirada atenta de ambos. Nadie dijo nada más. No había nada más que decirse. De modo que así es cómo opera el mayor fabricante de androides, se dijo Rick. Eran taimados, actuaban con una astucia que nunca había encontrado antes. Un nuevo perfil de personalidad, extraño y alambicado. No le extrañó que las agencias dedicadas a velar por el cumplimiento de la ley tuvieran problemas con el Nexus-6.

El Nexus-6. Se había enfrentado a él. Rachael, comprendió. Rachael tenía que ser un Nexus-6. Acabo de ver uno por primera vez. Y han estado a punto de lograrlo; han estado jodidamente cerca de socavar la escala Voigt-Kampff, el único método que tenemos para detectarlos. Veo que la Asociación Rosen hace un buen trabajo, o al menos lo intenta, para defender sus productos. Y yo tengo que enfrentarme a otros seis, pensó. Antes de dar por terminada mi labor.

Estaba dispuesto a ganarse hasta el último centavo de las recompensas.

Siempre y cuando saliera con vida.

6

El ruido del televisor era atronador. Mientras bajaba hasta el piso inferior por la polvorienta escalera del desértico edificio de apartamentos, John Isidore distinguió la voz familiar del Amigable Buster, quien parloteaba contento ante una audiencia que se extendía a lo largo y ancho del sistema.

—¡Ja ja ja, amigos! ¡Corto, clic y cierro! Ha llegado la hora de dar un breve apunte sobre el tiempo previsto para mañana. En primer lugar, el litoral este de Estados Unidos. El satélite Moongose informa de que la lluvia radiactiva será especialmente intensa hacia el mediodía, pero que luego amainará. Así que sería mejor que todos los que vayáis a aventuraros al exterior esperéis a la tarde, ¿eh? Y hablando de esperas, sólo quedan diez horas para la noticia bomba, ¡mi gran revelación! ¡Avisa a tus amigos para que no se lo pierdan! Desvelaré algo que te sorprenderá. Estaréis pensando que se trata de lo habitual…

Cuando Isidore llamó a la puerta del apartamento, la televisión cesó por completo de emitir. No fue simplemente que alguien la hubiera bajado, sino que había dejado de existir, que los golpes en la puerta la habían empujado a emprender la retirada hacia la tumba.

Más allá de la puerta cerrada percibió la presencia de vida, aparte de la presencia del televisor. Sus mermadas facultades se inventaron, o quizás captaron, el miedo mudo de alguien que, acechado, se alejaba de él, alguien que había pegado el cuerpo a la pared más lejana del apartamento, decidido a evitarle.

—¡Eh! —llamó—. Vivo en el piso de arriba. He oído su televisor. Quería presentarme, ¿de acuerdo? —Esperó, aguzando el oído. No hubo sonido o movimiento alguno; sus palabras no habían dado motivos a quien fuera para moverse—. Le traigo un trozo de margarina —añadió, pegado a la puerta, confiando en traspasar su grosor—. Me llamo J. R. Isidore y trabajo para el conocido veterinario Hannibal Sloat. Habrá oído hablar de él. Soy de confianza. Tengo trabajo. Conduzco la camioneta del señor Sloat.

La puerta se abrió un poco y vio la figura enjuta, fragmentada y desalineada, de una joven que se encogía furtiva, a pesar de lo cual se aferraba a la puerta como deseosa de algún apoyo físico. El miedo la hacía parecer enferma, le distorsionaba el cuerpo, como si alguien la hubiese roto para luego, maliciosamente, recomponerla con torpeza. Sus ojos, enormes, adquirieron la textura del cristal, inmóviles mientras su dueña intentaba sonreír.

—Creía que no había nadie más en el edificio —dijo él, comprendiendo al instante a qué obedecía su reacción—. Creía que estaba abandonado.

—Sí —susurró la joven, asintiendo.

—Pero está bien tener vecinos. Qué diablos, hasta que ha llegado he estado solo aquí —dijo—, y Dios sabe que no hay nada divertido en ello.

—¿Es la única persona del edificio? —preguntó la chica—. Aparte de mí, me refiero —Se mostró menos tímida, enderezó el cuerpo y se pasó la mano por el pelo oscuro.

Vio que tenía un cuerpo bonito, aunque era menuda, y unos ojos hermosos que resaltaban unas largas pestañas negras. Como no esperaba visita, la joven vestía únicamente un pantalón de pijama. Al mirar al interior, Isidore reparó en que el desorden reinaba en el salón. Por todas partes había maletas abiertas, cuyo contenido yacía desparramado en el suelo. Pero era normal, pues acababa de instalarse.

—Aparte de usted soy el único inquilino —dijo Isidore—. Y no pretendo molestarla. —Se le ensombreció el ánimo. Su ofrenda, cuya naturaleza obedecía a un auténtico ritual que se remontaba a la preguerra, no había sido aceptada. De hecho, la joven ni siquiera parecía ser consciente de ella, o tal vez no entendía para qué servía un trozo de margarina. Tuvo la sensación de que la chica estaba más desconcertada que otra cosa. Salida de su propio abismo, flotaba indefensa en los círculos concéntricos, ya menguantes, del temor—. El bueno de Buster —dijo, intentando aliviar la rigidez de su postura—. ¿Le gusta? Yo lo veo cada mañana, y luego otra vez de noche, cuando vuelvo a casa. Lo veo mientras ceno, y después sigo también su programa nocturno hasta que me voy a la cama. Al menos lo hacía hasta que se me rompió el televisor.

—¿Quién…? —Pero la joven no terminó la frase. Se mordió el labio como enfadada consigo misma.

—Es el Amigable Buster —dijo él, extrañado por el hecho de que la joven no hubiera oído hablar del desternillante cómico televisivo más famoso de la Tierra—.

Pero ¿usted de dónde ha salido? —preguntó, azuzado por la curiosidad.

—No veo qué importancia puede tener eso. —Lo miró, esquiva. Algo de lo que vio pareció tranquilizarla, pues su cuerpo se relajó visiblemente—. Será un placer tener compañía —dijo—. Más adelante, cuando me haya instalado del todo. Por supuesto, ahora no es el momento más adecuado.

—¿Por qué no? —preguntó él, extrañado; todo en ella le resultaba extraño. Tal vez, pensó, llevo demasiado tiempo viviendo solo. Me he vuelto raro. Dicen que los cabezas huecas son así. Aquella reflexión le ensombreció aún más el ánimo—. Podría ayudarla a deshacer las maletas —sugirió. Casi le había cerrado la puerta en las narices— y a colocar los muebles.

—No tengo muebles —dijo la joven—. Todas estas cosas ya estaban aquí. —Señaló a su alrededor.

—No servirán —dijo Isidore, a quien bastó con echar un vistazo para darse cuenta de ello. Las sillas, la alfombra, las mesas… Todo estaba podrido, todo combado en su mutua decadencia, víctima de esa fuerza despótica que es el tiempo. Y el abandono. Hacía años que nadie vivía en ese apartamento, y la ruina casi se había adueñado por completo del lugar. No pudo imaginar cómo a ella se le había ocurrido vivir en semejante entorno—. Escuche —dijo con tono apremiante—. Si nos ponemos a buscar en todo el edificio, probablemente encontremos cosas que pueda utilizar y que no estén tan maltrechas. Una lámpara de un apartamento, una mesa de otro.

—Yo lo haré —dijo la joven—. Por mi cuenta, gracias.

—¿Va a meterse sola en esos apartamentos? —No podía creerlo.

—¿Por qué no?

De nuevo le sacudió un temblor y torció el gesto, consciente de no haber dicho lo correcto.

—Lo he intentado. Una vez lo intenté —dijo Isidore—. Después de aquello me limito a volver a casa, me meto en mi apartamento y no pienso en los demás. Los apartamentos donde nadie vive, hay cientos de ellos, están llenos de las posesiones de quienes los ocuparon, como ropa y fotos familiares. Los que murieron no se llevaron nada, y quienes emigraron no quisieron hacerlo. Este edificio, a excepción de mi apartamento, es una montaña de basugre.

—¿Una montaña de basugre? —Ella no comprendió a qué se refería.

—La basugre son objetos inútiles, como el correo comercial o las cajas de cerillas cuando has prendido la última, los envoltorios de chicle o la prensa del día anterior. Cuando no hay nadie, la basugre se reproduce a sí misma. Por ejemplo, si se va a la cama dejando basugre alrededor del apartamento, al despertar a la mañana siguiente encontrará el doble de ella. Siempre hay más y más.

—Comprendo —dijo la joven, mirándole con extrañeza, sin saber si creerle o no, como si no estuviera segura de si hablaba en serio.

—Ésa es la Primera Ley de la Basugre —explicó—. «La basugre desplaza a aquello que no es basugre.» Es como el principio de Gresham del dinero malo. Y el problema de estos apartamentos es que no queda nadie para combatir la basugre.

—De modo que los ha tomado por completo —concluyó la joven, asintiendo—. Ahora lo entiendo.

—Su casa. Esto —dijo—, este apartamento que ha escogido, está demasiado lleno de basugre para que

82

pueda vivir en él. Podemos reducir el factor basugre, podemos hacer lo que he dicho: buscar en los demás apartamentos. Pero… —Se interrumpió.

—Pero ¿qué?

—No podemos ganar —respondió Isidore.

—¿Por qué no? —La joven salió al vestíbulo y cerró la puerta a su espalda. Cruzó los brazos a la altura de sus pequeños senos y se encaró con él, deseando comprender. O al menos eso le pareció a él. Como mínimo le estaba prestando atención.

—Nadie gana a la basugre —dijo—, excepto temporalmente y puede que en un punto concreto, como en mi apartamento, donde he creado una especie de estasis entre las fuerzas de la basugre y la no basugre, que al menos aguanta de momento. Pero con el paso del tiempo moriré o me trasladaré a otro lugar, y entonces la basugre volverá a imponerse. Es un principio universal que se manifiesta en todas las cosas: el universo se mueve hacia un estado último de absoluta basugrización —añadió—. Excepto, por supuesto, en lo que respecta al ascenso de Wilbur Mercer.

La joven le miraba fijamente.

—No veo qué relación hay entre ambas cosas.

—De eso trata el mercerismo. —Sintió de nuevo extrañeza—. ¿No participa en la fusión? ¿No tiene una caja empática?

Hubo una pausa, al cabo de la cual la joven dijo, con tono inseguro:

—No la llevo encima. Di por sentado que aquí encontraría una.

—Pero una caja empática… ¡Es nuestra posesión más personal! —protestó, tartamudeando nervioso—. Es una extensión del cuerpo, es el modo de alcanzar a otros humanos, la manera de dejar de estar solo. Pero eso usted ya lo sabe. Todo el mundo lo sabe. Mercer permite que hasta yo le guste a los demás... —Calló, pero era demasiado tarde. Ya se lo había contado y pudo ver en la expresión de su rostro, en el repentino parpadeo de aversión, que ella lo sabía—. Casi aprobé el test de inteligencia —confesó en voz baja, temblorosa—. No soy muy especial, sólo un poco; no como algunos que se ven por ahí. Pero eso a Mercer no le importa.

—En lo que a mí concierne —dijo la muchacha— considero que eso en concreto es un punto en contra del mercerismo. —Su voz era clara y neutra, pues tan sólo pretendía manifestar un hecho, el hecho de su actitud hacia los cabezas huecas.

—Entonces volveré a subir —dijo Isidore, que se alejó de ella, aferrando el pedazo de margarina, convertido en una especie de plástico húmedo en su mano crispada.

La joven lo vio marcharse sin mudar la inexpresividad del rostro.

—Espere —lo llamó entonces.

—¿Por qué? —preguntó él, volviéndose.

—Le necesito para conseguir muebles adecuados. De otros apartamentos, como usted ha dicho. —Se acercó a él, desnuda de cintura para arriba, delgada como un junco, sin un solo gramo de grasa en el cuerpo—. ¿A qué hora vuelve del trabajo? Podría ayudarme entonces.

—¿Quizá usted podría preparar la cena? —preguntó Isidore—. Si yo traigo los ingredientes.

—No, tengo muchas cosas que hacer.

La joven se había librado sin apenas esfuerzo de su petición, un detalle que no se le escapó. Lo percibió sin necesidad de comprenderlo. Superado el miedo inicial, había algo, otra cosa, que había empezado a aflorar en ella. Algo más extraño. Y, pensó él, deplorable. Una frialdad, como un aliento del vacío que media entre los mundos habitados, de ninguna parte, de hecho: no fue lo que hizo o dijo, sino lo que no dijo ni hizo.

—En cualquier otro momento —dijo la joven, que regresó a la puerta de su apartamento.

—¿Le he dicho mi nombre? —se apresuró a preguntar él—. Soy John Isidore, y trabajo para…

—Ya me ha dicho para quién trabaja. —Se había detenido brevemente en la puerta, que abrió antes de añadir—: Para alguien inverosímil que se llama Hannibal Sloat, quien estoy segura de que no existe más allá de su imaginación. Yo me llamo… —Le dedicó una última mirada fría mientras regresaba al interior del apartamento, donde titubeó y dijo—: Soy Rachael Rosen.

—¿De la Asociación Rosen? —preguntó él—. ¿El mayor fabricante de robots humanoides utilizados en nuestro programa de colonización?

Una expresión compleja, huidiza, cruzó por su rostro, pero desapareció de inmediato.

—No —dijo—. Nunca he oído hablar de ellos. No sé nada al respecto. Más cosas que ha sacado de esa imaginación suya de cabeza hueca, supongo. John Isidore y su particular caja empática. Pobre señor Isidore.

—Pero a juzgar por su apellido…

—En realidad me llamo Pris Stratton —dijo la joven—. Ése es mi nombre de casada. Siempre lo utilizo, nunca recurro a ningún otro que no sea Pris. Puede llamarme Pris —reflexionó antes de añadir—: No, será mejor que me llame señora Stratton, porque en realidad no nos conocemos. Al menos yo a usted no le conozco.

—La puerta se cerró tras ella, dejándole a solas en el polvoriento y mal iluminado vestíbulo.

7

Pues así están las cosas, pensó J. R. Isidore mientras seguía de pie en el vestíbulo, con el puño crispado en torno al trozo de margarina. Puede que cambie de opinión respecto a eso de llamarla Pris. Y quizá, si puedo traerle una lata de legumbres de la preguerra, también cambie de idea en cuanto a la cena. Pero puede que no sepa cocinar, pensó de pronto. De acuerdo, yo mismo podría hacerlo; prepararé la cena para los dos. Y le enseñaré cómo para que pueda hacerlo ella misma más adelante, si quiere. Probablemente querrá en cuanto aprenda a prepararla. Que la experiencia me haya demostrado, a la mayoría de las mujeres, incluso a las jóvenes como ella, les gusta cocinar. Es un instinto que tienen.

Subió la oscura escalera, dispuesto a regresar al interior de su apartamento.

Ha perdido el contacto con la realidad, pensó mientras se ponía el blanco uniforme de trabajo. Por mucho que se apresurase llegaría tarde y el señor Sloat se enfadaría con él, pero ¿qué más daba? Por ejemplo, ella nunca ha oído hablar del Amigable Buster, lo cual es imposible. Buster es el ser humano vivo más importante, exceptuando por supuesto a Wilbur Mercer... Pero Mercer, reflexionó, no es un ser humano, sino un ente arquetípico venido de las estrellas, implantado en nuestra cultura por un patrón cósmico. Al menos eso es lo que he oído decir por ahí. Eso dice el señor Sloat, por ejemplo, y Hannibal Sloat tiene que saberlo. Es raro que no sea coherente con su propio nombre. Puede que necesite ayuda, pero ¿yo podría ayudarla?, se preguntó. Un especial, un cabeza hueca. ¿Qué sabré yo? No puedo casarme ni emigrar, y con el tiempo el polvo acabará matándome. No tengo nada que ofrecer.

Vestido y listo para marcharse, abandonó el apartamento y subió a la azotea, donde le aguardaba su maltratado vehículo flotante.

Al cabo de una hora, en el camión de la compañía, recogió el primer animal averiado de la jornada. Se trataba de un gato eléctrico que iba tumbado en la parte posterior del vehículo, dentro de una jaula contenedor de plástico a prueba de polvo. El ritmo cardíaco del animal falso se había vuelto errático.

—Cualquiera pensaría que es real —dijo en voz alta Isidore de regreso al Hospital Veterinario Van Ness, esa pequeña empresa meditadamente mal llamada que sobrevivía con dificultad en el duro y competitivo terreno de la reparación de animales de pega.

El gato, en su aflicción, gimió.

Guau, se dijo Isidore. Realmente suena como si se estuviera muriendo. Puede que sus diez años de batería se hayan acortado y que todos sus circuitos se estén quemando sistemáticamente. Un trabajo de consideración:

Milt Borogrove, mecánico del Hospital Veterinario Van Ness, iba a tener las manos ocupadas. Isidore recordó de pronto que no había ofrecido un presupuesto aproximado al dueño. El tipo me ha dado el gato, diciendo que había empezado a fallar durante la noche, y luego supongo que se habrá ido a trabajar. El caso es que de pronto había cesado la comunicación verbal entre ambos. El dueño del gato había alzado el vuelo con un rugido en su coche flotante último modelo. A partir de entonces se había convertido en un nuevo cliente.

—¿Puedes aguantar hasta que lleguemos a la tienda? —preguntó Isidore al gato, que siguió respirando entre silbidos—. Mejor voy a recargarte la batería de camino —decidió de pronto. Aterrizó en la azotea adecuada más próxima y allí estacionó temporalmente con el motor en marcha. Después accedió encogido a la parte posterior del vehículo y abrió la jaula de plástico, la cual, junto a su propio uniforme blanco y el nombre del camión, creaba la ilusión perfecta de que un veterinario de verdad recogía a un animal de verdad.

Bajo la realista manta de pelaje gris, el mecanismo eléctrico gorgoteaba y borbolleaba, tenía las lentes de los ojos vidriosas y la mandíbula de metal cerrada. Eso siempre le había asombrado: aquella «enfermedad» de los circuitos programada en los animales falsos; el ingenio que tenía en aquel momento en el regazo había sido construido de tal modo que cuando fallaba un componente principal, el conjunto parecía… no roto, pero sí orgánicamente enfermo. A mí me habría engañado, se dijo Isidore mientras tanteaba en el pelaje falso del estómago en busca del disimulado panel de control, que por tratarse de esa especie animal era bastante pequeño, y de los terminales de la batería de carga rápida. Pero no encontró ni una cosa ni la otra. Tampoco podía perder más tiempo, puesto que el mecanismo estaba a punto de apagarse. Si se trata de un cortocircuito, pensó, responsable de quemar los demás circuitos, entonces tal vez podría intentar separar uno de los cables de la batería: el mecanismo se apagará, pero no se producirán mayores daños. Luego, ya en la tienda, Milt podría recargarla.

Pasó los dedos por la columna de supuesto hueso. Los cables debían de estar ahí. Malditos acabados: el trabajo era tan fino que era una imitación casi perfecta. Ni de cerca era posible distinguir los cables. Debía tratarse de un producto de Wheelright & Carpenter: son más caros, pero mira qué bien trabajan.

Se dio por vencido. El gato falso había dejado de funcionar, así que obviamente el cortocircuito, si era eso lo que tenía en jaque al animal, había agotado la alimentación y el tren de transmisión básico. Esto va a costar un dineral, pensó, pesimista. En fin, por lo visto el tipo había prescindido de la limpieza y lubricación preventivas que se efectuaban tres veces al año, las cuales sin duda marcaban la diferencia. Tal vez así, por las malas, el dueño aprendiese la lección.

Volvió al asiento del conductor y dio un golpe de volante para ascender el vehículo, que alzó de nuevo el vuelo para retomar la trayectoria que lo llevaría de regreso al taller de reparaciones.

Al menos ya no seguiría oyendo el enervante quejido de la máquina. Podría relajarse. Qué raro, pensó. Aunque sé racionalmente que no es auténtico, el sonido de un animal falso cuando quema el tren de transmisión y la alimentación basta para hacerme un nudo en el estómago. Pensó también que le gustaría tener otro trabajo. Si no hubiera suspendido el test de inteligencia, no me vería rebajado a soportar estos productos de apoyo sentimental. Por otro lado, el sufrimiento sintético de los animales falsos no preocupaba a Milt Borogrove ni a su jefe, Hannibal Sloat. Así que tal vez sea yo, se dijo John Isidore. Puede que cuando te deterioras en la escala evolutiva como yo lo he hecho, cuando te hundes en el mundo tumba por ser especial… En fin, mejor abandonar esa línea de reflexión. Nada lo deprimía más que los momentos en que contrastaba su capacidad mental actual con la que había poseído en el pasado. A diario declinaban su vigor y sagacidad. Él y los miles de especiales que habitaban en la Tierra, todos ellos se movían hacia la montaña de ceniza, convertidos poco a poco en basugre viva.

Encendió la radio del camión para que le hiciera compañía. Sintonizó el programa de audio del Amigable Buster, el cual, como su homólogo televisivo, duraba veintitrés horas diarias sin interrupciones. La última hora la protagonizaba el cierre religioso de la señal, rematado por diez minutos de silencio antes de dar paso al encendido, que también tenía carácter religioso y duraba otros diez minutos.

—Qué placer tenerla de nuevo en el programa —decía el Amigable Buster—. Veamos, Amanda. Hace ya dos días que la tuvimos por aquí. ¿Alguna grabación nueva, querida?

—Bueno, iban a hacerme una ayer, pero verás, querían que empezara a las siete… —dijo, pronunciando las palabras de forma indistinta, tanto que costaba entenderla.

—¿A las siete de la mañana? —la interrumpió el Amigable Buster.

—Ajá, Buster, eso es: ¡A las siete de la mañana! —Amanda Werner prorrumpió en su famosa carcajada, casi tan imitada como la del propio Buster. Ella y otras tantas damas extranjeras, hermosas a la par que elegantes, de pechos cónicos y procedentes de diversos países sin especificar con fronteras vagamente definidas, además del puñado de tipos bucólicos que supuestamente eran humoristas, comprendían el perpetuo plantel de asiduos al programa. Las mujeres como Amanda Werner jamás hacían películas y nunca aparecían en el escenario, pero llevaban una existencia ociosa y despreocupada gracias a que participaban en el interminable programa de Buster, hasta el punto, había calculado Isidore en una ocasión, de que aparecían como invitadas hasta setenta horas semanales.

¿De dónde sacará el tiempo el Amigable Buster para grabar tanto sus programas de audio como de vídeo?, se preguntó Isidore. ¿Y cómo tiene tiempo Amanda Werner para acudir como invitada día sí, día no, mes tras mes, año tras año? ¿Cómo se las apañan para hablar tanto rato? Nunca se repetían, al menos que él se hubiera dado cuenta. Sus comentarios, siempre ingeniosos y frescos, no estaban ensayados. A Amanda le resplandecía el pelo, llevaba sombra de ojos y le brillaba la dentadura. Nunca se quedaba sin palabras, jamás parecía cansada, nunca le faltaba una palabra ingeniosa cuando había que responder a la ristra de bromas insidiosas, pullas y comentarios jocosos de Buster. El programa del Amigable Buster, televisado y emitido en toda la Tierra vía satélite, también llegaba a los emigrantes de los planetas colonizados. Se había intentado transmitir a Próxima, por si el esfuerzo colonizador humano había llegado tan lejos. Si la *Salander 3* había alcanzado su destino, los viajeros habrían encontrado el programa del Amigable Buster esperándolos allí. Y menuda alegría se habrían llevado.

Pero había algo del Amigable Buster que irritaba profundamente a John Isidore, algo concreto. De modo sutil, discreto, Buster ridiculizaba las cajas empáticas. No una vez, sino muchas veces. De hecho lo estaba haciendo en aquel mismo momento.

—No encontrarás un solo rasguño producido por piedras en mí —parloteaba Buster a Amanda Werner—. ¡Y si voy a subir por la ladera de una montaña, quiero un par de botellines de Budweiser para el camino! —Los espectadores que había en el estudio prorrumpieron en carcajadas, e Isidore oyó una lluvia de aplausos—. Y desde allí arriba revelaré mi exhaustiva y documentada sorpresa, ¡de la que nos separan exactamente diez horas!

—¡Lo mismo digo, querido! —exclamó Amanda con su fuerte acento extranjero—. ¡Llévame contigo! ¡Yo te acompañaré y te protegeré cuando nos arrojen piedras!

De nuevo rugieron los espectadores y John Isidore sintió una ira desconcertante e impotente que le alcanzaba el cogote. ¿Por qué el Amigable Buster cargaba siempre contra el mercerismo? No parecía preocuparle a nadie más, e incluso las Naciones Unidas lo aprobaban. Y las policías soviética y estadounidense habían declarado públicamente que el mercerismo reducía los índices de criminalidad, puesto que los ciudadanos se habían vuelto más conscientes de los problemas de sus vecinos. La humanidad necesitaba empatía, había declarado en diversas ocasiones Titus Corning, secretario general de las Naciones Unidas. Tal vez Buster tuviera celos, conjeturó Isidore. Claro, eso lo explicaría todo. Wilbur Mercer y él compiten. Pero ¿por qué? Por nuestras mentes, concluyó Isidore. Pelean por el control de nuestro yo psíquico: por un lado la caja empática, por otro las burlas, pullas e improvisaciones que Buster dirige al mercerismo. Tengo que contárselo a Hannibal Sloat, decidió. Preguntarle si es verdad. Él lo sabrá.

Después de estacionar el camión en la azotea del Hospital Veterinario Van Ness, Isidore llevó rápidamente la jaula de plástico que contenía el inerte gato falso escaleras abajo, hasta la oficina de Hannibal Sloat. Al entrar, el señor Sloat levantó la vista del libro de control de inventario, arrugado el rostro como una corriente de aguas turbulentas. Hannibal Sloat era demasiado viejo para emigrar, así que se vio condenado a quedarse en la Tierra a pesar de no ser especial. Con los años el polvo le había ido erosionando. Le había agrisado las facciones, al igual que los pensamientos; le había encogido y le había espigado las piernas, y vuelto inseguro su andar. Contemplaba el mundo a través de unas lentes literalmente gruesas por el polvo. Por alguna razón, Sloat nunca se limpiaba las gafas. Era como si se hubiera dado por vencido. Había aceptado la contaminación radiactiva, que tiempo atrás había emprendido su labor de sepultarlo. Ya había estorbado la visión. En los pocos años que le quedaban de vida corrompería sus otros sentidos hasta que, al final, sólo quedaría su voz chillona, que al cabo también moriría.

—¿Qué tenemos aquí? —preguntó el señor Sloat.

—Es un gato que ha sufrido un cortocircuito en la alimentación. —Isidore puso la jaula en la superficie cubierta de documentos del escritorio de su jefe.

—¿Por qué me lo traes? —preguntó Sloat con tono exigente—. Bájaselo a Milt al taller. —Sin embargo, tras pensarlo, abrió la jaula, de cuyo interior sacó el falso animal. Hubo un tiempo en que se había dedicado a repararlos. Y se le daba bien. Muy bien.

—Creo que el Amigable Buster y el mercerismo pugnan por el control de nuestras almas psíquicas —dijo Isidore.

—Pues sí es así, Buster lleva las de ganar —opinó Sloat mientras examinaba el gato.

—Puede que por ahora vaya ganando, pero al final perderá —aseguró Isidore.

Sloat levantó la cabeza para mirarle.

—¿Por qué?

—Porque Wilbur Mercer siempre se renueva. Es eterno. En lo alto de la colina se derrumba. Se hunde en el mundo tumba del que resurge inevitablemente, y nosotros con él. Por tanto, nosotros también somos eternos. —Se sintió bien hablando con tanta fluidez. Generalmente cuando el señor Sloat estaba cerca de él tartamudeaba.

—Buster es inmortal —dijo Sloat—. Y también Mercer. No existe ninguna diferencia.

—¿Cómo es posible? Es un hombre.

—No lo sé, pero es así. Nunca lo admitirían, por supuesto.

—¿Es así como se las ingenia el Amigable Buster para grabar cuarenta y seis horas de programa a diario?

—En efecto.

—¿Y qué me dice de Amanda Werner y las demás mujeres?

—También son inmortales.

—¿Son una forma de vida superior procedente de otro sistema?

—No he llegado a tener la certeza de ello —admitió el señor Sloat, examinando al gato. Se quitó las gafas cubiertas de polvo y miró sin ellas la mandíbula entreabierta del animal—. Como tampoco tengo la certeza en el caso de Wilbur Mercer —añadió con voz inaudible. Soltó entonces una sarta de tacos y maldiciones que Isidore tuvo la impresión de que duraba un minuto entero—. Este gato —dijo finalmente Sloat— no es falso. Sabía que esto sucedería alguna vez. Y está muerto. —Observó el cadáver del gato. Y luego volvió a maldecir en voz alta.

El corpulento Milt Borogrove, con su delantal de loneta azul y su piel enfermiza, se presentó en la puerta de la oficina.

—¿Qué sucede? —preguntó. Al ver el gato, entró en la oficina y recogió al animal.

—Lo ha traído el cabeza hueca —explicó Sloat, que nunca había empleado ese término en presencia de Isidore.

—Si siguiera vivo podríamos llevarlo a un veterinario de verdad —dijo Milt—. Me pregunto si tendrá algún valor. ¿Alguien tiene una copia del Catálogo Sidney?

—¿E… Esto no lo… cu… cubre el se… guro? —preguntó Isidore al señor Sloat. Le temblaban las piernas y le pareció percibir el despacho como a través de una capa marrón oscuro salpicada de manchas verdes.

—Sí —contestó finalmente Sloat, con un amago de mueca—. Pero lo que me pone malo es el desperdicio. La pérdida de otro ser vivo. ¿No te diste cuenta, Isidore? ¿No notaste la diferencia?

—Pensé que era un buen trabajo —logró responder éste—. Tan bueno que era capaz de engañar a cualquiera. Me refiero a que parecía vivo, y era un trabajo tan bueno…

—No creo que Isidore sea consciente de la diferencia —opinó Milt, templado—. Desde su perspectiva, ambos, el ejemplar real y el falso, están vivos. Probablemente intentó salvarlo. —Y, volviéndose a él, añadió—: ¿Qué hiciste, intentar recargarle la batería? ¿O localizar el cortocircuito?

—S… Sí —admitió Isidore.

—Probablemente estaba tan moribundo que no hubiera habido ninguna diferencia —dijo Milt—. No la pague con el cabeza hueca, Han. En cierto modo tiene razón: los falsos empiezan a parecerse demasiado a los auténticos. ¿Qué me dice de esos circuitos que incluyen en los nuevos para que finjan enfermedades? Además, los animales vivos se mueren; es uno de los riesgos de tener uno en propiedad. Lo que pasa es que no estamos acostumbrados a ello porque todos los que solemos ver son falsos.

—Qué puto desperdicio —se lamentó Sloat.

—Según Me… Mercer, to… toda vi… vida vuelve —señaló Isidore—. El ciclo también se co… completa en los ani… animales. Quiero decir que todos ascendemos con él, morimos…

—Eso díselo al dueño de este gato —le interrumpió el señor Sloat.

No muy seguro de si su jefe hablaba en serio, Isidore preguntó:

—¿Me está diciendo que tengo que hacerlo? Pero si usted siempre se encarga de las videollamadas. —Sentía aversión al videófono y hacer una llamada, sobre todo a un extraño, era para él prácticamente imposible. El señor Sloat, por supuesto, era consciente de ello.

—No le obligue a hacerlo —dijo Milt—. Ya me encargaré yo. —Echó mano del auricular—. ¿Cuál es su número?

—Debo de llevarlo por aquí, en alguna parte. —Isidore rebuscó en los bolsillos de su bata.

—Quiero que lo haga el cabeza hueca —insistió Sloat.

—Yo no... no puedo usar el vi... videófono —protestó Isidore, cuyo corazón había empezado a latir con fuerza—. Porque soy peludo, feo, sucio, jorobado, tengo los dientes torcidos y grises. También me siento mareado por la radiación. Creo que voy a morirme.

Milt sonrió y dijo a Sloat:

—Supongo que si yo me viera de ese modo tampoco usaría el videófono. Vamos, Isidore, si no me das el número del dueño no podré llamarlo y tendrás que hacerlo tú. —Tendió la mano en un gesto amistoso.

—Que lo haga el cabeza hueca o lo despido —amenazó Sloat, sin mirar a ninguno de los otros dos. Tenía la vista clavada al frente.

—Vamos, hombre —protestó Milt.

—No... No me gu... gusta que me lla... llamen cabe... cabeza hue... ca. También a us... usted le ha per... perjudicado físi... físicamente el polvo. Aunque puede que no al cere... cerebro, como en mi ca... caso. —«Estoy despedido», comprendió. «No puedo hacer esa llamada». Y de pronto recordó que el dueño del gato se había ido a trabajar, que no encontraría a nadie en casa—. Su... Supongo que podría llamar.

—¿Lo ves? —dijo el señor Sloat a Milt—. Puede hacerlo si debe hacerlo.

Sentado al videófono, auricular en mano, Isidore marcó el número.

—Sí —concedió Milt—, pero no tendría que hacerlo. Y tiene razón: el polvo le ha afectado, casi se ha quedado ciego y dentro de un par de años habrá perdido por completo el oído.

—Mira quién fue a hablar, Borogrove. Tienes la piel del color de la caca de un perro.

Apareció un rostro en la videopantalla, una mujer caucásica que llevaba el pelo recogido en un moño prieto.

—¿Sí? —saludó.

—¿Se... Señora Pilsen? —preguntó Isidore mientras el terror se adueñaba de él. No había pensado en esa posibilidad, pero el dueño del gato tenía esposa, quien por supuesto estaba en casa—. Quiero ha... hablar con usted acerca de su ga... ga... —Calló un instante y se rascó con fuerza la barbilla—. De su gato.

—Ah, sí, usted ha recogido a *Horace* —dijo la señora Pilsen—. ¿Ha resultado ser una pulmonía? Eso es lo que pensaba el señor Pilsen.

—Su gato ha muerto —anunció Isidore.

—Ay, no, Dios del cielo.

—Lo sustituiremos —dijo—. Tenemos un seguro. —Miró en dirección al señor Sloat, que pareció asentir—. El propietario de nuestra empresa, el señor Hannibal Sloat... —forcejeó con las palabras—. Él personalmente...

—No —le corrigió Sloat—. Le haremos entrega de un cheque, según el precio que aparezca listado en el Catálogo Sidney.

—Él personalmente escogerá un gato para que lo sustituya —se encontró diciendo Isidore. Una vez iniciada una conversación que no podía soportar, se descubrió incapaz de recular. Sus palabras poseían una lógica intrínseca que no tenía forma de parar y que debía alcanzar su propia conclusión. Tanto el señor Sloat como Milt Borogrove le miraron con los ojos muy abiertos mientras se esforzaba por continuar—. Si nos proporciona las características del gato que desearía: color, sexo, modelo, como por ejemplo el Manx, el persa, el abisinio...

—*Horace* ha muerto —dijo la señora Pilsen.

—Tenía pulmonía —explicó Isidore—. Murió de camino al hospital. Nuestro jefe veterinario, el doctor Hannibal Sloat, manifestó que en su estado nada podría haberlo salvado. Pero ¿no le parece una suerte, señora Pilsen, que vayamos a reemplazarlo? ¿Estoy en lo cierto?

Las lágrimas asomaron a los ojos de la señora Pilsen, que dijo:

—Sólo hay un gato como mi *Horace*. Cuando no era más que un gatito, solía incorporarse y mirarnos como si nos preguntara algo. Jamás comprendimos cuál era la pregunta. Puede que ahora haya averiguado la respuesta. —Aparecieron más lágrimas en su rostro—. Supongo que, con el tiempo, todos lo haremos.

Isidore tuvo una inspiración.

—¿Qué le parecería una réplica eléctrica exacta de su gato? Podemos obtener una magnífica pieza artesanal de Wheelright y Carpenter, en la que hasta el último detalle del antiguo animal se haya reproducido para perdurar en el...

—¡Ay, eso es horrible! —protestó la señora Pilsen—. ¿Qué está diciendo? No le proponga eso a mi marido, no le sugiera eso a Ed o se volverá loco. Quería a *Horace* más que a cualquiera de los gatos que ha tenido, y tiene gato desde que era niño.

Milt tomó el auricular del videófono de manos de Isidore y dijo a la mujer:

—Podemos entregarle un cheque por la cantidad que marque el Catálogo Sidney, o, como ha sugerido el señor Isidore, podemos escoger otro gato para usted. Lamentamos mucho que el suyo haya muerto pero, como señalaba el señor Isidore, el animal había contraído una pulmonía, lo que en estos casos casi siempre resulta mortal.

—Adoptó un tono profesional: de las tres personas que trabajaban en el Hospital Veterinario Van Ness, Milt era al que mejor se le daban las llamadas de negocios.

—No puedo decírselo a mi marido —confesó la señora Pilsen.

—De acuerdo, señora —dijo Milt, que torció ligeramente el gesto—. Nosotros le llamaremos. ¿Podría darnos el teléfono de su puesto de trabajo? —Buscó un bolígrafo y un papel donde anotar el número. El señor Sloat le tendió ambos.

—Escuche —dijo la señora Pilsen, que recuperó un poco la compostura—. Puede que el otro caballero tenga razón. Quizá debería encargarles un sustituto eléctrico de *Horace*, pero sin que Ed llegue a enterarse. ¿Creen que podría ser una reproducción tan fiel que mi marido fuera incapaz de darse cuenta?

—Si eso es lo que desea —dijo Milt, titubeando—. Pero nuestra experiencia apunta a que es prácticamente imposible engañar al propietario del animal. Funciona sólo con los observadores ocasionales, como por ejemplo los vecinos. Verá, en cuanto uno se acerca a un animal falso...

—Ed nunca se acerca a *Horace*, a pesar de lo mucho que lo quiere. Era yo quien cuidaba de todas las necesidades personales del gato, como limpiarle la tierra. Creo que me gustaría intentarlo con el gato falso, y si no resulta entonces podrán buscarnos uno auténtico que sustituya a *Horace*. No quiero que mi marido se entere, no creo que lo soporte. Es por eso por lo que nunca se acercaba al gato, siempre temió demasiado perderlo. Y cuando *Horace* enfermó de pulmonía, según me cuentan ustedes, a Ed le entró un miedo de muerte y fue incapaz de afrontarlo. Por eso esperamos tanto antes de avisarles. Demasiado... tal como sospechaba antes de recibir su llamada. Lo sabía. —Cabeceó, conteniendo las lágrimas—. ¿Cuánto tardará?

—Podríamos tenerlo listo en diez días —aventuró

Milt—. Lo entregaríamos de día, cuando su marido estuviera en el trabajo. —Se despidió de la señora Pilsen y colgó el auricular—. Lo sabrá —le dijo al señor Sloat—. Le bastará con mirarlo cinco segundos. Pero eso es lo que quiere.

—Los dueños que acaban queriendo a sus animales acaban destrozados —reflexionó Sloat, sombrío—. Me alegra que no nos hayamos implicado con animales de verdad. ¿Os dais cuenta de que los veterinarios de animales de verdad tienen que hacer llamadas así continuamente? —Contempló a John Isidore—. En cierto modo no eres tan tonto, Isidore. Te has desenvuelto razonablemente bien, por mucho que Milt haya tenido que intervenir para echarte una mano.

—Lo estaba haciendo bien —dijo Milt—. Dios mío, menudo mal trago. —Levantó el cadáver de *Horace*—. Lo llevaré abajo, al taller. Han, usted telefonee a Wheelright y Carpenter, para que su constructor se acerque a fotografiarlo y tomarle las medidas. No voy a permitir que se lo lleven a la tienda, quiero comparar la réplica personalmente.

—Creo que le encargaré esa llamada a Isidore —decidió el señor Sloat—. Él ha sido quien ha puesto en marcha todo esto. Después de esa llamada a la señora Pilsen, seguro que podrá tratar sin problemas con Wheelright y Carpenter.

—Sobre todo no dejes que se lleven el original —advirtió Milt a Isidore mientras sostenía el gato—. Querrán llevárselo porque eso les facilitaría mucho el trabajo. Mantente firme.

—Hum. —Isidore pestañeó, confundido—. De acuerdo. Quizá deba llamar ahora mismo, antes de que el cadáver empiece a descomponerse. ¿Los cadáveres no se pudren o algo así? —Se sentía eufórico.

8

Después de estacionar el veloz vehículo flotante propiedad de la policía en la azotea del departamento de justicia de San Francisco, en Lombard Street, el cazarrecompensas Rick Deckard, maletín en mano, bajó a la oficina de Harry Bryant.

—Muy pronto vuelves tú —dijo su superior, recostándose en la silla y tomando un pellizco del rapé Específico número 1.

—He conseguido aquello para lo que me enviaste allí. —Rick se sentó ante el escritorio y dejó el maletín. Estoy cansado, comprendió. Nada más regresar había caído en la cuenta; se preguntó si podría recuperarse para emprender la labor que tenía por delante—. ¿Cómo está Dave? —preguntó—. ¿Lo bastante bien para que pueda visitarle? Me gustaría acercarme a verle antes de ir a por el primero de los andys.

—Te encargarás primero de Polokov —le informó Bryant—. Es el que hirió con un arma láser a Dave. Será mejor que te libres de él de una vez por todas, ya que sabe que lo hemos descubierto.

—¿Antes de ir a visitar a Dave?

Bryant alcanzó una hoja de papel cebolla, cubierta en parte por algunas anotaciones impresas con papel carbón.

—Polokov ha aceptado un puesto en el servicio municipal de recogida de basuras, es basurero.

—¿Ese trabajo no está reservado a los especiales?

—Polokov finge ser un especial, un majadero. Por lo menos finge estar muy deteriorado. Eso es lo que engañó a Dave. Según parece, Polokov actúa y se parece tanto a un majadero que Dave se despistó. ¿Has comprobado la validez de la escala Voigt-Kampff? ¿Estás totalmente seguro, después de lo sucedido en Seattle, de que…?

—Lo estoy —se limitó a responder Rick, sin dar más detalles.

—Aceptaré tu palabra. Pero no puedes permitirte un solo desliz —dijo Bryant.

—Uno nunca puede permitirse un desliz cuando anda a la caza de un andy. No veo que este caso sea distinto.

—El Nexus-6 es distinto.

—Ya he encontrado al primero —replicó Rick—. Y Dave dio con dos. Tres, si incluimos a Polokov. Vale, retiraré hoy mismo a Polokov, y puede que esta noche, o mañana, hable con Dave. —Extendió la mano para tomar las anotaciones impresas por el papel carbón, la arrugada hoja con el historial del androide Polokov.

—Una cosa más —dijo Bryant—. No tardará en llegar un poli soviético, uno de la WPO. Mientras estabas en Seattle recibí una llamada suya; viaja a bordo del cohete Aeroflot que aterrizará en la pista pública dentro de una hora, más o menos. Se llama Sandor Kadalyi.

—¿Qué quiere? —Rara vez, si alguna vez lo hacían, viajaban a San Francisco los polis de la WPO.

—La WPO tiene tanto interés como nosotros en los nuevos modelos Nexus-6; tanto es así que nos han enviado a uno de sus hombres para que te acompañe. Considéralo un observador, aunque, si se encuentra en disposición de hacerlo, también te echará una mano. Dependerá de ti decidir cuándo y cómo puede serte de ayuda. Pero yo ya le he dado permiso para que te acompañe.

—¿Y la recompensa? —preguntó Rick.

—No tendrás que compartirla —aclaró Bryant con una sonrisa torcida.

—Es que entonces no me saldría a cuenta. —No tenía la menor intención de compartir sus ganancias con un matón de la WPO. Estudió el historial de Polokov, que ofrecía una descripción del hombre —del andy, más bien—, además de incluir su dirección y puesto de trabajo en la Compañía de Recogida de Basuras del Área de la Bahía de San Francisco, que tenía sus oficinas en Geary.

—¿Quieres aplazar la retirada de Polokov hasta que el poli soviético llegue para ayudarte? —preguntó Bryant.

Rick se puso tenso.

—Siempre he trabajado solo. Pero eso, claro, es decisión tuya. Haré lo que digas, pero sería mejor que me encargase ahora mismo de Polokov, sin esperar a que Kadalyi llegue a la ciudad.

—Entonces resuélvelo tú solo —decidió Bryant—. Y para el siguiente que te acompañe Kadalyi. Por cierto, ahí mismo tienes la hoja, se trata de una tal señorita Luba Luft.

Después de guardar las copias de papel carbón en el

maletín, Rick salió de la oficina de su superior y subió de nuevo a la azotea en busca del vehículo aparcado. Hagamos una visita al señor Polokov, se dijo. Y palmeó su proyector láser.

Para el tanteo previo del androide Polokov, Rick pasó por la oficina de la Compañía de Recogida de Basuras del Área de la Bahía.

—Estoy buscando a uno de sus empleados —informó a la mujer de pelo canoso y rostro grave que atendía la centralita. El edificio le había impresionado: era espacioso y moderno, con un abundante ejército de oficinistas de primera categoría. Las tupidas moquetas, los caros escritorios de madera auténtica, le recordaron que la recogida de basuras y el tratamiento de los desechos se habían convertido en una de las industrias más importantes de la Tierra desde que finalizó la guerra. Todo el planeta había empezado a desintegrarse y convertirse en basura, y con el fin de mantenerlo habitable para la población restante, había que retirar de vez en cuando esa basura… o, como le gustaba decir al Amigable Buster, la Tierra moriría sepultada bajo una capa no de polvo radioactivo, sino de basugre.

—Pregunte al señor Ackers —le informó la mujer que atendía la centralita—. Es el director de personal.

—Señaló un impresionante escritorio de roble de imitación, ante el cual se sentaba un diminuto y remilgado individuo con gafas, fundido con su plétora de papeleo.

Rick mostró la identificación policial.

—¿Dónde se encuentra en este momento un empleado suyo apellidado Polokov? ¿Está en su puesto de trabajo o en casa?

Después de consultar a regañadientes los registros, el señor Ackers levantó la vista y miró a Rick.

—Polokov tendría que estar trabajando. Aplastando vehículos flotantes en nuestra planta de Daly City para después arrojarlos a la bahía. Sin embargo… —El director de personal consultó otro documento, luego descolgó el videófono e hizo una llamada interna a alguien del edificio—. Entonces no está —dijo, despidiéndose, y cuando hubo colgado el auricular, añadió dirigiéndose a Rick—: Hoy Polokov no se ha presentado en su puesto de trabajo. No ha dado explicaciones. ¿Qué ha hecho, oficial?

—Si se presentara —dijo Rick—, no le diga que he estado aquí preguntando por él. ¿Me ha entendido?

—Sí, entendido —dijo Ackers, enfurruñado, como si hubieran ridiculizado su profundo conocimiento en materia policial.

A continuación, Rick voló en el vehículo modificado del departamento hasta el barrio de Tenderloin, donde se alzaba el edificio de apartamentos de Polokov. Nunca lo encontraremos, se dijo. Ellos, Bryant y Holden, se han tomado más tiempo del debido. En lugar de enviarme a Seattle, Bryant tendría que haberme enviado a por Polokov. Mejor aún, anoche mismo, en cuanto Dave recibió lo suyo.

Qué lugar más mugriento, observó mientras caminaba por la azotea en dirección al ascensor. Había corrales abandonados, con meses de polvo incrustado. Y, en una de las jaulas, un animal falso estropeado, un pollo. Bajó en ascensor al piso de Polokov y encontró el vestíbulo a oscuras, como una cueva subterránea. Utilizando la linterna iluminó el vestíbulo, y de nuevo echó un vistazo al documento que llevaba con los datos del sujeto. Habían aplicado el test Voigt-Kampff a Polokov, así que podía saltarse esa parte y poner directamente manos a la obra en la destrucción del androide.

Será mejor sacarlo de ahí, decidió. Dejó en el suelo el maletín del armamento, que abrió con torpeza, y sacó del interior un transmisor Penfield de onda no direccional; introdujo la clave correspondiente a la catalepsia, protegiéndose de la proyección de ese estado mediante la correspondiente emisión de una contraonda proyectada a través del casco de metal del transmisor, una contraonda que únicamente apuntaba en su dirección.

Acaban de quedarse bien tiesos, se dijo mientras apagaba el transmisor. Todo el mundo que se encuentre en las inmediaciones, ya sea humano o andy. Yo no corro ningún riesgo; lo único que tengo que hacer es entrar y lasearlo. Siempre y cuando, claro está, se encuentre en el apartamento, lo que no es muy probable.

Se sirvió de una llave infinita, que analizaba y abría todas las cerraduras conocidas, para entrar en el apartamento de Polokov, empuñando el proyector láser.

No había ni rastro de Polokov. Únicamente el mobiliario abandonado, porque el apartamento era un nido de basugre y decadencia. De hecho no había efectos personales: lo que se extendía ante sus ojos eran restos sin dueño que Polokov había heredado cuando se instaló allí y que había abandonado para el siguiente inquilino, si es que lo había.

Lo sabía, se dijo. Vaya, acabo de perder la primera recompensa de mil de dólares. Lo más probable es que se haya largado al Círculo Antártico. Fuera de mi jurisdicción; otro cazarrecompensas, perteneciente a otro departamento de policía, lo retirará y reclamará la recompensa. Toca ir a por el resto de los andys que no estén alertados, como lo está Polokov. A por Luba Luft.

De regreso a la azotea, ya en el vehículo flotante, llamó por videófono a Harry Bryant.

—No ha habido suerte con Polokov. Probablemente se largó nada más lasear a Dave. —Consultó la hora en el reloj—. ¿Quieres que pase por la pista para recoger a Kadalyi? Puede que nos ahorre un buen rato y no veo el momento de poner manos a la obra con lo de la señorita Luft. —Ya tenía su historial sobre el regazo y había iniciado un exhaustivo estudio de los datos.

—Sería una idea excelente, si no fuera porque el señor Kadalyi ya está aquí —dijo Bryant—; la nave de Aeroflot, como según él es habitual, se ha adelantado a su horario previsto de llegada. Espera un momento. —Hubo un intercambio invisible e inaudible al otro lado del auricular—. Se acercará volando y se reunirá contigo donde estés ahora —añadió Bryant, situándose de nuevo ante la pantalla—. Mientras tanto ponte al día con el historial de la señorita Luft.

—Cantante de ópera, supuestamente oriunda de Alemania. En la actualidad forma parte del plantel de la Compañía de Ópera de San Francisco. —Pareció reflexionar, atento a la hoja de papel cebolla—. Debe de tener una buena voz para haberse colocado tan rápidamente. Muy bien, esperaré aquí a que llegue Kadalyi. —Dio su ubicación a Bryant y colgó.

Fingiré ser un aficionado a la ópera, decidió Rick mientras seguía leyendo. Particularmente me gustaría verla encarnando el papel de doña Anna, en *Don Giovanni*. Que yo recuerde, tengo cintas de algunas de las grandes de antaño, como Elisabeth Schwarzkopf, Lotte Lehmann y Lisa Della Casa. Eso nos dará algo de lo que hablar mientras preparo el aparato Voigt-Kampff.

Sonó el timbre del teléfono del vehículo y descolgó el receptor.

—Señor Deckard, tengo una llamada para usted desde Seattle —le informó la operadora de la centralita de la policía—. El señor Bryant dijo que se la pasara a usted. Es de la Asociación Rosen.

—De acuerdo —dijo Rick, dispuesto a esperar. ¿Qué demonios querrán?, se preguntó. La experiencia le había demostrado que los Rosen eran portadores de malas noticias, y sin duda la cosa continuaría por ese camino, pretendieran lo que pretendiesen.

El rostro de Rachael Rosen apareció en la diminuta pantalla.

—Hola, oficial Deckard. —Su tono era suave, lo cual le llamó la atención—. ¿Está ocupado ahora mismo o puedo hablar con usted?

—Adelante —dijo Rick.

—Hemos estado comentando aquí su situación respecto a los modelos fugados Nexus-6, y, conociéndolos como los conocemos, pensamos que le iría mucho mejor si uno de nosotros colaborara con usted.

—¿Haciendo qué?

—Bueno, uno de nosotros lo acompañaría. Cuando salga en su busca.

—¿Por qué? ¿Qué podría aportar?

—Los Nexus-6 se mostrarán precavidos si se les acerca un humano —respondió Rachael—. Pero si fuese otro Nexus-6 quien entablase contacto…

—Se refiere, por supuesto, a usted.

—Sí. —Asintió muy seria.

—Ya cuento con ayuda de sobras.

—Es que creo que me necesita.

—Lo dudo. Deje que lo piense y la llame. —En un

momento lejano e indeterminado del futuro, se dijo. O, más concretamente, nunca. Es lo que me faltaba: Rachael Rosen metiendo la nariz a través del polvo a cada paso que doy.

—No habla en serio —dijo Rachael—. Nunca me llamará. No comprende lo ágil que puede llegar a ser un Nexus-6 ilegal que se ha dado a la fuga, lo difícil que le resultará a usted alcanzarlo. Estamos en deuda con usted por... Bueno, usted ya sabe el porqué. Por lo que hicimos.

—Lo meditaré —aseguró mientras hacía ademán de colgar.

—Sin mí, uno de esos Nexus-6 acabará con usted antes de que pueda retirarlos —le advirtió Rachael.

—Adiós —dijo antes de colgar. ¿En qué clase de mundo vivimos donde un androide llama a un cazarrecompensas para ofrecerle su ayuda?, se preguntó. Llamó de nuevo a la operadora de la policía—. No me pase más llamadas de Seattle —ordenó.

—Sí, señor Deckard. ¿Ya se ha reunido con usted el señor Kadalyi?

—Sigo esperándole. Y será mejor que se apresure porque no pienso seguir aquí mucho rato. —Colgó de nuevo.

Volvía a consultar el historial de Luba Luft cuando un vehitaxi flotante aterrizó en la azotea, a unos metros de distancia. Del interior salió un hombre querúbico y rubicundo, de mediana edad y vestido con un imponente abrigo de corte ruso, que se acercó al vehículo de Rick con una sonrisa radiante y la mano tendida.

—¿Señor Deckard? —preguntó el hombre con marcado acento eslavo—. ¿Es usted el cazarrecompensas que trabaja para el departamento de policía de San Francisco? —El taxi vacío alzó el vuelo, y el ruso lo miró alejarse con aire ausente—. Soy Sandor Kadalyi —se presentó, abriendo la puerta del coche para sentarse junto a Rick.

Cuando estrechó la mano de Kadalyi, Rick reparó en que el representante de la WPO iba armado con un proyector láser inusual, un modelo poco conocido que nunca había visto.

—¿Qué? ¿Esto? —preguntó Kadalyi—. Es interesante, ¿no le parece? —Lo sacó de la funda que llevaba al cinto—. Lo compré en Marte.

—Pensé que conocía todas las pistolas del mercado —admitió Rick—. Incluso las que se fabrican y utilizan en las colonias.

—Éstas las hacemos nosotros mismos —dijo Kadalyi, sonriendo como un Santa Claus eslavo, con una expresión en su rubicundo rostro que era la viva imagen del orgullo—. ¿Le gusta? Lo que las diferencia funcionalmente es… Tenga, cójala. —Ofreció el arma a Rick, que la inspeccionó con mirada experta debido a los años de experiencia en el oficio.

—¿Qué las diferencia funcionalmente? —preguntó Rick. A simple vista no supo decirlo.

—Apriete el gatillo.

Rick apuntó hacia arriba, sacando el arma por la ventanilla del vehículo, y apretó el gatillo. No sucedió nada; no surgió proyectado ningún haz láser. Se volvió hacia Kadalyi, sorprendido.

—El circuito de accionamiento del gatillo —dijo Kadalyi, alegre— no está incluido en el arma, sino que lo lleva puesto quien la dispara. ¿Lo ve? —Abrió la mano, y había una diminuta pieza en ella—. También puedo dirigirla, con ciertos límites. Sin importar hacia dónde apunte.

111

—Usted no es Polokov, sino Kadalyi —dijo Rick.

—Al revés, querrá decir. Lo veo algo confundido.

—Me refiero a que es Polokov, el androide; no pertenece usted a la policía soviética. —Con el pie, Rick presionó el botón de emergencia que había en el suelo del vehículo.

—¿Por qué mi láser no dispara? —preguntó Kadalyi-Polokov, encendiendo y apagando el control remoto en miniatura que tenía en la palma de la mano.

—Se llama onda sinusoidal—respondió Rick—. Anula la emanación láser y extiende la frecuencia del haz hasta transformarlo en luz normal.

—Entonces voy a tener que romperte el lápiz que tienes por cuello. —El androide soltó el arma y, con un gruñido, aferró a Rick por la garganta con ambas manos.

Mientras las manos del androide se cerraban con fuerza en torno a su cuello, Rick efectuó un disparo con la antigua pistola reglamentaria que llevaba en la funda de axila; el proyectil del calibre 38 Magnum alcanzó al androide en la cabeza y destrozó el compartimiento que alojaba el cerebro. El modelo Nexus-6 saltó por los aires hecho pedazos con una furibunda corriente de aire que recorrió el interior del vehículo. Algunos pedazos llovieron sobre Rick como si fueran motas de polvo radiactivo. Los restos del androide retirado se columpiaron hacia atrás, chocando con la puerta del coche, rebotando contra ella y precipitándose sobre el conductor, quien se vio entonces apartando con esfuerzo los restos del androide, presa de contracciones espasmódicas.

Tembloroso, alcanzó por fin el auricular del videófono para ponerse en contacto con el departamento de justicia.

—Tengo que presentar un informe —explicó—. Dígale a Harry que tengo a Polokov.

—Que tiene a Polokov. Él lo entenderá, ¿verdad?

—Sí —respondió Rick, que colgó el auricular. Por Dios que esta vez me ha ido de poco, se dijo. No he hecho el debido caso a la advertencia de Rachael Rosen y eso ha estado a punto de costarme la vida. Pero tengo a Polokov. Su glándula suprarrenal dejó de bombear las diversas secreciones al riego sanguíneo, su corazón recuperó un ritmo normal y la respiración se volvió menos agitada. Sin embargo no había dejado de temblar. Se recordó que acababa de ganar mil dólares. Por lo tanto ha valido la pena, se dijo. Y reacciono con mayor rapidez que Dave Holden. Claro que lo que le sucedió a Dave me tenía alerta, hay que admitirlo. Dave no había contado con semejante ventaja.

Descolgó de nuevo el auricular para llamar a Iran al apartamento. Logró encender un cigarrillo y los temblores se redujeron.

La cara de su mujer, saturada por las seis horas que llevaba sumida en un estado depresivo reprochándose cosas a sí misma, se manifestó en la videopantalla.

—Ah, hola, Rick.

—¿Qué ha pasado con el cinco nueve cuatro que te marqué antes de irme? Reconocimiento de la superior sabidu…

—Marqué de nuevo en cuanto te fuiste. ¿Qué quieres? —Su voz adoptó un lúgubre tono de desánimo—. Estoy tan cansada que no me queda un resquicio de esperanza. Ni en nuestro matrimonio, ni en ti, que puedes morir a manos de uno de esos andys. ¿Es eso lo que quieres decirme, Rick? ¿Que un andy te ha cazado? —De fondo se oía el estrépito con que el Amigable Buster rebuznaba y retumbaba, erradicando las palabras de ella. Vio cómo movía los labios, pero tan sólo oyó el televisor.

—Escucha —la interrumpió—. ¿Me oyes? Estoy metido en algo. Se trata de un nuevo tipo de androide que, por lo visto, nadie más que yo puede manejar. Ya he retirado uno hoy, así que ya tenemos mil dólares para empezar. ¿Sabes que vamos a tener antes de que termine este trabajo?

Iran le miró sin verlo.

—Ah —dijo, asintiendo.

—¡Si aún no te lo he dicho! —Acababa de caer en la cuenta de que su depresión era demasiado profunda para que prestase atención a sus palabras. Era como hablar solo—. Nos veremos esta noche —se despidió con amargura, colgando con fuerza el receptor. Maldita sea, se dijo. ¿De qué sirve que ande por ahí arriesgando la vida? No le importa nada que tengamos o no un avestruz, es como si nada la afectara. Ojalá me hubiera librado de ella hace dos años, cuando ambos consideramos la posibilidad de separarnos. Aún estoy a tiempo de hacerlo, se recordó.

Se agachó, pensativo, para recoger los documentos esparcidos en el suelo del vehículo, incluida la información sobre Luba Luft. No me apoya, se dijo. La mayoría de los androides que conozco tienen mayor vitalidad y deseo de vivir que mi esposa. No tiene nada que ofrecerme.

Eso le hizo pensar de nuevo en Rachael Rosen. El consejo que me ha dado sobre la mentalidad del Nexus-6 ha resultado ser acertado, comprendió. Suponiendo que no quiera parte del dinero de la recompensa, tal vez podría servirme de ella.

El encuentro con Kadalyi-Polokov había dado un vuelco total a sus ideas.

Puso en marcha el motor del coche flotante y alzó el vuelo para dirigirse hacia el antiguo Palacio de la Ópera construido en memoria de la guerra, donde, según las notas de Dave Holden, encontraría a Luba Luft a esa hora.

Se imaginó cómo sería. Algunas androides femeninas le parecían atractivas, se había sentido atraído por varias, una sensación extraña debido al hecho de saber que eran máquinas, capaces, no obstante, de reaccionar.

Rachael Rosen, sin ir más lejos. No, decidió. Demasiado delgada. No tiene curvas, sobre todo en el busto. Tenía cuerpo de chico, era muy plana. Podía aspirar a algo mejor. ¿Qué edad tenía Luba Luft, según la hoja de papel cebolla? Sacó las notas arrugadas mientras conducía y localizó el dato que buscaba, la supuesta edad del sujeto. Veintiocho, rezaba en el historial. Juzgada por la apariencia, la cual, tratándose de un andy, era el único criterio útil.

Está bien que sepa algo de ópera, reflexionó Rick. Ésa es otra ventaja que tengo sobre Dave, que me interesa más la cultura que a él.

Intentaré retirar otro andy antes de recurrir a Rachael, decidió. Siempre y cuando la señorita Luft se muestre demasiado dura de roer. Sin embargo tuvo la sensación de que no sería así. Polokov era el duro, los demás, que ignoraban el hecho de que alguien había emprendido su caza, caerían uno tras otro. Sería como practicar el tiro al pato.

Cuando descendió sobre la elegante azotea del Palacio de la Ópera, cantó un popurrí de arias, con palabras que sonaban a italiano improvisadas en el momento. A pesar de no tener a mano el climatizador del ánimo Penfield, se sentía lleno de optimismo. Lo que se avecinaba también le infundió un intenso regocijo.

9

En el interior del enorme vientre de ballena de acero y piedra esculpido para dar forma al viejo y duradero Palacio de la Ópera, Rick Deckard se encontró inmerso en mitad de un ensayo, cuyo eco imponente, algo desacompasado, le alcanzó nada más entrar. Reconoció la música: *La flauta mágica*, de Mozart, las últimas escenas del primer acto. Los esclavos del moro, en otras palabras el coro, se habían adelantado un compás y el canto había pisado el sencillo ritmo de las campanas mágicas.

Qué placer. Adoraba *La flauta mágica*. Se acomodó en el asiento de un palco, donde nadie pareció reparar en su presencia. Papageno, con su fantástico traje de plumas de ave, se había unido a Pamina para cantar unas frases que siempre hacían llorar a Rick, incluso sólo pensando en ellas.

> *Könnte jeder brave Mann*
> *solche Glöckchen finden,*
> *seine Feinde würden dann*
> *ohne Mühe schwinden.*

En fin, pensó Rick, en la vida real no hay campanillas mágicas que valgan capaces de hacer desaparecer a tu enemigo. Lástima. Y Mozart había muerto no mucho después de componer *La flauta mágica*; tenía treinta y tantos años y estaba aquejado de una enfermedad renal. Lo enterraron como a un mendigo, en una fosa común.

Pensaba en ello cuando se preguntó si Mozart había llegado a intuir alguna vez que el futuro no existía, que ya había utilizado el poco tiempo del que disponía. Puede que yo también, pensó Rick, mientras observaba las evoluciones del ensayo. Este ensayo concluirá, la representación terminará, los cantantes morirán, con el tiempo se destruirá la última partitura musical, sucederá de un modo u otro. Finalmente, desaparecerá el nombre de Mozart y el polvo habrá ganado. Si no es en este planeta, será en otro. Podemos evitarlo un tiempo, igual que los andys pueden evitarme a mí y existir un período finito de tiempo más. Pero si yo no los atrapo, algún otro lo hará. En cierto modo, comprendió, soy parte del proceso entrópico de destrucción de la forma. La Asociación Rosen hace y yo deshago. Al menos eso debe de parecerles a ellos.

En el escenario, Papageno y Pamina iniciaron un diálogo. Detuvo su introspección para escuchar.

PAPAGENO.—Hija mía, ¿qué diremos ahora?
PAMINA.—La verdad. Eso diremos.

Rick se inclinó hacia delante para echar un vistazo y contempló a Pamina, con su traje recargado y el griñón sobre los hombros y el rostro. Consultó de nuevo el historial y se recostó, satisfecho. Acabo de ver a mi tercer androide Nexus-6, comprendió. Ésa es Luba Luft. Algo irónico pensar en todo el sentimiento que le exige su papel. Por vital, activa y hermosa que sea, una androide fugada apenas puede distinguir la verdad. La verdad sobre ella misma, al menos.

Sobre el escenario cantaba Luba Luft, y se sintió sorprendido por la calidad de su voz, que podía compararse a las mejores, incluso las más famosas incluidas en su colección de grabaciones históricas. Tuvo que admitir que la Asociación Rosen la había construido bien. Y de nuevo se vio a sí mismo como una subespecie *aeternitatis*, el destructor de formas llamado a actuar por lo que había visto y oído allí. Tal vez cuanto mejor sea su funcionamiento, cuanto mejor cante, más necesario sea yo. Si los androides hubieran seguido siendo inferiores a lo normal, como los antiguos q-40 fabricados por Asociados Derain, mis habilidades no serían necesarias. Me pregunto cuándo debería hacerlo. Probablemente en cuanto sea posible. Al final del ensayo, cuando regrese a su camerino.

Al finalizar el acto, hubo una pausa en el ensayo. El director informó en inglés, francés y alemán que éste se reanudaría al cabo de hora y media, y luego se marchó. Los músicos dejaron los instrumentos y también se retiraron. Rick se puso en pie y se confundió entre los rezagados, a quienes siguió hasta la zona de camerinos, tomándose su tiempo, pensando. Es mejor así, zanjar el asunto de una vez por todas. Pasaré un rato hablando con ella, sometiéndola al test, si es posible. Y en cuanto me asegure… Pero teóricamente no lo haría hasta una vez concluido el test. Tal vez Dave la juzgó mal, conjeturó. Eso espero. Aunque lo dudaba. El instinto profesional le había dado una respuesta. Un instinto que aún tenía que equivocarse por primera vez en… los años que llevaba en el departamento.

Paró a un extra, a quien preguntó por el camerino de la señorita Luft. El hombre, maquillado y vestido como un lancero egipcio, señaló. Rick se acercó a la puerta indicada, leyó una nota escrita con tinta que rezaba PRI-VADO - SEÑORITA LUFT y llamó.

—Adelante.

Entró. La joven se hallaba sentada al tocador, con una encuadernada y manoseada partitura abierta en el regazo, tomando notas ocasionales con un bolígrafo. Seguía vestida y maquillada, exceptuando el griñón, que había devuelto a la percha.

—¿Sí? —preguntó, volviéndose. El maquillaje resaltaba sus ojos, que eran enormes y avellanados, y que clavó en él sin titubear—. Como puede usted ver, estoy ocupada. —No había en su inglés ni rastro de acento.

—Podrían compararla con la Schwarzkopf y no exagerarían —dijo Rick.

—¿Quién es usted?

Había en su tono una reserva distante, y también la frialdad que había encontrado en tantos androides. Con ellos siempre era la misma historia: un gran intelecto, la capacidad para lograr muchas cosas, pero también aquello. Lo deploraba. Sin embargo, sin ello no habría podido reconocerlos.

—Trabajo para el departamento de policía de San Francisco —dijo.

—Ah. —Los ojos grandes e intensos no pestañearon ni delataron la menor reacción—. ¿Y a qué debo su visita? —Su tono, extrañamente, le pareció cortés.

Tomó asiento en una silla cercana y abrió el maletín.

—Me han enviado para administrarle un test estándar de personalidad. No nos llevará más de unos minutos.

—¿Es necesario? —Hizo un gesto con la barbilla para señalar la partitura encuadernada—. Tengo muchas cosas que hacer.

Fue la primera vez que se mostró asustada.

—Es necesario. —Sacó el instrumental Voigt-Kampff, que se dispuso a montar.

—¿Es un test de inteligencia?

—No. De empatía.

—Debo ponerme las gafas. —Llevó la mano a un cajón del camerino.

—Si puede tomar anotaciones en la partitura sin llevar gafas, también podrá realizar el test así. Le mostraré algunas imágenes y le formularé una serie de preguntas. Mientras tanto... —Se levantó para acercarse a ella y, tras inclinarse, le aplicó el parche adhesivo con la rejilla sensitiva en la mejilla maquillada—. Y ahora esta luz —añadió, ajustando el ángulo del haz que proyectaba el bolígrafo—. Esto es todo.

—¿Cree que soy un androide? ¿Es eso? —Su voz se había apagado tanto que se confundía con el silencio—. No soy un androide. Nunca he estado en Marte. ¡Jamás he visto un androide! —Sus largas pestañas temblaron involuntariamente y Rick advirtió cómo intentaba calmarse—. ¿Tiene alguna información de la presencia de un androide en el reparto? Me gustaría ayudarle, pero si soy un androide, ¿querré hacerlo?

—A un androide no le importa lo que le suceda a otro androide —dijo—. Es una de las indicaciones que buscamos.

—Entonces —dijo la señorita Luft—, usted debe de ser uno.

Eso lo detuvo. Volvió la mirada hacia ella.

—Porque su trabajo consiste en matarlos —continuó—, ¿no es así? Usted es eso que llaman... —Intentó recordar.

—Un cazarrecompensas —finalizó Rick—. Pero no soy un androide.

—Ese test que quiere aplicarme... —Había empezado a recuperar el tono gélido—. ¿Se lo han aplicado a usted?

—Sí —respondió, asintiendo con la cabeza—. Hace mucho, mucho tiempo, justo al entrar en el departamento.

—Puede que sea un recuerdo falso. ¿No sucede a veces que los androides tienen recuerdos falsos?

—Mis superiores saben lo del test —dijo Rick—. Es obligatorio hacerlo.

—Quizá hubo una vez un humano parecido a usted, y hubo un punto en que usted lo asesinó y suplantó. Y sus superiores no lo saben. —Sonrió. Como invitándole a mostrarse de acuerdo con ella.

—Empecemos con el test —dijo Rick, sacando los documentos con las preguntas impresas.

—Lo realizaré —dijo Luba Luft—, si usted lo hace antes.

Se quedó mirándola de nuevo, paralizado.

—¿Eso no sería más justo? —preguntó ella—. Así podría estar segura de usted. No sé, me parece tan peculiar, tan duro y extraño. —Tembló antes de sonreír de nuevo. Esperanzada.

—No podría administrar el test Voigt-Kampff: requiere una experiencia considerable. Ahora preste atención. Estas preguntas hacen referencia a situaciones sociales en las que podría verse involucrada; lo que quiero de usted es una respuesta, lo que haría. Y quiero que me dé esa respuesta tan rápidamente como sea posible. Uno de los datos que anotaré será el tiempo que tarde en responder. —Escogió la primera de las preguntas—. Se encuentra sentada, mirando el televisor, cuando de pronto descubre que tiene una avispa en la muñeca. —Comprobó la hora en el reloj, contando los segundos. Atento también a la lectura de ambas agujas.

—¿Qué es una avispa? —preguntó Luba Luft.

—Un insecto volador que pica con su aguijón.

—Ah, qué raro. —Se le dilataron los ojos inmensos como cuando un niño descubre algo, como si le hubiera revelado el misterio de la creación—. ¿Aún existen? Nunca he visto una.

—Se extinguieron por culpa del polvo. ¿De verdad no sabe lo que es una avispa? Debía de estar viva cuando aún existían, tan sólo hace...

—Dígame cómo se llaman en alemán.

Intentó dar con la traducción, pero no pudo.

—Su inglés es perfecto —dijo él, irritado.

—Mi acento es perfecto —matizó ella—. Tiene que serlo para los papeles en obras de Purcell, Walton y Vaughn Williams. Pero no poseo un vocabulario muy amplio. —Le miró, esquiva.

—*Wespe* —dijo al recordar la voz equivalente en alemán.

—Ah, sí. *Eine wespe.* —Rió—. ¿Y cuál era la pregunta? Ya la he olvidado.

—Probemos con otra. —Ya no era posible obtener una respuesta significativa—. Está viendo una película antigua en la televisión, una película de antes de la guerra. Muestra un banquete. El entrante —optó por saltarse la primera parte de la pregunta— consiste en un guiso de perro relleno con arroz.

—Nadie mataría y se comería un perro —dijo Luba Luft—. Cuestan una fortuna. Pero supongo que se refiere a un perro de imitación, uno falso. ¿Es así? Aunque ésos están hechos de cables y motores, y no son comestibles.

—Antes de la guerra —le recordó, bronco.

—Yo nací después de la guerra.

—Pero habrá visto películas antiguas en la televisión.

—¿La película está ambientada en Filipinas?

—¿Por qué?

—Porque antes en las Filipinas preparaban guisos de perro con arroz —explicó Luba Luft—. Recuerdo haberlo leído en alguna parte.

—Su respuesta —dijo Rick—. Quiero su respuesta social, emocional, su reacción moral.

—¿Ante la película? —Lo pensó—. Dejaría de verla y sintonizaría el programa del Amigable Buster.

—¿Por qué dejaría de verla?

—Bueno —respondió ella, enfadada—, ¿quién coño quiere ver una película antigua ambientada en las Filipinas? Aparte de la Marcha de la Muerte de Batán, ¿qué más ha sucedido en las Filipinas que pueda interesarle ver a nadie? —Le miró, indignada. Las agujas se movían como locas en todas direcciones.

—Alquila una cabaña en la montaña —planteó él tras hacer una pausa.

—*Ja* —dijo ella—. Adelante, estoy esperando.

—En una zona que sigue cubierta de verde.

—¿Perdón? —Se puso la mano en la oreja—. Nunca había oído esa expresión.

—Aún hay árboles y arbustos. La cabaña es de pino

123

rústico y hasta tiene chimenea. Alguien ha colgado de las paredes mapas antiguos, grabados de Currier e Ives, y sobre la chimenea hay una cabeza de ciervo, un venado con toda su cornamenta. Quienes la acompañan admiran la decoración de la cabaña y…

—No entiendo qué quiere decir con «Currier», «Ives» o «decoración» —interrumpió Luba Luft, que parecía esforzarse por entender aquellas palabras—. Espere —dijo, levantando la mano, ansiosa—. Con arroz, como lo del perro. Currier es lo que se le pone al arroz con curry. En alemán se llama *curry*.

No alcanzó a comprender si la bruma semántica de Luba Luft tenía un propósito. Después de consultarlo consigo mismo decidió probar con otra pregunta. ¿Qué otra cosa podía hacer?

—Sale con un hombre que la invita a visitar su apartamento. Una vez allí…

—*O nein* —le interrumpió Luba—. Yo nunca aceptaría. Ésa es fácil.

—¡Pero ésa no era la pregunta!

—¿Se ha equivocado con la pregunta? Lo comprendo, pero ¿por qué la pregunta que entiendo es la equivocada? ¿No se supone que debo entenderle? —Se rascó la mejilla, agitada, y se arrancó el disco adhesivo, que cayó al suelo deslizándose por él hasta quedar inmóvil bajo el tocador—. *Ach Gott* —murmuró, agachándose para recogerlo. Se oyó un ruido de tela rasgándose. Era el recargado vestido.

—Yo lo recogeré —dijo él, apartándola. Se arrodilló para palpar debajo del tocador, hasta que localizó con los dedos el disco.

Al levantarse se encontró en el lado equivocado de un proyector láser.

—Sus preguntas —dijo Luba Luft con tono quebradizo, formal—. Han empezado a girar en torno al sexo, tal como pensé que sucedería. Usted no trabaja para el departamento de policía: es un depravado sexual.

—Puede comprobar mi identificación. —Se llevó la mano al bolsillo del abrigo. Reparó en que ésta había comenzado a temblarle otra vez, tal como le había pasado con Polokov.

—Si mete la mano ahí le mataré —le advirtió Luba Luft.

—Va a hacerlo de todos modos. —Se preguntó qué habría pasado si hubiera esperado a que Rachael Rosen se reuniera con él. Pero no valía la pena darle más vueltas al asunto.

—Déjeme leer algunas de sus preguntas. —Estiró la mano y él, a regañadientes, le tendió algunas hojas—. «Encuentra en una revista la fotografía de una joven desnuda.» Vaya pregunta. «Se queda embarazada. El padre es un hombre que ha prometido casarse con usted, pero sale con otra mujer, que es su mejor amiga. Decide abortar.» La pauta de estas preguntas salta a la vista. Voy a llamar a la policía. —Sin dejar de apuntarle con el proyector láser, cruzó la habitación, descolgó el videófono y habló con la operadora—. Comuníqueme con el departamento de policía de San Francisco —dijo—. Quiero que venga la policía.

—Lo que hace es la mejor alternativa posible —admitió Rick, aliviado. No obstante, le pareció extraño que Luba hubiera reaccionado de ese modo. ¿Por qué no matarle sin más? En cuanto llegase el coche patrulla, perdería la oportunidad y todo seguiría el curso que él marcara.

Debe de pensar que es humana, concluyó. Obviamente, no lo sabe.

Al cabo de unos minutos, durante los cuales Luba no dejó de apuntarle con el proyector láser, llegó un auténtico mostrenco, ataviado con su arcaico uniforme azul, con la estrella y el arma.

—Veamos —dijo enseguida a Luba—. Suelte eso ahora mismo.

Ella dejó el láser y el agente lo recogió para examinarlo y comprobar que estuviera cargado.

—Bueno, ¿qué ha pasado aquí? —le preguntó, pero antes de que ella pudiera responder, se volvió hacia Rick—. ¿Y quién es usted?

—Entró en mi camerino —explicó Luba Luft—. Es la primera vez que veo a este hombre en mi vida. Me dijo que estaba efectuando una encuesta o algo así y que tenía que hacerme unas preguntas. No me importó y acepté, pero al cabo de un rato se puso a hacer preguntas obscenas.

—Muéstreme la identificación —dijo el mostrenco a Rick, extendiendo la mano.

—Soy cazarrecompensas y trabajo para el departamento —replicó Rick mientras sacaba la identificación.

—Conozco a todos los cazarrecompensas —dijo el mostrenco mientras examinaba la cartera—. ¿Trabaja para el departamento de policía de San Francisco?

—Mi supervisor es el inspector Harry Bryant —contestó Rick—. Me he hecho cargo de la lista de Dave Holden desde que le ingresaron en el hospital.

—Ya le digo que conozco a todos los cazarrecompensas —insistió el mostrenco—, y es la primera vez que oigo hablar de usted. —Le devolvió a Rick la identificación.

—Llame al inspector Bryant —sugirió éste.

—No existe ningún inspector Bryant —le contradijo el hombre.

De pronto, Rick comprendió lo que sucedía.

—Usted es un androide —le dijo al mostrenco—. Como la señorita Luft. —Se acercó al videófono y descolgó el auricular—. Voy a llamar al departamento. —Se preguntó hasta dónde llegaría antes de que ambos androides lo detuvieran.

—El número —dijo el mostrenco— es…

—Sé cuál es el número. —Rick marcó. Instantes después estaba hablando con la operadora de la centralita de la policía—. Quiero hablar con el inspector Bryant —dijo.

—¿De parte de quién, si es tan amable?

—Soy Rick Deckard. —Esperó. Entretanto, a un lado, el mostrenco tomaba declaración a Luba Luft. Ninguno de ellos le prestaba la menor atención.

Hubo una pausa, tras la cual apareció el rostro de Harry Bryant en la videopantalla.

—¿Qué sucede? —preguntó a Rick.

—Un problemilla —respondió éste—. Uno de los sujetos que figuran en la lista de Dave ha llamado a la policía y ha logrado que venga un patrullero. Por lo visto no puedo demostrarle quién soy. Afirma conocer a todos los cazarrecompensas del departamento y que nunca ha oído hablar de mí. —Y añadió—: Tampoco ha oído hablar de ti.

—Deja que hable con él —propuso Bryant.

—El inspector Bryant quiere hablar con usted. —Rick le tendió el auricular del videófono.

El mostrenco dejó de interrogar a la señorita Luft para coger el receptor.

—Al habla el agente Crams —dijo el mostrenco, elevando el tono de voz. Hubo una pausa—. ¿Hola? —Prestó atención, habló varias veces más y aguardó antes de volverse hacia Rick—: No hay nadie al otro lado del aparato. Y no veo a nadie en la pantalla. —Señaló la pantalla del videófono, donde en efecto Rick no vio a nadie.

—¿Inspector Bryant? —llamó Rick tras recuperar el auricular de manos del mostrenco. Aguzó el oído, esperó. Nada—. Volveré a llamar. —Colgó, dejó pasar unos segundos y luego marcó de nuevo aquel número que le era tan familiar. El teléfono sonó, pero nadie respondió a la llamada, así que siguió sonando y sonando.

—Déjeme probar —se ofreció el agente Crams, tomando el auricular—. Debe de haberse equivocado al marcar. El número es 842…

—Conozco el número —le interrumpió Rick.

—Al habla el agente Crams —saludó el mostrenco a quien fuera que hubiese respondido—. ¿Hay algún inspector Bryant que trabaje en el departamento? —Se produjo una breve pausa—. ¿Y qué me dice de un cazarrecompensas llamado Rick Deckard? —Otra pausa—. ¿Está seguro? Tal vez sea reciente… Ah, comprendo. Muy bien, gracias. No, lo tengo bajo control. —El agente Crams interrumpió la comunicación y se volvió hacia Rick.

—Lo tenía en la línea —dijo éste—. Acabo de hablar con él. Me ha pedido que le pasara a usted el aparato. Debe de haber habido algún problema con el videófono. Se habrá cortado la línea. ¿No ha llegado usted a verle? El rostro de Bryant apareció en pantalla y de pronto ya no estaba. —Se sentía desconcertado.

—Deckard, tengo la declaración de la señorita Luft —dijo el agente Crams—. Así que vamos al departamento de justicia para que pueda identificarle.

—De acuerdo —aceptó Rick, que se dirigió entonces a Luba Luft—: Volveré en un rato. Aún no he terminado el test.

—Es un depravado —le dijo Luba Luft al agente Crams—. Me da mala espina.

—¿Qué ópera están ensayando? —preguntó el agente Crams.

—*La flauta mágica* —respondió Rick.

—No se lo he preguntado a usted, sino a ella. —El mostrenco le miró con antipatía.

—No veo el momento de llegar al departamento de justicia —dijo Rick—. Hay que resolver este malentendido. —Echó a andar en dirección a la puerta del camerino, con el maletín bien agarrado.

—Antes voy a registrarle. —El agente Crams le cacheó con destreza y encontró la pistola reglamentaria de Rick, así como el proyector láser. Se apropió de ambos, tras olisquear el cañón de la pistola durante un instante—. Ha disparado recientemente —aseguró.

—Acabo de retirar un andy —dijo Rick—. Los restos siguen en mi vehículo, en la azotea.

—De acuerdo —contestó el agente Crams—. Subiremos a echar un vistazo.

Cuando ambos se disponían a abandonar el camerino, la señorita Luft los siguió hasta la puerta.

—No volveré a verlo por aquí, ¿verdad, agente? Me da mucho miedo, es tan raro.

—Si lleva el cadáver de alguien a quien acaba de asesinar dentro de su coche, no volverá —dijo Crams, que empujó a Rick hacia delante. Ambos subieron en ascensor hasta la azotea del Palacio de la Ópera.

Después de abrir la puerta del vehículo de Rick, el

agente Crams inspeccionó en silencio el cadáver de Polokov.

—Es un androide —dijo Rick—. Me enviaron en su busca. Estuvo a punto de acabar conmigo cuando se hizo pasar por…

—Le tomarán declaración en el departamento de justicia —le interrumpió el agente Crams, que seguidamente empujó a Rick en dirección al coche patrulla estacionado a unos metros; allí, por medio de la radio, llamó a alguien para que recogiera a Polokov—. De acuerdo, Deckard —dijo, colgando el auricular—. Vamos allá.

Con ambos a bordo, el vehículo policial alzó el vuelo desde la azotea y puso rumbo sur.

Rick reparó en que había algo que se salía de lo normal. El agente Crams conducía el vehículo en la dirección equivocada.

—El departamento de justicia está al norte, en Lombard —puntualizó Rick.

—Ése es el antiguo departamento de justicia —dijo el agente Crams—. El nuevo está en Mission. El viejo edificio se está desintegrando. Está en ruinas. Lleva años vacío. ¿Tanto hace de la última vez que estuvo usted en Lombard?

—Lléveme hasta allí —pidió Rick—. A Lombard Street. —En ese momento lo entendió todo. Comprendió qué habían logrado los androides, trabajando juntos. No sobreviviría a ese trayecto en coche; para él era el final, como casi lo había sido para Dave, y como probablemente, con el tiempo, acabaría siéndolo.

—Esa chica es un auténtico bombón —comentó el agente Crams—. Claro que con ese vestido es imposible verle la figura, pero diría que la tiene bonita.

—Admita que usted es un androide —dijo Rick.

—¿Por qué? No soy un androide. ¿Usted se dedica realmente a vagabundear por ahí, matando gente y diciéndose a sí mismo que son androides? Ahora entiendo por qué la señorita Luft estaba tan asustada. Menos mal que nos ha llamado.

—Entonces lléveme al departamento de justicia, en Lombard.

—Como acabo de decirle…

—Tardaremos unos tres minutos —dijo Rick—. Quiero verlo. Cada mañana voy allí a trabajar. Quiero comprobar que lleva años abandonado, como asegura usted.

—Tal vez sea usted el androide —afirmó el agente Crams—. Con una memoria falsa, como las que les ponen. ¿Ha pensado en ello? —Esbozó una sonrisa torcida mientras seguía conduciendo hacia el sur.

Consciente de su fracaso y su derrota, Rick se recostó en el asiento. Indefenso, esperó a lo que sucediera a continuación. Puesto que ya se hallaba en poder de los androides, sería cualquier cosa que hubiesen planeado.

Pero he podido con uno, se dijo. Polokov. Y Dave ha retirado a dos.

Flotando sobre Mission, el coche patrulla del agente Crams se dispuso a descender y aterrizar.

10

El edificio del departamento de justicia de Mission Street, sobre cuya azotea descendió el vehículo flotante, asomaba entre una serie de ornados chapiteles barrocos. El moderno edificio le pareció a Rick Deckard una construcción hermosa, excepto por un único detalle: nunca antes la había visto.

El vehículo policial aterrizó. Al cabo de unos minutos, le ficharon.

—304 —dijo el agente Crams al sargento situado tras un alto escritorio—. Y 612.4, hacerse pasar por un agente de la ley.

—406.7 —corrigió el sargento, rellenando los formularios. Escribía con cara de tedio. Era trabajo rutinario, al menos eso declaraban su postura y expresión. Nada del otro mundo.

—Allí —indicó el agente Crams a Rick, llevándole a un pequeño escritorio blanco, donde un técnico operaba un instrumental que le resultó familiar—. Para la pauta cefálica —dijo Crams—. Es a fin de poder identificarle.

—Lo sé —dijo Rick con brusquedad. En los viejos tiempos, cuando él había sido un mostrenco, había tenido que acompañar a muchos sospechosos a una mesa como aquélla. Parecida, no ésa en particular.

Tomada la pauta cefálica, lo condujeron a un cuarto que también le resultaba familiar. Empezó a reunir sus efectos personales para dejarlos en depósito. No tiene sentido, se dijo. ¿Quién es esta gente? Si este lugar ha existido siempre, ¿por qué no sabíamos de su existencia? ¿Y por qué no han oído hablar de nosotros? Dos agencias policiales paralelas, se dijo: ésta y la nuestra. Pero nunca han estado en contacto, al menos que yo sepa, hasta ahora. O tal vez sí, pensó. Puede que no sea la primera vez. Cuesta creer que algo así no haya pasado antes. Siempre y cuando esto sea un aparato policial, si es lo que aparenta.

Un hombre, que no vestía uniforme, se apartó del lugar donde estaba para acercarse a Rick Deckard con paso tranquilo, mesurado, al tiempo que le miraba con curiosidad.

—¿Qué tenemos aquí? —preguntó al agente Crams.

—Sospechoso de homicidio —respondió éste. Tenemos un cadáver que encontramos en su vehículo, pero él asegura que se trata de un androide. Vamos a comprobarlo, haciéndole un análisis de médula ósea en el laboratorio. Se ha hecho pasar por un oficial de policía, un cazarrecompensas. Todo para entrar en el tocador de una mujer y hacerle preguntas insinuantes. Ella puso en duda su identidad y nos avisó. —Crams reculó un paso y añadió—: ¿Quiere hacerse cargo usted de él, señor?

—De acuerdo. —El oficial de policía, que no vestía uniforme, tenía los ojos azules, nariz angosta, encarnada, y labios inexpresivos, y observó a Rick con atención antes de alcanzar su maletín—. ¿Qué lleva ahí dentro, señor Deckard?

—El material utilizado en el test de personalidad Voigt-Kampff. Sometía a un sospechoso al test, cuando el agente Crams me arrestó. —Observó cómo el oficial registraba el contenido del maletín, examinando todos los objetos que encontraba—. Las preguntas que formulé a la señorita Luft son preguntas estándar del Voigt-Kampff, tal como aparecen impresas en...

—¿Conoce a George Gleason y Phil Resch? —preguntó el oficial de policía.

—No —respondió Rick. Ninguno de esos nombres le sonaba.

—Son los cazarrecompensas del norte de California. Ambos trabajan para nuestro departamento. Puede que se los cruce mientras esté por aquí. ¿Es usted un androide, señor Deckard? Se lo pregunto porque no sería la primera vez que se nos presenta aquí un andy fugado, haciéndose pasar por un cazarrecompensas de otro estado que asegura estar persiguiendo a un sospechoso.

—No soy un androide —dijo Rick—. Pueden administrarme el test Voigt-Kampff, lo he realizado antes y no me importa volver a hacerlo. Aunque sé cuál será el resultado. ¿Puedo llamar a mi mujer?

—Tiene derecho a hacer una llamada. ¿Prefiere utilizarla con ella antes que con su abogado?

—Llamaré a mi mujer —insistió Rick—. Ella puede conseguirme un abogado.

El oficial de policía vestido de paisano le tendió una moneda de cincuenta centavos y señaló con la mano.

—Ahí tiene un videófono. —Observó cómo Rick cruzaba la sala en dirección al aparato. Después volvió a dirigir su atención a registrar el maletín.

Rick insertó la moneda y marcó el número de su casa. Estuvo de pie una eternidad, esperando.

Apareció un rostro de mujer en la pantalla.

—Hola.

No era Iran. Era la primera vez en la vida que veía a esa mujer.

Colgó el auricular y caminó lentamente hacia donde estaba el oficial de policía.

—¿No ha habido suerte? —preguntó el oficial—. Bueno, siempre puede hacer otra llamada. Aquí somos muy liberales con esa norma. No puedo ofrecerle la oportunidad de llamar a un avalista judicial porque en este momento su delito no admite ninguna fianza. Cuando se presente ante un tribunal, sin embargo…

—Lo sé —dijo Rick con acritud—. Estoy familiarizado con los procedimientos policiales.

—Aquí tiene su maletín —dijo el oficial, devolviéndoselo—. Acompáñeme a mi despacho… Me gustaría seguir hablando con usted. —Se volvió hacia un pasillo lateral y encabezó la marcha, seguido por Rick. Entonces, después de detenerse y darse la vuelta, el oficial dijo—: Me llamo Garland. —Ambos se dieron un breve apretón de manos—. Siéntese —dijo Garland tras abrir la puerta del despacho y sentarse él mismo ante un escritorio tan espacioso como ordenado.

Rick ocupó una silla frente a él.

—Ese test Voigt-Kampff que ha mencionado —dijo Garland, al tiempo que señalaba el maletín de Rick—. Todo ese material que lleva ahí dentro. —Llenó y encendió una pipa, para después expulsar una nube de humo—. ¿Es una herramienta analítica para detectar andys?

—Es nuestro test básico —respondió Rick—. El único que empleamos en la actualidad. El único que ha podido distinguir la nueva unidad cerebral Nexus-6. ¿No ha oído hablar de él?

—He oído mencionar varias escalas de análisis de perfil para su uso con androides. Pero no sé nada de ésta en concreto. —Siguió observando con atención a Rick, de una manera tan inexpresiva que él no podía intuir qué pasaba por la cabeza de Garland—. Esas hojas de papel cebolla emborronadas con copias de papel carbón que lleva en el maletín —continuó Garland—. Polokov, la señorita Luft… Sus encargos. El siguiente soy yo.

Rick se lo quedó mirando y echó mano del maletín.

Poco después había extendido los documentos sobre la mesa. Garland no le había mentido. Rick examinó la hoja y ninguno de los dos hombres, o, mejor dicho, ni él ni Garland, pronunciaron palabra durante un rato. Fue Garland quien carraspeó para dar paso a una tos nerviosa.

—Es una sensación desagradable —dijo—. Descubrirse, de pronto, el objetivo de un cazarrecompensas. O lo que quiera que usted sea, Deckard. —Apretó el botón del interfono que había en el escritorio—. Envíe a mi despacho a uno de los cazarrecompensas, no importa cuál. Muy bien, gracias. —Soltó el botón—. Phil Resch no tardará ni un minuto en llegar —informó a Rick—. Quiero consultar su lista antes de proceder.

—¿Cree que yo podría figurar en ella? —preguntó Rick.

—Es posible. Muy pronto lo sabremos. Es mejor asegurarse en estos asuntos tan peliagudos. Mejor no dejar nada en manos del azar. Esta hoja con información sobre mí —dijo, señalando los borrones que había dejado el papel carbón—. No dice que yo sea inspector de policía, sino que figuro erróneamente como agente de seguros. Todo lo demás es correcto: descripción física, edad, costumbres, dirección postal. Sí, soy yo, está claro. Mírelo usted mismo. —Deslizó la hoja hasta Rick, que le echó un vistazo.

La puerta del despacho se abrió para dar paso a un hombre alto y enjuto de facciones marcadas; llevaba gafas de concha además de bigote y perilla, ambos muy poblados. Garland se levantó, señalando a Rick.

—Phil Resch, Rick Deckard. Ambos son cazarrecompensas, y pienso que quizá sea momento de que se conozcan.

—¿En qué ciudad trabaja usted? —preguntó Phil Resch mientras estrechaba la mano de Rick.

Pero Garland se adelantó en la respuesta.

—En San Francisco. Aquí, vamos. Echa un vistazo a su lista de encargos. Éste es el siguiente en la lista. —Tendió a Resch la hoja que Rick acababa de examinar y que incluía su propia descripción.

— Vaya, Gar —se sorprendió Phil Resch—. Pero si éste eres tú.

—Y aún hay más —dijo Garland—. En la lista de retiros pendientes también figuran Luba Luft, la cantante de ópera, además de Polokov. ¿Te acuerdas de Polokov? Pues ha muerto; este cazarrecompensas o androide, o lo que quiera que sea, le ha dado caza, y ahora estamos efectuando un análisis de su médula ósea en el laboratorio. Para comprobar si existe una base para…

—Creo que una vez hablé con Polokov —le interrumpió Phil Resch—. ¿Era ese enorme Santa Claus de la policía soviética? —Lo meditó, pellizcándose la desaliñada perilla—. Creo que sería buena idea hacer a Polokov una prueba de médula ósea.

—¿A qué viene eso? —preguntó Garland, visiblemente contrariado—. ¿Para despejar la base legal en la que este hombre, Deckard, se apoya para asegurar que no ha matado a nadie, que sólo ha retirado un androide?

—Polokov me pareció frío. Extremadamente cerebral y calculador. Distante —explicó Phil Resch.

—Muchos policías soviéticos son así —dijo Garland, irritado.

—A Luba Luft no la conozco —continuó Phil Resch—. Aunque he oído algunas de sus grabaciones. —Y, volviéndose a Rick, preguntó—: ¿Llegó a hacerle el test?

—Empecé a hacerlo —respondió Rick—, pero no pude alcanzar un resultado concluyente. Llamó a la policía y entró un mostrenco que me detuvo y puso final a la prueba.

—¿Y Polokov? —preguntó Phil Resch.

—Tampoco tuve ocasión de someterlo al test.

—Y supongo que tampoco ha tenido oportunidad de someter al test a nuestro inspector Garland —se dijo Phil Resch, en voz alta.

—Pues claro que no —protestó Garland, cuyo rostro se arrugó por la indignación. Pronunció las palabras con tono entrecortado, amargo.

—¿Qué test utiliza? —preguntó Phil Resch.

—La escala Voigt-Kampff.

—No conozco ésa en concreto. —Tanto Resch como Garland se sumieron en una fugaz reflexión profesional, pero no lo hicieron al mismo tiempo—. Siempre he dicho que el mejor lugar para que un androide se esconda es una agencia policial grande como la WPO —continuó—. Desde que conocí a Polokov quise someterlo al test, pero nunca tuve un pretexto para hacerlo. Y nunca lo habría tenido... Una de las diversas ventajas que supondría para un androide emprendedor un puesto así.

El inspector Garland se puso lentamente en pie, se encaró a Phil Resch, y dijo:

—¿También has querido ponerme a prueba desde siempre? —preguntó.

Una sonrisa discreta cruzó las facciones de Phil Resch. Se dispuso a responder, pero finalmente se encogió de hombros y permaneció en silencio. No parecía temer a su superior, a pesar de la ira palpable de Garland.

—No creo que comprendas la situación —continuó éste—. Este Rick Deckard, hombre o androide, proviene de una agencia policial fantasma, alucinatoria, inexistente, que se supone que opera en el antiguo cuartel general del departamento, en Lombard Street. Sin embargo, nunca ha oído hablar de nosotros, y nosotros tampoco hemos oído hablar de él, no obstante lo cual ambos trabajamos en el mismo bando. Utiliza un test del que tampoco tenemos noticia. La lista que lleva encima no es de androides, sino que se trata de una lista de seres humanos. Ya ha matado una vez, al menos que sepamos. Y si la señorita Luft no nos hubiera llamado por videófono, lo más probable es que también la hubiera asesinado, para ir después en mi busca.

—Hum —titubeó Phil Resch.

—Hum —le imitó Garland, furibundo. En ese instante, a juzgar por su aspecto, parecía al borde de un ataque de apoplejía—. ¿Es eso todo lo que tienes que decir?

El interfono se encendió y una voz de mujer dijo.

—Inspector Garland, ya tenemos listo el informe del laboratorio del cadáver del señor Polokov.

—Creo que deberíamos escucharlo —opinó Phil Resch.

Garland se volvió hacia él, hecho un basilisco. Luego se inclinó, apretó el botón del interfono y dijo:

—Háganos un resumen de los resultados, señorita French.

—La prueba de la médula ósea muestra que el señor Polokov era un robot humanoide —dijo la señorita French—. ¿Quieren un informe más detallado?

—No, será suficiente con eso. —Garland se recostó en el asiento, contemplando con rostro avinagrado la pared opuesta, sin decir palabra ni a Rick ni a Phil Resch.

—¿Cuál es la base de su test de Voigt-Kampff, señor Deckard? —preguntó Resch.

—La respuesta empática. En una miríada de situaciones sociales. La mayoría de ellas guardan relación con animales.

—Probablemente el nuestro es más sencillo —dijo Resch—. La respuesta del arco reflejo que se produce en el ganglio cervical superior tarda varios microsegundos más en producirse en un robot humanoide que en el sistema nervioso humano. —Extendió el brazo por encima del escritorio del inspector Garland para alcanzar una libreta. Luego trazó un esbozo con un bolígrafo—. Utilizamos una señal de audio o un destello de luz. El sujeto presiona un botón y medimos el lapso de tiempo transcurrido entre una y otra acción. Lo hacemos varias veces, por supuesto. El tiempo de reacción varía entre humanos y andys. Pero una vez registradas diez reacciones, creemos que se alcanza un punto de partida sólido. Y, tal como ha sucedido en el caso de Polokov, la prueba de la médula ósea acaba respaldando nuestras conclusiones.

Hubo un intervalo de silencio que rompió Rick.

—Pueden hacerme la prueba. Estoy listo. Claro que también tendré que hacérsela a ustedes. Siempre y cuando estén dispuestos.

—Naturalmente —aceptó Resch, que no quitaba ojo del inspector Garland—. Llevo años diciendo que habría que someter rutinariamente al test Boneli del arco reflejo a todo el personal policial —murmuró—, y cuanto mayor es la responsabilidad en la cadena de mando, más exhaustivo tendría que ser. ¿O no lo he hecho, inspector?

—Nada más cierto —admitió Garland—. Y yo siempre me he opuesto, convencido de que no haría más que minar la moral del departamento.

—Pues me parece que, teniendo en cuenta el resultado de las pruebas del laboratorio hechas a Polokov, ahora no va a tener más remedio que aceptarlo.

11

—Supongo que sí —dijo Garland, que señaló con un dedo acusador al cazarrecompensas Phil Resch—. Pero te lo advierto: no van a gustarte los resultados de los test.

—¿Sabes cuáles serán? —preguntó Resch, visiblemente sorprendido. No se mostró muy complacido.

—Casi con total seguridad —aseguró el inspector Garland.

—De acuerdo. —Resch asintió—. Subiré a por el instrumental Boneli. —Se dirigió a la puerta de la oficina, la abrió y desapareció en el vestíbulo—. Volveré en tres o cuatro minutos —le dijo a Rick, antes de cerrar la puerta.

El inspector Garland abrió el cajón superior derecho del escritorio y revolvió el interior. Cuando sacó la mano, apuntó con un proyector láser a Rick.

—Eso no va a solucionar nada —dijo éste—. Resch me hará las correspondientes pruebas post mórtem, igual que ha hecho su laboratorio con Polokov. Y seguirá insistiendo en hacerse, y hacerle a usted, un test... ¿Cómo lo ha llamado? Test Boneli del arco reflejo.

El proyector láser siguió apuntándole.

—Ha sido un día de mierda desde que me levanté. Sobre todo cuando vi entrar al agente Crams, acompañándole a usted. Tuve una intuición, por eso intervine. —Apartó un poco el proyector láser. Se sentó con el arma en la mano, pero al cabo de unos instantes la devolvió al escritorio. Cerró el cajón y se guardó la llave en el bolsillo.

—¿Qué es lo que demostrarán estos tres test? —preguntó Rick.

—Que Resch es un maldito idiota —dijo Garland.

—¿No lo sabe?

—No lo sabe, ni siquiera lo sospecha. No tiene la menor idea. De otro modo no habría podido desempeñar su oficio, que es un empleo para humanos y que no encaja con un androide. —Garland señaló con un gesto el maletín de Rick—. Los demás historiales, los que corresponden al resto de los sospechosos a los que se supone que usted debe someter a un test y retirar. Los conozco a todos. —Hizo una pausa, antes de añadir—: Todos nosotros llegamos aquí en la misma nave procedente de Marte. Resch no; él se había quedado otra semana más, recibiendo el sistema de memoria sintética.

Una vez dicho esto, él se quedó callado.

O, mejor dicho, aquello se quedó callado.

—¿Qué hará cuando lo descubra? —preguntó Rick.

—No tengo ni idea —dijo Garland, distante—. Desde un punto de vista abstracto, intelectual, será interesante verlo. Puede que me mate, que se suicide. Puede que también le dispare a usted. Incluso cabe la posibilidad de que mate a todo el que se le ponga por delante, androide o humano. Sé que no sería la primera vez que sucede algo así, una vez instalado un sistema de memoria sintética que te empuja a creerte humano.

—Así que cuando te sometes a ello corres un riesgo.

—Escapar y venir a la Tierra ya supone correr un riesgo, porque aquí ni siquiera se nos considera animales. Cualquier gusano o piojo es más deseable que todos nosotros juntos. —Irritado, Garland se mordió el labio inferior—. Su posición sería mejor si Phil Resch pasara el test Boneli, si sólo fuera yo el que lo fallara. De ese modo, los resultados serían predecibles. Para Resch yo sería otro andy a retirar lo antes posible. Así que tampoco se encuentra usted en una posición envidiable, Deckard. De hecho es casi tan mala como la mía. ¿Sabe en qué me equivoqué? No sabía lo de Polokov. Debe de haber llegado antes que nosotros, es obvio que se nos adelantó. Con otro grupo distinto que no tuvo contacto con el nuestro. Cuando llegué ya estaba infiltrado en la WPO. Me arriesgué con el informe del laboratorio, lo que no tendría que haber hecho. Crams, por supuesto, corrió el mismo riesgo.

—Polokov casi acaba conmigo —admitió Rick.

—Sí, tenía algo. No creo que tuviera la misma unidad cerebral que la nuestra. Debieron de manipularlo de algún modo; una estructura mejorada, desconocida incluso para nosotros. Y buena, además. Casi suficientemente buena.

—Cuando telefoneé a mi apartamento, ¿por qué no pude hablar con mi mujer? —quiso saber Rick.

—Todas nuestras líneas de videófono están alteradas. Ellos redirigen la llamada a otras oficinas del edificio. La nuestra es una empresa homeostática, Deckard. Un circuito cerrado, aislado del resto de San Francisco. Nosotros los conocemos, pero ellos no están al corriente de nuestra existencia. A veces alguien aislado, como usted, acaba entrando aquí o, como ha sido su caso, llega aquí custodiado para nuestra propia protección. —Hizo un gesto impaciente hacia la puerta de la oficina—. Aquí viene el apasionado Phil Resch, de regreso con su instrumental portátil para el test. ¿No le parece encantador? Se dispone a acabar con su propia vida, la mía y, posiblemente, la de usted.

—Ya veo que ustedes los androides no se ayudan mutuamente en los momentos clave —comentó Rick.

—No se equivoca —replicó Garland—. Parece que carecemos de ese talento concreto de ustedes los humanos. Creo que lo llaman empatía.

Se abrió la puerta del despacho y Phil Resch se recortó contra el marco, con un artefacto en las manos del que colgaban unos alambres.

—Aquí estamos —anunció, cerrando la puerta al entrar. Y, después de enchufar el aparato a la toma de corriente, se sentó.

Garland sacó de debajo de la mesa la mano derecha y apuntó a Resch. De inmediato, éste, así como Rick Deckard, se tiraron al suelo desde sus respectivas sillas; al mismo tiempo, Resch desenfundó un proyector láser y, al caer, abrió fuego sobre Garland.

El haz láser, apuntado con una destreza adquirida con los años, abrió la cabeza del inspector Garland. Éste cayó de bruces y el proyector láser en miniatura que había empuñado rodó por la superficie del escritorio. El cadáver se balanceó en la silla, antes de caer como un saco lleno de huevos que se deslizó de lado y se precipitó al suelo con un estampido seco.

—Al parecer ha olvidado que yo me dedico a esto —dijo Resch, poniéndose en pie—. Casi puedo adelantarme a los pensamientos de un androide. Supongo que a usted también le pasa. —Apartó el proyector láser, se agachó y examinó con curiosidad el cadáver de su antiguo superior—. ¿Qué le ha dicho mientras he estado fuera?

—Que era un androide, y que usted… —Rick calló mientras los conductos de su cerebro echaban humo, calculando, escogiendo opciones. Cambió lo que se había propuesto decir en un principio— lo detectaría —concluyó—. Que era cuestión de minutos.

—¿Qué más?

—Este edificio está infestado de androides.

—Eso nos dificultará salir de aquí —dijo Resch con tono reflexivo—. En teoría tengo autoridad para irme cuando quiera, por supuesto. Y de llevarme un preso conmigo. —Aguzó el oído, pero no escuchó nada al otro lado de la puerta de la oficina—. Supongo que no han oído nada. Es obvio que en este despacho no hay escuchas vigilando la actividad que se desarrolla aquí, tal como debería ser. —Con cuidado, tocó el cadáver del androide con la punta del pie —. Desde luego, llama la atención el talento psíquico que uno desarrolla en este oficio: antes de abrir la puerta sabía que iba a dispararme. Francamente, me sorprende que no intentara matarle mientras he estado fuera.

—Ha faltado poco —explicó Rick—. Me ha estado apuntando continuamente con un láser de gran calibre. Se le ha pasado por la cabeza, pero era usted quien le preocupaba, no yo.

—El androide huye a donde el cazarrecompensas rehúye —citó Resch, sin pretender quitarle hierro a la situación—. ¿Se da cuenta de que va a tener que volver corriendo al Palacio de la Ópera para atrapar a Luba

Luft antes de que alguien tenga ocasión de advertirla de lo sucedido? De avisar al androide, me refiero. ¿Usted los considera objetos?

—Lo hice una vez —admitió Rick—. Cuando me remordía la conciencia por el trabajo que hacía. Entonces me protegí considerándolos de ese modo, pero ahora ya no me parece necesario. De acuerdo, iré derecho al Palacio de la Ópera. Siempre y cuando usted pueda sacarme de aquí.

—Suponga que sentamos a Garland ante el escritorio —propuso Resch, que levantó el cadáver hasta ponerlo en la silla, colocando los brazos y las piernas de modo que su postura pareciese razonablemente natural, siempre y cuando nadie lo viera de cerca, si no entraba nadie en el despacho. Presionó una tecla del interfono y dijo—: El inspector Garland pide que no le pasen ninguna llamada durante la próxima media hora. Está ocupado con un asunto y no quiere que nadie le interrumpa.

Sí, señor Resch.

Phil Resch soltó la tecla del interfono y levantó la vista hacia Rick.

—Voy a esposarle a mí durante el rato que pasemos aquí en el edificio. En cuanto alcemos el vuelo, le soltaré. —Sacó unas esposas, esposó una muñeca de Rick y cerró el otro extremo en torno a la suya—. Bueno, adelante. —Se irguió, aspiró aire con fuerza y empujó la puerta del despacho para salir.

Había policías uniformados, de pie o sentados, por todas partes, desempeñando sus labores rutinarias. Ninguno se volvió para mirarlos ni les prestó atención mientras Phil Resch conducía a Rick por el vestíbulo en dirección al ascensor.

—Lo que me temo es que el Garland ese tenía incluido un componente que debía activarse en caso de morir su portador —dijo Resch mientras esperaban al ascensor—. Aunque a estas alturas ya tendría que haberse disparado —añadió, encogiéndose de hombros—. De otro modo no es que sea de mucha utilidad.

Llegó el ascensor, del que salió una turba de hombres y mujeres que taconearon por el vestíbulo, pendientes de sus respectivas labores. No prestaron ninguna atención a Rick ni a Phil Resch.

—¿Cree que me aceptarán en su departamento? —preguntó éste cuando se cerraron las puertas del ascensor, con ambos dentro, a solas. Presionó el botón que los llevaría a la azotea y el ascensor emprendió su silenciosa subida—. Después de todo, a partir de ahora me quedaré sin trabajo. Eso como mínimo.

—No veo por qué… no —dijo Rick con cautela—. Excepto por el hecho de que ya tenemos dos cazarrecompensas en plantilla. —Tengo que decírselo, pensó. Lo contrario es deshonesto y cruel. Señor Resch, es usted un androide. Me ha sacado de este lugar y aquí tiene su recompensa. Personifica usted todo lo que ambos despreciamos, la esencia de lo que nos hemos comprometido a destruir.

—No puedo creerlo —dijo Phil Resch—. Me parece increíble. Llevo tres años trabajando a las órdenes de androides. Me pregunto por qué no he sospechado nunca… En fin, al menos lo bastante para tomar cartas en el asunto.

—Puede que no haga tanto tiempo. Tal vez se hayan infiltrado en este edificio hace poco.

—Llevan aquí todo el tiempo. Empecé hace tres años y Garland siempre ha sido mi superior.

—Según tengo entendido —dijo Rick—, todos ellos llegaron juntos a la Tierra. Y de eso no hace tres años, sino tan sólo unos meses.

—Entonces hubo un momento en que existió un Garland de verdad —concluyó Phil Resch—, a quien acabó sustituyendo un androide. —Torciendo el gesto, se esforzó por comprender lo sucedido—. O eso o me han imbuido una memoria falsa. Puede que tenga un recuerdo muy vago de la presencia de Garland. Pero… —Su rostro, lastrado por el creciente tormento, siguió arrugándose espasmódico—. Sólo los androides poseen sistemas de memoria falsa, son ineficaces en los seres humanos.

El ascensor alcanzó la planta superior. Se abrieron las puertas y allí, ante sus miradas, desierta a excepción de un puñado de vehículos aparcados, se extendía la azotea de la comisaría.

—Éste es mi coche —dijo Phil Resch, abriendo la puerta de un vehículo flotante cercano, mientras apresuraba con un gesto a Rick para que ocupara el asiento contiguo al del conductor. Se puso al volante y encendió el motor. Al cabo de un instante habían alzado el vuelo y, poniendo rumbo norte, se dirigían de vuelta al Palacio de la Ópera. Preocupado, Phil Resch condujo ausente, pendiente aún de la funesta sucesión de pensamientos que ocupaba su mente—. Escuche, Deckard —dijo de pronto—. Después de que retiremos a Luba Luft, quiero que usted… —Su voz, ronca y atormentada, se interrumpió a media frase—. Ya sabe. Que me haga el test Boneli o me someta a la escala de empatía que utiliza usted. A ver qué resulto ser.

—Ya nos preocuparemos más tarde de eso —prometió Rick, huidizo.

—No quiere que haga el test, ¿verdad? —Phil Resch le miró, entornando los ojos—. Supongo que sabe qué resultados arrojará. Garland debe de haberle contado algo. Cosas que yo ignoro.

—Nos costará atrapar a Luba Luft, por mucho que seamos dos —dijo Rick—. Es más de lo que puedo manejar yo solo, así que será mejor concentrarse en eso.

—No son sólo estructuras propias de una memoria falsa —dijo Phil Resch—. Tengo un animal en propiedad. No uno falso, sino uno de verdad. Es una ardilla. Adoro a esa ardilla, Deckard. Cada jodida mañana le doy de comer y le limpio la arena, ya sabe, la que hay en la jaula. Y luego, por la noche, cuando vuelvo a casa del trabajo, la suelto en el apartamento y la veo correr de un lado a otro. Tiene una rueda en la jaula, ¿alguna vez ha visto una ardilla correr dentro de una rueda? Corre y corre mientras la rueda sigue girando, aunque la ardilla permanece en el mismo lugar. Pero a *Buffy* parece gustarle.

—Supongo que las ardillas no son muy brillantes —dijo Rick.

Sobrevolaron la ciudad. En silencio.

12

Ya en el Palacio de la Ópera, informaron a Rick Deckard y Phil Resch de que los ensayos habían terminado y de que la señorita Luft se había marchado.

—¿Mencionó adónde pensaba ir? —preguntó Phil Resch a un tramoyista, tras mostrarle la identificación policial.

—Al museo. —El tramoyista observó la identificación—. Dijo que quería visitar la exposición de Edvard Munch organizada allí. Termina mañana.

Y Luba Luft, pensó Rick, termina hoy.

—¿Qué posibilidades cree que tenemos? —preguntó Phil Resch cuando ambos caminaban por la acera hacia el museo—. Ha huido, no la encontraremos allí.

—Es posible —admitió Rick.

Llegaron a la entrada, consultaron la planta en que se exponían las obras de Munch y subieron hasta ella. Al poco tiempo se encontraron paseando entre cuadros y grabados sobre madera. Había mucha gente visitando la exposición, incluida una clase entera de enseñanza primaria. La voz aguda de la profesora penetraba en todas las salas de la exposición, y Rick pensó que así era cómo uno esperaba que sonara un andy, y también que ése era el aspecto que debía tener. En lugar de parecerse a Rachael Rosen y Luba Luft. O al hombre que le acompañaba o, más bien, la cosa que le acompañaba.

—¿Ha oído mencionar algún caso de un andy que tenga mascota? —preguntó Phil Resch.

Por alguna oscura razón sintió la necesidad de mostrarse brutalmente honesto. Quizá ya había empezado a prepararse para lo que se avecinaba.

—Conozco dos casos en que los andys tenían animales en propiedad a los que cuidaban. Pero no es precisamente común. Por lo que he podido ver, suelen fracasar en su empeño: son incapaces de mantener a los animales con vida. Los animales necesitan el estímulo de un entorno cálido, exceptuando a los reptiles y los insectos.

—¿Una ardilla también necesitará eso? Me refiero al cariño. Porque a *Buffy* le va bien, está fresca como una lechuga. La cepillo cada dos días. —Phil Resch se detuvo ante un óleo que observó con atención. El cuadro mostraba a un hombre calvo, asfixiado y con una cabeza con forma de pera invertida, con las manos en las orejas y la boca abierta en un vasto grito mudo. Las ondas retorcidas que emanaban del tormento de la criatura, el eco de su grito, reverberaban en el ambiente que la rodeaba. El hombre o mujer, lo que quiera que fuese, se había circunscrito dentro de los límites impuestos por su propio aullido. Se había tapado los oídos para protegerse de su propio sonido. La criatura se hallaba de pie en un puente. No había nadie más cerca. Gritaba a solas, aislada por su propio clamor, o a pesar de él.

—Hizo un grabado sobre madera de esto —dijo Rick, leyendo la tarjeta que había al pie del óleo.

—Creo que es así como debe sentirse un andy —opinó Phil Resch, que siguió con la mano los pliegues de las convulsiones, visibles en el cuadro, fruto del grito de aquel ser—. Yo no me siento así, de modo que tal vez no sea… —Calló al ver que varias personas se acercaban a contemplar la obra.

—Ahí está Luba Luft —susurró Rick, señalándola.

Phil Resch interrumpió su sombría introspección, y ambos se acercaron a ella con paso mesurado, tomándose su tiempo con toda tranquilidad. Como siempre, era vital preservar la atmósfera de normalidad. Había que proteger a cualquier precio a los otros humanos, quienes ignoraban la presencia de androides entre ellos, aunque eso supusiera perder la presa.

Con un catálogo bajo el brazo, Luba Luft, que vestía un pantalón brillante y una especie de chaleco con lentejuelas doradas, estaba absorta ante el cuadro que tenía delante: la ilustración de una joven con las manos entrelazadas, sentada al borde de una cama, cuya expresión de asombro estaba teñida por un temor palpable.

—¿Quiere que se lo compre? —preguntó Rick a Luba Luft, situándose a su lado y asiéndola de la parte superior del brazo, gesto mediante el cual le daba a entender que se sabía en posesión de ella, que no tenía que agarrarla para detenerla. Al otro lado se situó Phil Resch, que le apoyó una mano en el hombro. Rick distinguió el bulto del láser. Resch no quería correr riesgos, no después de haber estado a punto de fallar con el inspector Garland.

—No está a la venta. —Luba Luft le miró distraída, antes de reconocerle; se le enturbió la mirada y se quedó lívida, cadavérica, como si se hubiera empezado a descomponer. Como si la vida, en un instante, hubiera emprendido la retirada a un punto lejano de su interior, abandonando el cuerpo a su ruina instantánea—. Pensé que le habían arrestado. ¿De veras le han soltado?

—Señorita Luft —dijo—. Éste es el señor Resch. Phil Resch, le presento a la conocida cantante de ópera Luba Luft. —Y, volviéndose de nuevo hacia ésta, dijo—: El mostrenco que me arrestó es un android. También lo era su superior. ¿Conoce usted… Conocía al inspector Garland? Me contó que todos ustedes habían llegado aquí en grupo, en una nave.

—El departamento de policía adonde llamó —dijo Phil Resch—, que tiene su base en un edificio de Mission Street, es la organización por medio de la cual, según parece, su grupo se mantiene en contacto. Al parecer se sienten tan seguros que llegaron a contratar a un cazarrecompensas humano. Evidentemente…

—¿Se refiere a usted? —preguntó Luba Luft—. Usted no es humano. No más que yo. También es un android.

Hubo un intervalo de silencio que Phil Resch rompió cuando dijo con voz grave pero mesurada:

—Bueno, eso ya lo veremos en el momento adecuado. —Y propuso a Rick—: Llevémosla a mi coche.

Escoltada por ambos, Luba Luft caminó en dirección al ascensor del museo. No iba de buena gana, pero tampoco opuso resistencia. Por lo visto se había resignado. Rick había observado esa misma reacción en otros androides en situaciones cruciales. Sometidos a una gran presión, el alma artificial que los alentaba cedía… Al menos en algunos sujetos. No en todos.

Y podía prender de nuevo. Con furia.

Aún así, los androides poseían un deseo innato de no llamar la atención. En mitad del museo, rodeados de tanta gente, Luba Luft no hubiera intentado nada. La hora de la verdad, lo que para ella constituiría probablemente la última pelea, la libraría en el coche, donde nadie más pudiera verlos. A solas, con aterradora brusquedad, podría desprenderse de sus inhibiciones. Se preparó, pues, sin preocuparse por Phil Resch. Tal como éste había dicho, ya se encargaría de él cuando llegase el momento.

Al final del pasillo, cerca de los ascensores, había una especie de quiosco que vendía reproducciones y libros de arte, y ante el cual se detuvo Luba, demorándoles.

—Escuche —le dijo a Rick. Su rostro había recuperado en parte el tono sonrosado, así que volvía a parecer viva—. Cómpreme una reproducción de ese cuadro que miraba cuando me encontraron. El de la joven sentada al borde de la cama.

Tras una pausa, Rick se dirigió a la dependienta, una mujer de mediana edad con una papada imponente y el pelo gris recogido en una redecilla.

—¿Tiene una reproducción de *Pubertad*, de Munch?

—Sólo aparece en este libro que recopila su obra —respondió la dependienta, mostrándole un atractivo volumen impreso en papel satinado—. Son veinticinco dólares.

—Me lo llevaré —dijo, echando mano de la cartera.

—El presupuesto de mi departamento destinado a gastos no cubriría esto ni en un millón de años… —dijo Phil Resch.

—Lo pago de mi bolsillo —le interrumpió Rick, tendiendo un billete a la mujer y el libro a Luba—. Ahora bajemos —les dijo a ella y Phil Resch.

—Muy amable por su parte —agradeció Luba cuando entraron en el ascensor—. Hay algo muy extraño y conmovedor en los humanos. Un androide nunca hubiera hecho eso. —Dirigió una mirada gélida a Phil Resch—. No se le hubiera ocurrido, como ha dicho él, ni en un millón de años. —Siguió mirándole fijamente con abierta hostilidad—. En realidad no me gustan los androides. Desde que llegué aquí procedente de Marte no he hecho más que comportarme como un ser humano, hacer lo que haría cualquier mujer, actuar como si yo tuviera sus pensamientos e impulsos. Imitar, tal como yo la entiendo, una forma de vida superior. —Y dijo a Phil Resch—: ¿Su vida no ha sido así, Resch? El continuo esfuerzo por…

—Ya está bien —dijo Phil Resch, rebuscando algo en el bolsillo.

—No —dijo Rick, que hizo el gesto de agarrarle la mano a Phil Resch.

Éste retrocedió un paso, apartándose de él.

—El test Boneli —le recordó Rick.

—Acaba de admitir que es un androide —pretextó Phil Resch—. No tenemos motivos para esperar.

—Pero retirarlo porque le está sacando de sus casillas… Reconózcalo. —Avanzó para quitarle el proyector láser a Phil Resch, pero éste lo retuvo y retrocedió, rehuyendo a Rick, pendiente en todo momento de Luba Luft—. De acuerdo —dijo entonces Rick—. Retírelo, mátelo ahora. Muéstrele cómo se hacen las cosas. —Entonces se dio cuenta de que Resch realmente se disponía a hacerlo—. Espere…

Phil Resch abrió fuego, y, en ese mismo instante, Luba Luft, en un arranque de puro terror, se dio la vuelta para intentar huir y cayó al suelo. El haz no alcanzó el blanco, pero, cuando Resch bajó el arma, practicó un estrecho orificio en el estómago de Luba, que se puso a gritar, encogida con la espalda contra la pared del ascensor. Como en el cuadro, pensó Rick, que la remató con su propio proyector láser. El cadáver de Luba Luft cayó hacia adelante, de bruces, hecho un ovillo. Ni siquiera tembló.

Con el proyector láser, Rick dedicó unos instantes a convertir en ceniza el libro de arte que hacía apenas unos minutos había comprado para Luba. Se aplicó a la labor a conciencia, sin decir nada. Phil Resch le observó sin comprender qué hacía, con visible perplejidad en la expresión.

—Podría haber conservado el libro —le dijo a Rick cuando éste hubo terminado—. Eso le ha costado…

—¿Cree que los androides tienen alma? —le interrumpió Rick.

Phil Resch inclinó la cabeza a un lado y le miró con un asombro mayor aún.

—Podía permitirme el libro —dijo Rick—. En lo que va de día he ganado tres mil dólares, y aún no he hecho ni la mitad de lo que tengo que hacer.

—¿Va a reclamar a Garland? —preguntó Phil Resch—. Pero si fui yo quién lo mató, no usted. Usted estaba presente, nada más, al igual que con Luba. He sido yo quien la ha retirado.

—Usted no puede reclamar nada —dijo Rick—. Ni a su propio departamento ni al nuestro. Cuando volvamos al coche le aplicaré el test Boneli o el Voigt-Kampff y ya veremos. A pesar de que no figura en mi lista. —Le temblaban las manos cuando abrió el maletín y rebuscó entre los documentos de papel cebolla—. No, no está aquí. Así que legalmente no puedo reclamarlo. Para ganar algo tendré que reclamar los retiros de Luba Luft y Garland.

—¿Está seguro de que soy un androide? ¿Es eso realmente lo que dijo Garland?

—Eso es lo que dijo Garland.

—Tal vez le mintió —dijo Phil Resch—. Para dividirnos. Como lo estamos ahora. Qué locura permitirles hacerlo. Usted tenía toda la razón acerca de Luba Luft, no debí dejar que jugara conmigo de ese modo. Hoy no debo de estar muy fino, supongo; probablemente a usted le pase lo mismo de vez en cuando. Pero mire, de todos modos tendríamos que haber retirado a Luba Luft, media hora más tarde, sólo media hora más. Ni siquiera le habría dado tiempo de mirar ese libro que le regaló. Y sigo pensando que no debió destruirlo, menudo desperdicio. No puedo entender su razonamiento, por eso, porque no es racional.

—Voy a dejar el oficio —dijo Rick.

—¿Y a qué se dedicará?

—A cualquier otra cosa. Seré agente de seguros, que es a lo que se suponía que se dedicaba Garland. O emigraré. Sí. —Asintió—. Me iré a Marte.

—Pero alguien tiene que hacerlo —dijo Phil Resch.

—Pueden utilizar androides. Será mucho mejor que lo hagan los andys. Yo ya no puedo más. Estoy harto. Era una cantante maravillosa. El planeta podría haberse beneficiado de su talento. Esto es una locura.

—Es necesario. Recuerde: mataron a seres humanos con tal de escapar. Y si no llego a sacarle de la comisaría de Mission Street también lo habrían matado a usted. Para eso me quería Garland, por eso me llamó para que acudiera a su despacho. ¿No estuvo Polokov a punto de matarle? ¿Y Luba Luft? Actuamos en defensa propia;

ellos están aquí en nuestro planeta, son alienígenas asesinos que se hacen pasar por…

—Por policía —dijo Rick—. Por cazarrecompensas.

—De acuerdo, sométame al test Boneli. Puede que Garland mintiera. Creo que lo hizo: las memorias falsas no son tan eficaces. ¿Qué me dice de la ardilla?

—Sí, su ardilla. Me había olvidado de ella.

—Si soy un andy, y usted me mata, podría quedarse con mi ardilla —dijo Phil Resch—. Mire, voy a poner por escrito que se la dejo en herencia.

—Los andys no pueden legar nada. No tienen posesiones que dejar en herencia.

—Entonces quédese con ella, sin más —propuso Phil Resch.

—Puede que lo haga —dijo Rick. El ascensor había alcanzado la primera planta. Se abrieron las puertas—. Usted quédese con Luba, yo avisaré a un coche patrulla para llevarla al departamento de justicia, donde le harán la prueba de médula ósea. —Vio una cabina telefónica, entró en ella e introdujo una moneda con el pulso tembloroso. Marcó el número. Entretanto, un grupo de personas que esperaban el ascensor, se había reunido en torno a Phil Resch y el cadáver de Luba Luft.

Realmente era una soberbia cantante de ópera, se dijo mientras colgaba el auricular, una vez realizada la llamada. No lo entiendo, ¿cómo puede un talento así suponer una amenaza para nuestra sociedad? Pero no fue por su talento, se dijo, sino por lo que ella era. Al igual que Phil Resch, pensó: una amenaza tanto o más peligrosa, por los mismos motivos. Así que no puedo tirar la toalla ahora. Salió de la cabina telefónica y se abrió paso entre el gentío, hasta donde se hallaba Resch y la figura tendida de la joven androide. Alguien la había cubierto con un abrigo. No era el abrigo de Resch.

Cuando se acercó a él, que estaba de pie a un lado, fumando con denuedo un delgado cigarro de color gris, le dijo:

—Espero por Dios que dé usted positivo cuando le hagan el test de androide.

—Ya veo que me odia de veras —comentó Phil Resch, asombrado—. Así, de pronto. En Mission Street no me odiaba. No mientras le salvaba la vida.

—Reconozco una pauta. El modo en que mató a Garland y luego cómo acabó con Luba. Usted no mata como yo, no intenta… Mierda —dijo—. Sé lo que es. A usted le gusta matar. Lo único que necesita es un pretexto. Si tuviera una excusa me mataría ahora mismo. Por eso se aferró a la posibilidad de que Garland fuese un androide, porque lo convertía en un blanco para usted. Me pregunto qué hará cuando suspenda el test Boneli. ¿Se suicidará? A veces los androides lo hacen. —Pero no sucedía precisamente con frecuencia.

—Sí, me encargaré de ello —afirmó Phil Resch—. Usted no tendrá que hacer nada, aparte de aplicarme el test.

Llegó un coche patrulla del que salió una pareja de policías, que se acercó al gentío y se abrió paso enseguida a través de él. Uno de los agentes reconoció a Rick e hizo un ademán con la cabeza a modo de saludo. Así que ya podemos marcharnos, comprendió Rick. Nuestra labor aquí ha terminado. Por fin.

Ambos salieron a la calle del Palacio de la Ópera, en cuya azotea habían aparcado el vehículo flotante.

—Voy a entregarle mi proyector láser, así no tendrá que preocuparse por mi reacción tras el test. Es para garantizar su propia seguridad. —Le tendió el arma.

—¿Cómo piensa suicidarse si suspende el test? —preguntó Rick, aceptando el proyector.

—Contendré la respiración.

—Por el amor de Dios. Eso no se puede hacer.

—Los androides carecen de un cierre automático del nervio neumogástrico —dijo Phil Resch—, como el que tienen los humanos. ¿No se lo dijeron al adiestrarle? Yo lo aprendí hace años.

—Pero morir de ese modo… —protestó Rick.

—Es indoloro. ¿Cuál es el problema?

—Es… —Hizo un gesto. Se había quedado sin palabras.

—En realidad no creo que tenga que hacerlo —dijo Phil Resch.

Subieron juntos en el ascensor hasta la azotea del Palacio de la Ópera, donde estaba aparcado el vehículo flotante de Phil Resch.

—Preferiría que me hiciera el test Boneli —dijo Phil Resch cuando se sentó al volante y cerró la puerta.

—No puedo. No sé cómo puntuar. —Tendría que confiar en él para que interpretara los resultados, pensó. Y eso no iba a suceder.

—No me oculte la verdad, ¿de acuerdo? Si soy un androide, dígamelo.

—Claro.

—Porque realmente quiero saberlo. Tengo que saberlo. —Phil Resch encendió de nuevo el cigarro y se removió en el asiento, intentando acomodarse en él. Pero no lo logró—. ¿De verdad le gusta el cuadro que Luba Luft estaba mirando? —preguntó—. A mí no. El realismo en el arte no me interesa. Me gustan Picasso y…

—*Pubertad* es de 1894 —explicó Rick, tajante—.

Tenga en cuenta que por aquel entonces no existía más que el realismo.

—Pero ese otro cuadro, el del tipo que gritaba con las manos en las orejas, no era arte figurativo.

Rick se dispuso a sacar el instrumental del maletín.

—Qué complejo —comentó Phil Resch, que observaba atento los preparativos—. ¿Cuántas preguntas tiene que hacer antes de alcanzar un resultado?

—Seis o siete. —Tendió el parche adhesivo a Resch—. Póngaselo en la mejilla. Que quede bien apretado. Y esta luz. —Rick la dirigió—. Esto debe de iluminarle el ojo. No se mueva y procure mantenerlo tan quieto como sea posible.

—Fluctuaciones reflejas —dijo Phil Resch—. Pero no ante estímulos físicos; no busca medir la dilatación, por ejemplo. Responderá a preguntas verbales, lo que llamamos reacciones reflejas.

—¿Cree que puede controlarlos? —preguntó Rick.

—No creo. Puede que con el tiempo llegase a hacerlo. Pero no la amplitud inicial, eso queda al margen del control consciente. Si no fuera… —Calló—. Adelante. Estoy algo tenso, discúlpeme si hablo más de la cuenta.

—Hable todo lo que quiera —dijo Rick. Por mí puede hablar hasta que lo entierren, se dijo. No le importaba.

—Si el resultado demuestra que soy un androide —siguió parloteando Resch—, experimentará una fe renovada en la especie humana. Pero, puesto que eso no va a suceder, sugiero que empiece a formular una teoría que contemple…

—Primera pregunta —dijo Rick, con el instrumental ya colocado y atento al movimiento de la agujas—. El tiempo de reacción es un factor que tendré en cuenta, así que procure responder tan rápidamente como pueda. —Escogió de memoria la pregunta inicial. El test había empezado.

Después, Rick pasó un rato sentado en silencio. Se dispuso a recoger el instrumental, antes de guardarlo en el maletín.

—Lo sé por su cara —dijo Phil Resch. Exhaló un suspiro de alivio, puro e ingrávido, casi espasmódico—. De acuerdo, puede devolverme el arma. —Extendió la mano con la palma abierta, esperando.

—Está claro que usted tenía razón —dijo Rick—. Acerca de los motivos de Garland. Dijo que su intención era dividirnos. —Se sentía cansado, tanto física como psicológicamente.

—¿Ha pensado ya en su teoría? —preguntó Phil Resch—. Una que explique cómo es que formo parte de la especie humana.

—Existe un defecto en su capacidad empática de asunción de roles que escapa a nuestras comprobaciones. Me refiero a sus sentimientos hacia los androides.

—Pues claro que no lo comprobamos.

—Tal vez deberíamos. —Nunca había pensado en ello, jamás había sentido la menor empatía hacia los androides que mataba. Jamás se había planteado que su psique concibiera al androide como otra cosa que no fuera una máquina dotada de inteligencia, igual que hacía su parte consciente. Pero al contrario que Phil Resch, se había manifestado una diferencia y el instinto le decía que estaba en lo cierto. ¿Sentir empatía por una construcción artificial?, se preguntó. ¿Algo que sólo finge estar vivo? Aunque Luba Luft le había parecido tan... viva, no daba la impresión de ser una máquina que fingiera estarlo.

—Usted ya sabe lo que eso supondría —dijo Phil Resch en voz baja—. Si incluyéramos a los androides en nuestro espectro de identificación empática, tal como hacemos con los animales...

—No podríamos protegernos a nosotros mismos.

—En efecto. Estos Nexus-6... Nos pasarían por encima y nos aplastarían. Usted y yo, todos los cazarrecompensas, nos alzamos entre los Nexus-6 y la humanidad como una barrera que los mantiene separados a ambos. —Guardó silencio, tras darse cuenta de que Rick volvía a sacar el instrumental—. Creía que el test había terminado.

—Quiero hacerme una pregunta a mí mismo —explicó Rick—. Y quiero que usted me diga qué registran las agujas. Limítese a darme la calibración. Yo me encargaré de interpretarla. —Se adhirió el disco en la mejilla y orientó el haz de luz sobre su ojo—. ¿Está preparado? Atento a las esferas. Excluiremos el lapso de tiempo que media entre la pregunta y la respuesta. Sólo quiero la magnitud.

—De acuerdo, Rick —asintió Phil Resch, complaciente.

—Bajo en ascensor con un androide al que he capturado —dijo en voz alta Rick—. De pronto alguien lo mata sin advertencia previa.

—No se ha registrado una reacción particular —observó Phil Resch.

—¿Qué lectura han arrojado las agujas?

—La de la izquierda 2,8. La derecha 3,3.

—Una androide —dijo Rick.

—Ahora han alcanzado el 4,0 y el 6, respectivamente.

164

—Eso es bastante alto —dijo Rick, que retiró el disco adhesivo de la mejilla y apagó la luz del bolígrafo—. Es una respuesta empática —continuó—. La que ofrece un sujeto humano ante la mayoría de las preguntas. Excepto las más extremas, como las que tratan de pieles humanas utilizadas con fines decorativos... las que son patológicas.

—¿Qué quiere decir?

—Al menos soy capaz de sentir empatía hacia ciertos androides —explicó Rick—. No por todos, sino por algunos, por unos pocos. —Hacia Luba Luft, por ejemplo, se dijo. Así que yo estaba equivocado. No hay nada poco natural o inhumano en las reacciones de Phil Resch. Sino en mí.

Me pregunto si algún humano se ha sentido de este modo respecto a un androide. Tal vez no vuelva a afectar a mi trabajo. Tal vez sea una anomalía, algo, por ejemplo, relacionado con mis sentimientos hacia *La flauta mágica*. Y por la voz de Luba, de hecho por el conjunto de su carrera. Nunca me había sucedido nada parecido, al menos que yo fuera consciente. No me pasó, por ejemplo, con Polokov. Ni con Garland. Y si Phil Resch hubiese resultado ser un androide, podría haberlo matado sin sentir nada, sobre todo después de la muerte de Luba Luft.

Tanta historia con las diferencias entre seres humanos auténticos y los ingenios humanoides. Se dijo que había bajado en aquel ascensor del museo acompañado por dos seres, uno humano y el otro androide... Y mis sentimientos fueron los contrarios de los esperados. Los que estoy acostumbrado a sentir, los que se me exige tener.

—Se encuentra en una encrucijada, Deckard —dijo Phil Resch, a quien parecía divertirle la situación.

—¿Qué… debería hacer?

—Es el sexo —opinó Resch.

—¿El sexo?

—Porque ella, aquello, era físicamente atractiva. ¿Nunca le había pasado? —Phil Resch rompió a reír—. Nos enseñaron que eso supone el principal problema de los cazarrecompensas. ¿No sabía, Deckard, que en las colonias hay amantes androides?

—Eso es ilegal —dijo Rick, que conocía las leyes referentes a ese particular.

—Claro que lo es, como la mayoría de las variaciones sexuales, pero eso no le impide a la gente practicarlas.

—¿Qué me dice no del sexo, sino del amor?

—El amor es otra manera de llamar al sexo.

—Como el amor a la patria —dijo Rick—. O el amor por la música.

—Si es amor por una mujer o una imitación androide, es sexo. Despierte y cuestióneselo, Deckard. Quería acostarse con un androide femenino, nada más y nada menos. Hubo una vez en que me sentí así. Fue cuando empecé a ejercer el oficio. No permita que eso le afecte. Lo superará. Lo que ha pasado es que se ha revertido el orden. No debe matarla, o estar presente cuando lo hagan, y luego sentirse atraído físicamente por ella. Hágalo al revés.

Rick se quedó mirándole.

—Primero me acuesto con ella…

—Y luego la mata —concluyó Phil Resch, sucinto, sin abandonar la dura sonrisa.

Resch es un buen cazarrecompensas, comprendió Rick. Su actitud lo demuestra. Pero ¿lo soy yo?

De pronto, por primera vez en la vida, había empezado a dudarlo.

13

Como un arco de puro fuego, John R. Isidore surcó el cielo del atardecer de camino a casa, procedente del trabajo. Me pregunto si ella sigue allí, se dijo. Abajo, en ese viejo apartamento lleno a rebosar de basugre, viendo en el televisor al Amigable Buster y temblando de miedo cada vez que imagina a alguien en el vestíbulo. Incluyéndome, supongo, a mí.

Había hecho un alto en una tienda de comestibles del mercado negro. En el asiento, a su lado, había una bolsa con manjares como tofu, melocotones maduros y queso tierno, cuyo olor a rayos flotaba como una nube dentro del vehículo mientras frenaba y aceleraba. Esa noche estaba tenso y conducía de forma errática. Y su coche, supuestamente recién reparado, tosía y avanzaba a trompicones, igual que lo había hecho en los meses previos a la revisión. Cabrones, se dijo Isidore.

El olor a queso y melocotón reinaba en el ambiente, acariciándole las fosas nasales. Todas aquellas excentricidades le habían costado el sueldo de dos semanas, que había pedido por adelantado al señor Sloat. Y, además, bajo el asiento del vehículo, donde no pudiera echar a rodar y romperse, se oían los golpecitos que daba el cristal de una botella de vino de Chablis, la mayor rareza de todas. La había estado guardando en una caja de seguridad del Banco de América, conservándola sin venderla por mucho que le ofrecieran, por si acaso aparecía al fin, en el último momento, una chica. Lo que no había sucedido hasta ese momento.

La azotea sin vida, infestada de desperdicios, del edificio de apartamentos donde vivía siempre le había deprimido. Fue del vehículo a la puerta del ascensor, concentrado en la valiosa bolsa y la botella que llevaba, asegurándose de no tropezar con la basura y de evitar posibles golpes que lo echasen todo a perder. Se subió al ascensor nada más llegar éste a la azotea, pero no fue a su planta, sino a la inmediatamente inferior, donde se había instalado la nueva inquilina, Pris Stratton. Se vio poco después delante de su puerta, repiqueteando en la botella de vino, mientras su corazón se hacía añicos en su pecho.

—¿Quién es? —La voz era nítida, a pesar de verse ahogada por la puerta. Tenía un tono asustado, pero agudo como la punta de una navaja.

—Soy J. R. Isidore —se apresuró a responder, adoptando la nueva autoridad que había fingido recientemente a través del videófono del señor Sloat—. Traigo algunos productos y creo que podríamos preparar una cena más que razonable.

La puerta se entreabrió. Pris, con la sala a oscuras, se asomó al pasillo mal iluminado.

—Tienes otra voz. Pareces distinto. Más maduro.

—Hoy tuve unos asuntos rutinarios que atender durante mi horario laboral. Lo habitual. Si me deja… Si me dejara entrar…

—Me hablarías de ellos. —Sin embargo, mantuvo abierta la puerta lo necesario para dejarle entrar. Entonces, al ver lo que llevaba, lanzó una exclamación y su rostro se iluminó con un estallido de júbilo, pero de pronto y sin previa advertencia una amargura letal cruzó sus facciones, esculpida en cemento armado. El júbilo había desaparecido.

—¿Qué le pasa? —preguntó Isidore, que llevó las cosas a la cocina, donde las dejó antes de apresurarse de regreso a la puerta.

—Conmigo será como desperdiciarlas —dijo Pris con voz apagada.

—¿Por qué?

—Bueno... —Se encogió de hombros, alejándose sin rumbo de él, las manos hundidas en los bolsillos de la falda de tela gruesa cuyo corte estaba pasado de moda—. Algún día te lo contaré. —Levantó la vista—. Pero ha sido muy amable por tu parte. Ahora preferiría que te fueras. No estoy de humor para ver a nadie. —Como llevada por el viento, se movió errática desde la puerta al salón. Arrastraba los pies y parecía exhausta, como si hubiese agotado su fuente de energía.

—Sé qué es lo que le pasa —dijo él.

—¿Cómo? —Su voz, mientras abría de nuevo la puerta del salón, se precipitó un tono más hacia la futilidad, la apatía, la desolación.

—No tiene amigos. Está mucho peor que cuando nos hemos visto esta mañana. Eso se debe a...

—Tengo amigos. —Una autoridad repentina le tensó la voz. Había recuperado el vigor—. O los tuve. Siete. Eso fue antes, pero ahora los cazarrecompensas han tenido tiempo de ponerse a trabajar. Así que algunos de ellos, puede que todos, han muerto. —Anduvo hacia la

ventana y contempló la negrura salpicada por un puñado de luces—. Puede que sea la única superviviente. Así
que es posible que tengas razón.

—¿Qué es un cazarrecompensas?

—Es cierto. Se supone que no sabéis nada. Un cazarrecompensas es un asesino profesional que recibe
una lista de sujetos a quienes debe matar. Obtiene una
suma, tengo entendido que son mil dólares si es un profesional con oficio, por cada uno de los sujetos a quienes
dé caza. Por lo general está contratado por la ciudad
donde trabaja, así que recibe un salario aparte, un salario que mantienen bajo para que le sirva de incentivo.

—¿Está segura? —preguntó Isidore.

—Sí. —Cabeceó—. ¿Te refieres a si estoy segura de
si eso le sirve de incentivo? Sí, es un incentivo. Además
disfrutan haciendo lo que hacen.

—Creo que se equivoca —dijo Isidore, que en la vida
había oído hablar de tal cosa. Sin ir más lejos, el Amigable Buster jamás la había mencionado—. No encaja con
la actual ética mercerita —señaló—. Todas las vidas son
una. «Ningún hombre es una isla», como dijo Shakespeare en la antigüedad.

—John Donne.

Nervioso, Isidore hizo un gesto.

—Eso es lo peor que he oído. ¿No puede llamar a la
policía?

—No.

—¿Y van a por usted? ¿Pueden venir y matarla?
—Entendió, por fin, por qué la joven era tan reserva-
da—. No me extraña que tenga miedo y no quiera ver a
nadie. —Pero pensó que debía de ser fruto de la locura.
Que era psicótica. Alguien aquejado de manía persecu-
toria, puede que con el cerebro dañado por el desgaste

170

del polvo. Tal vez sea una especial—. Yo me enfrentaré a ellos.

—¿Con qué? —Sonrió sin fuerzas, dejando al descubierto sus pequeños dientes blancos.

—Me sacaré un permiso para llevar un proyector láser. Aquí apenas hay gente y no me costará hacerme con uno. La policía no patrulla estas calles, se supone que cada cual cuida de sí mismo.

—¿Y qué pasará cuando vayas a trabajar?

—¡Pediré una excedencia!

—Eso es muy amable por tu parte, J. R. Isidore —dijo Pris—. Pero si los cazarrecompensas han podido con el resto, si han encontrado a Max Polokov y Garland, Luba, Hasking y Roy Baty… —Calló entonces—. Roy e Irmgard Baty. Si todos han muerto, entonces qué importa. Son mis mejores amigos. Me pregunto por qué no he sabido nada de ellos. —Maldijo entre dientes, furibunda.

Isidore entró en la cocina, donde rebuscó algunos platos, un par de vasos y unos cuencos. Se puso a lavarlos en la pila, dejando correr el agua caliente y sucia hasta que finalmente se aclaró. Pris entró en la cocina y se sentó a la mesa. Él descorchó la botella de vino de Chablis, cortó los melocotones, el queso y el tofu.

—¿Qué es eso blanco? —preguntó ella, señalándolo—. No es queso.

—Es queso de soja. Me gustaría tener un poco de… —Se sonrojó—. Antes lo comían acompañado con salsa de carne.

—Un androide —murmuró Pris—. Ésa es la clase de desliz que comete un androide. Eso es lo que lo delata. —Se levantó para situarse a su lado y, para su sorpresa, le rodeó la cintura con el brazo y por un instante lo

171

apretujó—. Probaré un poco de melocotón —dijo, tomando con cautela un corte resbaladizo entre los largos dedos. Después, mientras saboreaba el melocotón, se echó a llorar. Las frías lágrimas le resbalaron por las mejillas hasta precipitarse en su pecho. Él no supo qué hacer, así que siguió repartiendo los alimentos—. Maldita sea —dijo, furiosa—. Bueno… —Se apartó de él, caminando lentamente, con pasos mesurados, por la sala—. Mira, vivíamos en Marte. A eso se debe que conozca androides. —Le tembló la voz, pero logró continuar, obviamente para ella era muy importante tener a un interlocutor.

—Y la gente que le es más próxima aquí en la Tierra son sus compañeros expatriados —dijo Isidore.

—Ya nos conocíamos antes de emprender el viaje. De una colonia próxima a Nueva Nueva York. Roy Baty e Irmgard tenían una farmacia. Él era farmacéutico y ella se encargaba de los productos de belleza y estética, las cremas y lociones. En Marte se utilizan muchos acondicionadores de piel. Yo… —Titubeó—. Roy era quien me suministraba los medicamentos. Al principio los necesitaba porque… Bueno, el caso es que es un lugar terrible. Esto —dijo, abarcando el apartamento con un gesto enérgico—, esto no es nada. Crees que sufro por la soledad, pero Marte sí es soledad, coño. Es mucho peor que esto.

—¿No le hacían compañía los androides? Una vez dijeron en un anuncio… —Se sentó a comer, y también ella tomó un vaso de vino que sorbió, inexpresiva—. Tenía entendido que los androides ayudaban en eso.

—También los androides se sienten solos —dijo ella.

—¿Le gusta el vino?

Ella dejó el vaso en la mesa.

—Está bien.

—Es la única botella que he visto en tres años.

—Volvimos porque nadie tendría que vivir en ese lugar —dijo Pris—. No está hecho para ser habitado, al menos no en los últimos mil millones de años. Es tan antiguo. Sientes su tremenda edad en las piedras. Al principio obtuve los medicamentos de Roy; vivía gracias a ese nuevo analgésico sintético, la silenicina. Entonces conocí a Horst Hartman, quien en ese momento tenía una filatelia, una de esas tiendas donde venden sellos raros. Tienes tanto tiempo en tus manos que es imprescindible cultivar una afición, algo que te mantenga ocupado. Horst hizo que me interesara por la ficción precolonial.

—¿Se refiere a los libros antiguos?

—Historias sobre viajes espaciales escritas antes de los viajes espaciales.

—¿Cómo es posible que hubiese historias sobre viajes espaciales antes de…?

—Los escritores las inventaron —dijo Pris.

—¿Basándose en qué?

—En la imaginación. Muchas veces no pudieron equivocarse más. Por ejemplo, escribieron que Venus era una selva paradisíaca poblada por monstruos gigantescos y mujeres con reluciente coraza metálica. —Lo miró fijamente—. ¿Te interesa eso? Mujeres con colas de pelo rubio y corazas metálicas que apenas les cubrían los pechos.

—No —respondió él.

—Irmgard es rubia, pero menuda —dijo Pris—. En fin, se hacen fortunas pasando de contrabando novelas precoloniales, revistas antiguas, libros y películas, a Marte. No hay nada que sea más excitante. Leer sobre ciudades e ingentes empresas industriales, acerca de una colonización próspera. Ya supondrás a qué me refiero, a lo que Marte debió de ser. Canales.

—¿Canales? —Recordó vagamente haber leído algo respecto a una época en que se creía que había canales en Marte.

—Surcaban la superficie del planeta —dijo Pris—. Y seres de otros planetas, dotados de una sabiduría infinita. Y relatos acerca de la Tierra ambientados en nuestra época, incluso en un futuro posterior. Historias en las que no se hace mención del polvo radiactivo.

—Pues yo diría que algo así tendría que hacerte sentir peor —opinó Isidore.

—No lo hace —replicó Pris.

—¿Trajo consigo algún ejemplar de esas lecturas precoloniales? —Se le ocurrió que quizá podría intentar leerlo.

—Aquí no tiene valor, porque en la Tierra la locura no arraigó. Además, el material abunda en las bibliotecas, que es donde obtenemos nosotros todo lo nuestro. Lo robamos en las bibliotecas de la Tierra y lo enviamos por autocohete a Marte. Sales de noche a recorrer esos espacios abiertos, y ahí está el cohete, abierto como un melón maduro, lleno de publicaciones especializadas en ficción precolonial repartidas por todos lados. Una fortuna. Y, claro, antes de venderlas las lees. De todos los…

Se oyó un golpe en la puerta principal.

—No puedo ir —susurró Pris, lívida—. No hagas ruido, sigue ahí sentado. —Aguzó el oído—. Me pregunto si la puerta está cerrada —dijo, inaudible—. Dios mío, eso espero. —Sus ojos, desorbitados e intensos, se clavaron suplicantes en él, como rogándole que eso fuera cierto, que él lo hiciera posible.

—Pris, ¿estás ahí dentro? —preguntó una voz tenue al otro lado de la puerta. Era una voz de hombre—. Somos Roy e Irmgard. Hemos recibido tu carta.

Pris se levantó, fue al dormitorio y volvió con un bolígrafo y una hoja de papel. Volvió a sentarse y garabateó una nota apresurada.

ACÉRCATE A LA PUERTA.

Isidore, nervioso, tomó el bolígrafo y escribió:

¿Y QUÉ DIGO?

Pris, furiosa, escribió:

VE A COMPROBAR QUE SON ELLOS.

Se levantó y salió, alicaído, al salón. ¿Cómo voy a reconocerlos?, se preguntó. Abrió la puerta.

Había dos personas de pie en el vestíbulo en penumbra: una mujer bajita, con una belleza a lo Greta Garbo, ojos azules y cabello rubio; el hombre, mucho más alto y ancho de hombros, tenía un brillo de inteligencia en la mirada, pero lo único que resaltaba en sus facciones era su naturaleza mongola, que dotaba a su expresión de cierta brutalidad. La mujer vestía a la moda, con botas de caña alta, relucientes, y pantalón brillante; el hombre llevaba una camisa arrugada y unos pantalones manchados, impregnándole de una vulgaridad deliberada. Sonrió a Isidore, pero mantuvo oblicuos los ojillos brillantes.

—Estamos buscando a... —empezó diciendo la mujer rubia. Entonces vio lo que se extendía más allá de Isidore, su expresión se volvió extática y pasó a su lado, exclamando—: ¡Pris! ¿Cómo estás?

Isidore se volvió. Ambas mujeres se habían fundido en un abrazo. Se apartó para que Roy Baty entrase, grave y enorme, con la sonrisa torcida, discordante.

14

—¿Podemos hablar? —preguntó Roy, señalando a Isidore.

—No hay problema, hasta cierto punto —respondió Pris, que vibraba de felicidad, antes de volverse hacia Isidore y decirle—: Discúlpanos. —Llevó aparte a los Baty y les murmuró algo; luego los tres se acercaron de nuevo a J. R. Isidore, que se sentía incómodo y desplazado—. Os presento al señor Isidore —dijo Pris—. Está cuidando de mí. —Las palabras fueron pronunciadas con cierta nota de sarcasmo malicioso que hizo pestañear a Isidore—. Me ha traído unos alimentos naturales, ¿lo veis?

—Alimentos —repitió Irmgard, que se acercó a la mesa de la cocina dispuesta a echar un vistazo—. Melocotones —dijo, tomando de inmediato un cuenco y una cuchara; dirigió una sonrisa a Isidore y comió dando vivos mordiscos. Su sonrisa, distinta a la de Pris, transmitía calidez, carecía de tonalidades veladas.

—Es usted de Marte —dijo Isidore, siguiéndola, pues se sentía atraído por ella.

—Sí, al final tiramos la toalla. —El tono de voz osciló mientras, perspicaz, le miraba con sus ojos azules, centelleantes—. No podría usted vivir en un edificio más horrible. Por aquí no vive nadie más, ¿verdad? No hemos visto otras luces.

—Vivo en la planta de arriba —dijo Isidore.

—Ah. Creía que tal vez usted y Pris vivían juntos —Irmgard Baty no habló con tono desaprobador. Era sincera, tan sólo expresaba una creencia.

—Han acabado con Polokov —dijo Roy Baty, adusto pero sin mudar la sonrisa.

La alegría que se había dibujado en el rostro de Pris al ver a sus amigos se esfumó de inmediato.

—¿Quién más?

—Garland —respondió Roy Baty—. Anders y Gitchel, y hace muy poco Luba. —La puso al corriente de las noticias como si experimentara un placer perverso haciéndolo, como si le complaciera ver la expresión sorprendida de Pris—. No creía que encontrarían a Luba, ¿recuerdas que no dejaba de repetirlo durante el viaje?

—Eso nos deja... —dijo Pris.

—Nosotros tres somos los últimos —sentenció Irmgard con apremio.

—Por eso hemos venido. —La voz de Roy Baty retumbó cargada de una calidez nueva e inesperada. Cuanto más empeoraba el cariz de la situación, más parecía disfrutarla.

Isidore era incapaz de entender su comportamiento.

—Ay, Dios —se lamentó Pris, afligida.

—Bueno, recurrieron a un investigador, un cazarrecompensas —explicó Irmgard, agitada—. Se llama Dave Holden. —Pronunció aquel nombre como si sus labios escupieran veneno—. Polokov estuvo a punto de acabar con él.

—A punto —dijo Roy, como un eco, con una sonrisa que entonces se antojaba inmensa.

—El tal Holden ha acabado en el hospital —continuó Irmgard—. Después, obviamente confiaron la lista a otro cazarrecompensas, a quien Polokov estuvo a punto de matar, pero al final el cazarrecompensas retiró a Polokov. A continuación fue tras Luba. Estamos al corriente de ello porque logró ponerse en contacto con Garland, quien envió a alguien a detener al cazarrecompensas y llevarlo al edificio de Mission Street. Verás, Luba nos llamó después de que el agente de Garland detuviese al cazarrecompensas. Estaba convencida de que la situación estaba bajo control, de que Garland lo mataría. —Y añadió—. Pero es evidente que algo se torció en Mission Street. No sabemos qué pasó, puede que nunca lo hagamos.

—¿Ese cazarrecompensas tiene nuestros nombres? —preguntó Pris.

—Claro, querida. Vamos, supongo que sí —respondió Irmgard—. Pero no sabe dónde encontrarnos. Roy y yo no volveremos a nuestro apartamento. Hemos cargado el coche tanto como hemos podido, y hemos tomado la decisión de ocupar uno de los pisos abandonados de este viejo edificio destartalado.

—¿Es eso aconsejable? —intervino Isidore tras reunir el coraje necesario—. ¿Que… que todos vivan en un mismo lugar?

—Han acabado con todos los demás —dijo Irmgard, sin rodeos. También ella, como su marido, parecía peculiarmente resignada, a pesar de su aparente agitación.

Todos ellos, pensó Isidore. Todos son extraños. Lo

percibía sin ser capaz de identificar en qué aspecto concreto lo eran. Como si una abstracción peculiar y maligna permeara sus procesos mentales. Exceptuando, tal vez, a Pris, que estaba muy asustada. Pris parecía casi normal, casi natural. Aunque…

—¿Por qué no te trasladas a vivir con él? —preguntó Roy a Pris, señalando a Isidore—. Podría protegerte… hasta cierto punto.

—¿Con un cabeza hueca? No pienso vivir con un cabeza hueca —aseguró ella, tan airada que se le dilataron las aletas de la nariz.

—Creo que eres una insensata comportándote como una esnob en un momento como éste —se apresuró a decir Irmgard—. Los cazarrecompensas no pierden el tiempo. Tal vez intente atarlo todo esta noche. Quizá le hayan ofrecido una bonificación si resuelve el caso antes de…

—Cerremos la puerta del vestíbulo —dijo Roy, cerrando con un fuerte golpe, antes de hacerlo con llave—. Creo que deberías trasladarte al apartamento de Isidore, Pris, y creo que Irm y yo tendríamos que vivir en este mismo edificio, así podríamos ayudarnos mutuamente. Llevo en el coche algunos componentes electrónicos, restos que logré extraer de la nave. Instalaré un circuito de escucha que funcione en ambos sentidos, para que tú puedas oírnos y nosotros podamos oírte a ti, así como un sistema de alarma que cualquiera de los cuatro pueda desactivar. Es obvio que las identidades sintéticas no resultaron, ni siquiera la de Garland. Claro que él se puso la soga al cuello al ordenar que llevasen al cazarrecompensas al edificio de Mission Street, eso fue un error. Y Polokov, en lugar de mantenerse lo más alejado posible del cazador, optó por acercarse a él. Nosotros no vamos a hacer lo mismo. Mantendremos la posición, unidos. —No sonó preocupado en absoluto, la situación parecía imbuirle una energía casi maníaca—. Creo que… —Aspiró aire con fuerza, ruidosamente, manteniendo en vilo a todos los presentes en la estancia, Isidore incluido—. Creo que existe una razón que explica que nosotros tres sigamos aún con vida. Creo que si ese hombre tuviera la menor idea de dónde estamos ya habría asomado por aquí. Un cazarrecompensas tiene que trabajar sin demora. Le va la paga en ello.

—Y si se lo toma con calma —dijo Irmgard, mostrándose de acuerdo— nos escaparemos, y no será la primera vez. Apuesto a que Roy tiene razón. Apuesto a que tiene nuestros nombres pero no nuestra ubicación. La pobre Luba se ha visto atrapada en el Palacio de la Ópera, a la vista de todas las miradas. No debió de costarle encontrarla.

—En fin —dijo Roy, afectado—, ella lo quiso así. Creyó que le resultaría más fácil siendo un personaje público.

—Tú le aconsejaste lo contrario —recordó Irmgard.

—Sí, se lo advertí. Y también le dije a Polokov que no intentara hacerse pasar por un agente de la WPO. Y avisé a Garland de que uno de sus propios cazarrecompensas podía acabar retirándolo, lo cual es muy posible, plausible, que sea justo lo que haya sucedido. —Se balanceó sobre los talones, sumido en sesudas reflexiones.

—Tras escu… Tras escuchar al señor Baty, entiendo que es su líder na… natural —intervino Isidore.

—Ah, sí, Roy es el líder —confirmó Irmgard.

—Él fue quien organizó nuestro… viaje —explicó Pris—. Desde Marte.

—Entonces —continuó Isidore—, será mejor que hagan lo… lo que sugiere. —Se le quebró la voz, en parte por la tensión, en parte por la esperanza—. Creo que sería estu… Que sería estupendo que viviera usted conmigo. Yo pediré un par de días libres en el trabajo porque aún no he hecho mis vacaciones. Para asegurarme de que se acomoden. —Y quizá Milt, que era muy inventivo, diseñara un arma que él pudiera utilizar. Algo imaginativo, capaz de matar cazarrecompensas… Estuvieran donde estuviesen. Tenía una imagen vaga, oscura, de algo despiadado que iba por ahí armado con una lista y un arma, y que desempeñaba, maquinal, la labor simple, llana y burocrática de matar. Una cosa que carecía de emociones y rostro; una cosa que en caso de ser neutralizada era sustituida de inmediato por otra parecida. Y ésta a su vez, hasta que todo el mundo vivo y real acabara muerto a sus manos.

Pensó que era increíble que la policía no pudiese hacer nada. No puedo creerlo, se decía. Algo habrá hecho esta gente. Quizá emigraron ilegalmente de vuelta a la Tierra. Nos dicen, la televisión nos dice, que debemos informar de cualquier nave que aterrice fuera de las pistas autorizadas. La policía debe vigilar esa clase de cosas.

A pesar de todo, ya nadie moría asesinado deliberadamente. Era contrario al mercerismo.

—Al cabeza hueca le gusto —dijo Pris.

—No lo llames así, Pris —la regañó Irmgard, que dirigió a Isidore una mirada compasiva—. Piensa en cómo podría llamarte él.

Pris no dijo nada. Su expresión adquirió un cariz enigmático.

—Iré a montar las escuchas —dijo Roy—. Irmgard y

181

yo nos quedaremos en este apartamento. Pris, tú ve
con... el señor Isidore.

Echó a caminar en dirección a la puerta, adonde llegó con una prontitud inaudita para alguien tan corpulento. En un abrir y cerrar de ojos lo había perdido de
vista y la puerta se había cerrado. Isidore experimentó
una extraña y pasajera alucinación: vio brevemente una
estructura metálica, una plataforma de circuitos, bate-
rías y engranajes; entonces, la desaliñada silueta de Roy
Baty reapareció en su campo de visión. Isidore sintió el
fuerte impulso de reír, pero logró contenerlo, nervioso.
Se sentía aturdido.

—Un hombre de acción —dijo Pris con tono distante—. Lástima que sea tan torpe con las manos, haciendo
cosas mecánicas.

—Si salimos de ésta —dijo Irmgard con severidad,
como si quiera regañarla—, será gracias a Roy.

—Pero ¿merece la pena? —preguntó Pris. Fue una
pregunta retórica. Se encogió de hombros y señaló con
un gesto a Isidore—. De acuerdo, J. R. Me iré a vivir
contigo y así podrás protegerme.

—A... A... A todos ustedes —dijo Isidore tan pronto como pudo.

—Quiero que sepas cuanto te lo agradecemos —le
dijo Irmgard Baty, cuya vocecilla adoptó un tono solem-
ne—. Creo que eres el primer amigo que hemos encontrado en la Tierra. Es muy amable por tu parte, y tal vez
llegue el día en que podamos corresponder a tu amabili-
dad. —Se le acercó para darle una palmada en el brazo.

—¿Tienen alguna novela precolonial que puedan
prestarme? —le preguntó.

—¿Disculpa? —Irmgard Baty miró con curiosidad a
Pris.

—Se refiere a esas revistas antiguas —dijo ésta. Había reunido algunas cosas que llevarse e Isidore tomó el hatillo de sus manos, sintiendo el rubor que nace fruto de la satisfacción del deber cumplido—. No, J. R. Por los motivos que te expliqué, no nos trajimos ninguna novela.

—Mañana me acercaré a la biblioteca —dijo mientras salía al vestíbulo—. A ver si encuentro algo que podamos leer, así tendrán algo que hacer aparte de esperar.

Llevó arriba a Pris, a su apartamento, un lugar oscuro, vacío, tibio y mal ventilado. Dejó las cosas en el dormitorio y encendió las luces, la calefacción y el único canal del televisor.

—Me gusta —dijo Pris, pero con el mismo tono distante de antes. Vagabundeó por el piso, con las manos hundidas en los bolsillos de la falda. Había en su rostro una expresión avinagrada, hipócrita, casi, debido al desagrado que le causaba el lugar, algo que contrastaba con sus palabras.

—¿Qué pasa? —preguntó él mientras distribuía las cosas de ella sobre el sofá.

—Nada. —Se detuvo ante la ventana y apartó la cortina para echar un vistazo al exterior.

—Si cree que la están buscando… —empezó diciendo él.

—Es un sueño —dijo Pris—. Inducido por los medicamentos que Roy me dio.

—¿Cómo?

—¿De veras crees que ese cazarrecompensas existe?

—El señor Baty dijo que había matado a sus amigos.

—Roy Baty está tan loco como yo —dijo Pris—. Llegamos aquí procedentes de un manicomio de la costa Este. Somos esquizofrénicos, nuestra vida emocional está dañada, sufrimos de reducción del afecto y tenemos alucinaciones colectivas.

—Ya decía yo que no podía ser cierto —dijo, invadido por una sensación de alivio.

—¿Por qué no? —preguntó ella, girando sobre los talones para mirarle con severidad.

Le observaba con tal fijeza que sintió que se sonrojaba.

—Por… Porque no suceden cosas así. El go… El gobierno nunca mata a nadie, por grave que sea el crimen que haya cometido. Y el mercerismo…

—Verás, es que todo cambia si no eres humano —dijo Pris.

—Eso no es verdad. Hasta los animales… Incluso las anguilas y las ardillas, las serpientes y las arañas son sagradas.

Pris, que seguía mirándole fijamente, dijo:

—Conque no puede ser, ¿eh? Según tú, la ley protege incluso a los animales. Todos los seres vivos. Todo lo orgánico que culebrea, serpentea, anida, vuela, hormiguea, pone huevos o… —Calló porque había aparecido Roy Baty, que de pronto había abierto la puerta y había entrado en el apartamento, llevando una estela de cable.

—Los insectos son especialmente sacrosantos —dijo sin mostrar el menor remordimiento por haber escuchado a escondidas la conversación. Levantó un cuadro de la pared del comedor y colocó en torno al clavo un pequeño aparato electrónico. Dio un paso atrás, observó el resultado y volvió a poner el cuadro—. Ahora la alarma. —Cobró el cable, que moría en un complejo montaje, y, con su sonrisa discordante, se lo mostró a Pris y

184

John Isidore—. La alarma. El cableado va por debajo de la alfombra; son sensores, registran la presencia de un...

—Titubeó—. De una entidad mentativa —explicó con lenguaje opaco—, lo que no obedece a ninguno de nosotros.

—Así que suena, y después ¿qué? —preguntó Pris—. Irá armado. No podemos arrojarnos sobre él y matarle a mordisco limpio.

—Este aparato incluye una unidad Penfield —continuó Roy—. Cuando la alarma se dispara, irradia al intruso un estado de ánimo de pánico. A menos que éste actúe deprisa, lo que podría suceder. Un pánico enorme, porque he ajustado la intensidad al máximo. Ningún ser humano podrá permanecer más de unos segundos en las inmediaciones. Ésa es la naturaleza del pánico: desemboca en emociones de naturaleza aleatoria, te lleva a emprender la huida, a sufrir espasmos musculares y neuronales. Lo que nos permitirá tener la oportunidad de acabar con él —concluyó—. Posiblemente. Dependiendo de lo bueno que sea.

—¿Y la alarma no nos afectará? —preguntó Isidore.

—Claro —dijo Pris, dirigiéndose a Roy Baty—. Afectará a Isidore.

—Bueno, ¿y qué? —preguntó Roy, que siguió volcado en la instalación—. Ambos echarán a correr, presa del pánico. Eso hará que tengamos tiempo de reaccionar. Y no matarán a Isidore, que no figura en su lista. Por eso nos resulta útil como tapadera.

—¿No se te ocurre nada mejor, Roy? —preguntó Pris con brusquedad.

—No —respondió él.

—Mañana podré ha... hacerme con un arma —intervino Isidore.

—¿Estás seguro de que la presencia de Isidore no disparará la alarma? —preguntó Pris—. Después de todo es… Ya sabes.

—Lo he ajustado para registrar sus emanaciones cefálicas —explicó Roy—. La suma de ellas no dispararía nada, sería necesario otro humano. Otra persona. —Miró a Isidore con el entrecejo arrugado, consciente de lo que acababa de decir.

—Son androides —dijo Isidore, a quien no le importaba lo más mínimo—. Ahora entiendo por qué quieren matarlos —añadió—. De hecho no están vivos. —Todo cobró sentido para él. El cazarrecompensas, el asesinato de sus amigos, el viaje a la Tierra, todas aquellas precauciones.

—Cuando dije «humano» no utilicé la palabra adecuada —dijo Roy Baty a Pris.

—Es cierto, señor Baty —dijo Isidore—. Pero ¿a mí qué me importa? Me refiero a que soy un especial, a que ellos tampoco me tratan demasiado bien. Por ejemplo, no puedo emigrar —dijo de carrerilla y sin tartamudear—. Ustedes no pueden venir aquí, yo no puedo… —Se tranquilizó.

Tras una pausa, Roy Baty dijo, lacónico:

—Marte no te gustaría. No te pierdes nada.

—Me preguntaba cuánto tiempo pasaría antes de que te dieras cuenta —dijo Pris a Isidore—. Somos distintos, ¿verdad?

—Eso es probablemente lo que delató a Garland y Max Polokov —dijo Roy Baty—. Estaban tan jodidamente convencidos de que lograrían pasar desapercibidos… Por no hablar de Luba.

—Son intelectuales —dijo Isidore, contento por el hecho de haber comprendido. Contento y orgulloso—.

Piensan en abstracto, y no… —Gesticuló, pues se le atropellaban las palabras, como era costumbre—. Ya querría yo tener un coeficiente intelectual como el suyo, porque entonces aprobaría el test y no sería un cabeza hueca. Los considero muy superiores, podría aprender mucho de ustedes.

Tras un intervalo de silencio, Roy Baty dijo:

—Voy a terminar la instalación de la alarma. —Y volvió al trabajo.

—Aún no lo entiendes —dijo Pris con el tono de voz estentóreo y agudo que la caracterizaba—. Cómo huimos de Marte. Lo que hicimos allí.

—Lo que no pudimos evitar hacer —matizó Roy Baty, con un gruñido.

Irmgard Baty había estado de pie al otro lado de la puerta que daba al vestíbulo, pero no habían reparado en su presencia hasta que habló.

—No creo que debamos preocuparnos por el señor Isidore —dijo, caminando hacia él y mirándole a la cara— Como ha dicho, ellos tampoco le tratan demasiado bien. Y no le interesa lo que hicimos en Marte; nos conoce, le gustamos y una aceptación emocional como ésa… lo supone todo para él. A nosotros nos cuesta comprenderlo, pero es cierto. —Y, volviéndose hacia Isidore, dijo, de nuevo muy pegada a él, mirándole—. Podrías ganar mucho dinero si nos delataras, ¿eres consciente de ello? —Y le dijo a su marido—. ¿Lo ves? Lo sabe perfectamente, pero a pesar de eso no hablará.

—Eres un gran hombre, Isidore —dijo Pris—. Honras a tu raza.

—Si fueses un androide —dijo Roy con tono sentido—, nos delatarías mañana a las diez. Irías a trabajar y ya está. No podría sentir mayor admiración por ti.

187

Imposible descifrar su tono de voz. Al menos Isidore fue incapaz de hacerlo.

—Y pensábamos que no encontraríamos un solo amigo en este planeta, que todos nos tratarían con hostilidad, que todo el mundo se pondría en nuestra contra. —Soltó una fuerte risotada.

—No hay nada que me preocupe —afirmó Irmgard.

—Pues tendríais que estar muertas de miedo —dijo Roy.

—Votemos —propuso Pris—. Como hacíamos a bordo de la nave cuando no nos poníamos de acuerdo en algo.

—Bueno, no voy a decir nada más —dijo Irmgard—. Pero si optamos por otro camino, no creo que encontremos otro ser humano que nos acoja y nos ayude. El señor Isidore es... —Calló, buscando la palabra adecuada.

—Especial —completó Pris.

15

La votación se llevó a cabo con toda la solemnidad y ceremonia posibles.

—Nos quedamos aquí —dijo Irmgard con firmeza—. En este apartamento, en este edificio.

—Yo voto por matar al señor Isidore y escondernos en alguna otra parte —dijo Roy Baty. Su mujer y él, además de Isidore, se volvieron tensos hacia Pris.

—Yo voto por resistir aquí —dijo Pris en voz baja—. Creo que el valor que aporta J. R. supera con creces el peligro que supone para nosotros, o sea, el hecho de que sepa quiénes somos. Obviamente no podemos vivir entre humanos sin ser descubiertos. Eso fue lo que mató a Polokov, a Garland, a Luba y a Anders. Eso fue lo que acabó con todos ellos.

—Tal vez hicieron precisamente lo que hacemos nosotros —advirtió Roy Baty—. Depositaron su confianza en un ser humano a quien creyeron distinto. Especial, como decís.

—Eso no lo sabemos —dijo Irmgard—. No es más que una conjetura. Creo que ellos, ellos… —Hizo un gesto—. Se comportaron como si nada. Cantaron subidos a un escenario, como Luba. Nosotros confiamos en... Te diré en lo que confiamos que puede acabar arruinándonos, Roy: ¡Confiamos en nuestra jodida inteligencia superior! —Miró a su marido, mientras sus pechos pequeños, altos, subían y caían rápidamente—. Somos tan listos. Pero Roy, si lo estás haciendo ahora mismo, maldito seas, ¡lo estás haciendo ahora mismo!

—Creo que Irm tiene razón —dijo Pris.

—Y por esa razón no se nos ocurre otra cosa que poner nuestras vidas en manos de un anormal, de un... —empezó diciendo Roy, que calló de pronto, vencido—. Estoy cansado —dijo a modo de disculpa—. Ha sido un viaje muy largo, Isidore. Y no sé si pasaremos aquí mucho tiempo. Por desgracia.

—Espero hacer que su estancia en la Tierra sea placentera —dijo Isidore, contento, pues estaba seguro de que podría hacerlo. Le parecía la cúspide, la culminación de toda su vida, así como de la nueva autoridad que había manifestado por videófono ese mismo día en el trabajo.

En cuanto dejó oficialmente de trabajar esa noche, Rick Deckard sobrevoló la ciudad hasta el paseo de los animales, las manzanas de edificios con tiendas de animales, con sus llamativos escaparates de cristal y los sensacionales letreros. Seguía ahí aquella nueva y horrible depresión que le había invadido a primera hora del día. Aquello, su actividad en ese lugar con los animales y sus vendedores parecía el único punto débil de la mortaja depresiva, un fallo del que servirse para aferrarla y exorcizarla. Al menos en el pasado, la visión de los animales, el estímulo de los tratos comerciales y las apuestas elevadas le habían ayudado mucho. Quizá lograse alcanzar un resultado parecido.

—Sí, señor —le dijo un vendedor novato que vestía con gusto y tenía ganas de charlar, mientras él seguía mirando los escaparates boquiabierto, con una especie de anhelo dócil—. ¿Ha visto algo que le guste?

—Veo muchas cosas que me gustan —respondió Rick—. Lo que me preocupa es lo que cuestan.

—Usted díganos qué transacción quiere que hagamos —propuso el vendedor—. Qué quiere llevarse a casa consigo y cómo desea costearlo. Nosotros llevamos la documentación a nuestro director de ventas y obtenemos su aprobación.

—Tengo tres mil dólares en metálico. —El departamento, al final de la jornada laboral, le había pagado su botín—. ¿Cuánto cuesta esa familia de conejos de ahí? —preguntó.

—Señor, si nos hace un pago en metálico de tres mil dólares, puedo hacerle dueño de algo mucho mejor que un par de conejos. ¿Qué le parece una cabra?

—No había pensado mucho en cabras —confesó Rick.

—¿Me permite preguntarle si esta cantidad supone entrar en una nueva gama de precios para usted?

—Verá, no suelo ir por ahí con tres mil dólares en el bolsillo —admitió Rick.

—Eso me ha parecido cuando ha mencionado lo de los conejos, señor. Lo que pasa con los conejos, señor, es que todo el mundo tiene uno. Me gustaría que ascendiera a la categoría de las cabras, un lugar al que creo que pertenece. Francamente, tiene aspecto de ser de los que les gustan las cabras.

—¿Qué ventajas tienen?

—La ventaja principal de una cabra es que puede adiestrarla para que le suelte una coz a cualquiera que intente robársela —respondió el vendedor de animales.

—No si le disparan un dardo tranquilizante y se descuelgan por una escalera de cuerda desde un coche flotante —replicó Rick.

Pero el vendedor no se dejó desanimar con facilidad.

—Las cabras son leales y poseen un espíritu independiente, natural, que ninguna jaula puede limitar. Y tienen una extraordinaria ventaja adicional, de la que tal vez no sea usted consciente. A menudo, cuando invierte en un animal y lo lleva a su casa, descubre una buena mañana que ha ingerido algo radiactivo y ha muerto. A la cabra no le afectan los alimentos semicontaminados, su alimentación es ecléctica, come cosas que serían capaces de tumbar a una vaca, a un caballo o a un gato. Como inversión a largo plazo consideramos que la cabra, sobre todo la hembra, ofrece insuperables ventajas para el propietario de animales serio.

—¿Esa cabra es hembra? —Había reparado en un animal de pelo negro que estaba en el centro de su jaula. Se acercó hacia allí, acompañado por el vendedor. A Rick le parecía preciosa.

—Sí, es hembra. Una cabra de Nubia y, como puede ver, bastante grande. Este año se ha convertido en un animal soberbio en el mercado, y la ofrecemos a un precio atractivo y extraordinariamente bajo.

Rick sacó el manoseado Catálogo Sidney y consultó la entrada «cabra, de Nubia (negra)».

—¿La transacción se limitará al dinero o nos entregará un animal usado como parte del pago? —preguntó el vendedor.

—Dinero —dijo Rick.

El vendedor garabateó un precio en un pedazo de papel, que a continuación mostró brevemente a Rick.

—Demasiado —respondió éste. Tomó la nota y escribió una cifra más modesta.

—No podríamos venderle una cabra por esa cantidad —protestó el vendedor, que seguidamente escribió otra cantidad—. Esta cabra aún no ha cumplido el año, por tanto su esperanza de vida es muy larga. —Mostró su nueva oferta a Rick.

—Trato hecho —aceptó éste.

Firmó la escritura de los plazos a pagar, entregó en concepto de pago al contado sus tres mil dólares, todo el dinero que había ganado ese día, y al cabo de poco rato se vio de pie en el vehículo flotante, algo aturdido, mientras los empleados de la tienda de animales cargaban en el coche la caja con la cabra. Un animal vivo, no eléctrico. Por segunda vez en su vida.

El gasto, la deuda contractual, le aterraba. Se echó a temblar. Pero tenía que hacerlo, se dijo. La experiencia con Phil Resch… Tengo que recuperar mi confianza, la fe en mí mismo y en mis habilidades. O no seré capaz de mantener mi puesto de trabajo.

Elevó el vehículo con las manos entumecidas y puso rumbo hacia el apartamento e Iran. Se enfadará conmigo, se dijo. Porque le preocupará la responsabilidad. Y puesto que pasa buena parte del día en casa, tendrá que cuidar de la cabra. Volvió a ensombrecérsele el ánimo.

Cuando aterrizó en la azotea de su edificio, pasó un rato sentado, tejiendo mentalmente un relato cargado de verosimilitud. Mi trabajo lo exige, pensó, buscando una excusa. El prestigio. No podíamos continuar con esa oveja eléctrica mucho más tiempo. Me minaba la moral. Quizá deba contarle eso, decidió.

Bajó del vehículo, sacó la caja del asiento trasero y, no sin cierto esfuerzo, logró dejarla en el suelo de la azotea. La cabra, que se había resbalado durante el traslado, le miró con perspicacia pero no hizo un solo ruido.

Bajó hasta su planta y recorrió el vestíbulo hasta la puerta de su apartamento.

—Hola —le saludó Iran, que bregaba en la cocina con la cena—. ¿Por qué has llegado tan tarde hoy?

—Acompáñame a la azotea —dijo—. Quiero enseñarte algo.

—Has traído un animal. —Se quitó el delantal, se peinó el pelo con las manos y le siguió fuera del apartamento. Ambos avanzaron a paso vivo por el pasillo—. No tendrías que haberlo comprado sin mí —dijo Iran—. Yo también tengo derecho a tomar parte en la decisión, la compra más importante que hemos…

—Quería darte una sorpresa —dijo.

—Veo que hoy has obtenido una recompensa —dijo Iran con tono reprobatorio.

—Sí. He retirado tres andys —confesó Rick. Entró en el ascensor y, juntos, se acercaron a Dios—. Tenía que comprarlo —dijo—. Algo se torció hoy, algo respecto a lo de retirarlos. No habría podido seguir adelante sin comprar un animal. —El ascensor había alcanzado la azotea y Rick condujo a su mujer por la oscuridad nocturna hasta la jaula. Encendió la luz, instalada para su uso por parte de todos los residentes del edificio, y señaló la cabra en silencio. A la espera de su reacción.

—Dios mío —dijo Iran en voz baja. Se acercó a la jaula y echó un vistazo. Luego dio una vuelta a su alrededor, contemplando la cabra desde todos los ángulos posibles—. ¿Es auténtica? ¿No es falsa?

—Totalmente real —dijo—. A menos que me hayan timado. —Pero eso sucedía rara vez, pues la multa por falsificación era astronómica: dos veces y medio el valor de mercado del animal auténtico—. No, no me han timado.

—Es una cabra —dijo Iran—. Una cabra negra de Nubia.

—Hembra —dijo Rick—. Así que tal vez más adelante podamos aparearla. Tendremos leche para hacer queso.

—¿Podemos sacarla? ¿Ponerla donde está la oveja?

—Habría que atarla. Al menos durante unos días.

—*Mi vida es amor y placer* es una antiquísima canción de Josef Strauss, ¿la recuerdas? Fue cuando nos conocimos —preguntó Iran con un tono peculiar. Puso la mano en su hombro y se inclinó hacia él para besarlo—. Mucho amor, y mucho placer.

—Gracias —dijo él, abrazándola.

—Bajemos a dar las gracias a Mercer. Luego podemos subir de nuevo y darle nombre. Necesita un nombre. Tal vez encuentres una cuerda para atarla. —Echó a andar hacia el ascensor.

Su vecino Bill Barbour, de pie junto a su yegua *Judy*, a la que almohazaba, los llamó.

—Eh, esa cabra tiene muy buen aspecto, familia Deckard. Felicidades. Buenas noches, señora Deckard. Puede que tenga descendencia. Tal vez si pare podamos hacer un trueque: dos cabritos por mi potro.

—Gracias —dijo Rick. Siguió a Iran, en dirección al ascensor—. ¿Te sirve esto de cura a la depresión? —preguntó—. Porque cura la mía.

—Pues claro que me sirve de cura. Ahora podemos admitir públicamente que la oveja es falsa.

—No hay necesidad de hacerlo —dijo, cauto.

—Pero podemos —insistió Iran—. Ya no tenemos nada que ocultar. Lo que siempre hemos querido se ha hecho realidad. ¡Es un sueño! Volvió a ponerse de puntillas para inclinarse sobre él y besarle.

Su aliento, errático, anhelante, le hizo cosquillas en el cuello. Iran extendió el brazo para llamar al ascensor.

Hubo algo que le alertó, algo que le empujó a decir:

—No bajemos aún al apartamento. Quedémonos aquí un rato con la cabra. Sentémonos a mirarla y démosle algo de comer, quizá. Me dieron un saco de avena para que vayamos tirando. Y podemos leer el manual de mantenimiento de la cabra que se incluía en la compra. Podríamos llamarla *Euphemia*. —El ascensor, no obstante, había llegado la azotea e Iran había entrado en él—. Espera, Iran.

—Sería inmoral no fusionarnos con Mercer como prueba de gratitud —respondió ella—. Hoy aferré los mangos de la caja y superé un poco la depresión; sólo un poco, no como ahora. Pero me alcanzó una piedra aquí —le mostró la muñeca, en la que él distinguió un oscuro moratón—. Y recuerdo haber pensado cuán mejores somos, cómo mejora nuestra situación cuando estamos con Mercer. A pesar del dolor. El dolor físico pero a la vez espiritual. Sentí la presencia de todos los demás, en todo el mundo, todos los que se habían fusionado al mismo tiempo. —Impidió que la puerta del ascensor se cerrara—. Entra, Rick. Sólo será un rato. Rara vez te entregas a la fusión. Quiero que transmitas el estado de ánimo en el que te encuentras en este momento. Se lo debes a los demás. No compartirlo sería inmoral.

Tenía razón, por supuesto, así que entró en el ascensor y ambos bajaron de nuevo a su apartamento.

En el salón, ante la caja empática, Iran accionó el interruptor y su rostro se animó con un súbito júbilo que la iluminó como la inesperada irrupción de una luna creciente.

—Quiero que todos lo sepan —le dijo—. Me sucedió una vez. Me fusioné y escogí a alguien que acababa de hacerse con un animal. Entonces, un día... —Sus facciones se ensombrecieron momentáneamente y el placer se dio a la fuga—. Un día me vi recibiendo de alguien cuyo animal había muerto. Pero los demás compartimos nuestras alegrías con ellos, aunque yo no tenía ninguna, como sabrás, y eso sirvió para levantarle el ánimo a aquella persona. Quizá podríamos alcanzar a un suicida potencial. Lo que tenemos, lo que sentimos, podría...

—Tendrán nuestra alegría —dijo Rick—, pero perderemos. Cambiaremos lo que sentimos por lo que sienten. Perderemos nuestra alegría.

La pantalla de la caja empática mostró la corriente de color informe y, tras aspirar aire con fuerza, su esposa se aferró a los mangos.

—No perderemos lo que sentimos, no si hacemos el esfuerzo de retenerlo en la mente. Tú nunca has acabado de pillarle el truco a la fusión, ¿verdad, Rick?

—Supongo que no —respondió. Pero había empezado a percibir por primera vez el valor que personas como Iran obtenían del mercerismo. Posiblemente su experiencia con el cazarrecompensas Phil Resch le había alterado una diminuta sinapsis, había cerrado un interruptor neurológico y abierto otro. Y quizá eso había dado paso a una reacción en cadena—. Iran —dijo con tono apremiante, apartándola de la caja empática—. Escucha: quiero hablar de lo que me ha pasado hoy. —La llevó al sofá y la sentó ante él—. He conocido a otro cazarrecompensas —dijo—. Alguien a quien no conocía. Un depredador que parece disfrutar destruyéndolos. Por primera vez, después de estar con él, los miré de otra forma. Me refiero a que, a mi manera, siempre los he considerado como lo hace él.

—¿Esto no puede esperar? —preguntó Iran.

—Me sometí a un test —continuó Rick—, una pregunta, y la verifiqué. He empezado a empatizar con los androides, y mira lo que eso significa. Tú misma lo dijiste esta mañana: «esos pobres andys». Así que sabes a qué me refiero. Por eso compré la cabra. Nunca me había sentido así. Puede que sea una depresión, como la tuya. Ahora entiendo cómo se sufre cuando estás deprimido. Siempre creí que te gustaba y pensaba que en cualquier momento podías salir de ahí, si no sola, al menos sí con ayuda del climatizador del ánimo. Pero cuando te deprimes tanto ya no te importa. Es la apatía. Has perdido la autoestima. No importa que te sientas mejor porque si no te aprecias…

—¿Qué me dices del trabajo?

Su tono le hirió. Rick pestañeó.

—Tu trabajo —repitió Iran—. ¿A cuánto ascienden los pagos mensuales de la cabra? —Le tendió la mano, y él sacó el contrato que había firmado y se lo dio—. ¿Tanto? —preguntó con un hilo de voz—. Los intereses… Dios mío, sólo los intereses… Y lo hiciste porque estabas deprimido. No para darme una sorpresa, como decías al principio. —Le devolvió el documento—. Bueno, qué importa. Aún me alegro de que compraras la cabra. Adoro esa cabra. Pero menuda carga económica.

—Su rostro había adquirido una tonalidad cenicienta.

—Puedo pedir el traslado a otra sección. En el departamento nos encargamos de diez u once tareas distintas. Podría trasladarme a la sección que se dedica a investigar el robo de animales, por ejemplo.

—Pero el dinero de la recompensa… ¡Sin él nos embargarán la cabra!

—Ampliaré el contrato de treinta y seis a cuarenta y ocho meses. —Sacó un bolígrafo y garabateó al dorso del contrato—. Así pagaremos entre cincuenta y dos y cincuenta menos al mes.

Sonó el videófono.

—Si no hubiésemos vuelto aquí, si nos hubiéramos quedado en la azotea —dijo Rick—, con la cabra, no habríamos recibido esta llamada.

—¿Por qué tienes miedo? —preguntó Iran mientras se acercaba al videófono—. No van a embargarnos la cabra. De momento. —Levantó el auricular.

—Es del departamento —dijo—. Di que no estoy. —Y se dirigió al dormitorio.

—Hola —saludó Iran al aparato.

Otros tres andys, pensó Rick, a por los que tendría que haber ido hoy, en lugar de volver a casa. En la videopantalla se había formado el rostro de Harry Bryant, así que era demasiado tarde para escapar. Rick anduvo, con paso rígido, de vuelta al aparato.

—Sí, está aquí —decía Iran—. Hemos comprado una cabra. Venga un día a verla, señor Bryant. —Hubo una pausa, ella prestó atención a su respuesta y después ofreció el receptor a Rick—. Quiere hablar contigo. —A continuación se dirigió a la caja empática, se sentó y asió los mangos, y se implicó casi de inmediato. Rick se quedó de pie con el receptor en la mano, consciente de la retirada mental de ella. Consciente de su propia soledad.

—Hola —dijo al receptor.

—Tenemos un par de pistas acerca del paradero de los androides restantes —explicó Harry Bryant, que llamaba desde su oficina. Rick vio el escritorio, la montaña de documentos y basugre que lo cubría—. Obviamente están sobre aviso, han abandonado la dirección que Dave te dio y ahora podrás encontrarlos en... Espera. —Bryant rebuscó en el escritorio, hasta encontrar finalmente lo que andaba buscando.

Rick buscó el bolígrafo y se dispuso a escribir en el contrato de compra de la cabra, que apoyó en la rodilla.

—Edificio de apartamentos 3967-C —dictó el inspector Bryant—. Acércate en cuanto puedas. Daremos por sentado que saben lo que les ha sucedido a los que has retirado: Garland, Luft y Polokov. Por eso han emprendido ilegítima huida.

—Ilegítima —repitió Rick. Para salvar la vida.

—Dice Iran que has comprado una cabra. ¿Hoy mismo? ¿Al salir del trabajo?

—De camino a casa.

—Iré a visitar a tu cabra cuando retires a los androides que quedan. Por cierto, acabo de hablar con Dave. Le conté la de problemas que te han dado y me ha pedido que te felicite y que te diga que seas más cuidadoso. Dice que los tipos Nexus-6 son más listos de lo que pensaba. De hecho, no puede creerse que hayas retirado a tres en un sólo día.

—Tres es suficiente —dijo Rick—. No puedo más, tengo que descansar.

—Mañana habrán huido —replicó el inspector Bryant—. Fuera de nuestra jurisdicción.

—Necesitan más tiempo. Seguirán aquí.

—Acércate esta misma noche —ordenó Bryant—. Antes de que refuercen su posición. No esperan que actúes tan rápido.

—Claro que sí —dijo Rick—. Me estarán esperando.

—¿Qué pasa, tienes miedo? ¿Por lo que Polokov...?

—No tengo miedo.

—Entonces, ¿qué problema hay?

—De acuerdo, me acercaré —dijo Rick, que hizo ademán de colgar el receptor.

—Ponte en contacto conmigo en cuanto obtengas resultados. Me encontrarás aquí, en la oficina.

—Si los retiro me compro una oveja .

—Ya tienes una. Tienes una oveja desde que te conozco.

—Es eléctrica —dijo Rick antes de colgar. Esta vez me compraré una de verdad, se dijo. Necesito una de verdad. En compensación.

Su mujer permanecía inclinada sobre la caja empática, totalmente absorta. Pasó unos minutos de pie a su lado, con la mano en su pecho, consciente del movimiento de su corazón, de la vida que latía en ella, de la actividad. Iran no reparó en ello. Como de costumbre, la experiencia con Mercer se había convertido en todo su mundo.

En la pantalla, la figura borrosa de Mercer, vestida con la túnica, ascendía poco a poco, cuando de pronto una piedra pasó a su lado. Sin dejar de mirarla, Rick pensó: Dios mío, hay algo peor que esto en mi situación. Mercer no tiene que hacer nada que le sea ajeno. Sufre, pero al menos no tiene que traicionar su propia identidad.

Inclinado, apartó suavemente los dedos de su esposa de los mangos de la caja. Después ocupó su lugar. Por primera vez desde hacía semanas. Un impulso, porque no lo había planeado. De pronto había sucedido sin más.

Un paisaje cubierto de matojos, un erial. El ambiente arrastraba el olor de aquella resistente vegetación. Era el desierto, no llovía.

Había un hombre ante él. En sus ojos cansados, en la expresión dolorida, vio la luz de la aflicción.

—Mercer —dijo Rick.

—Soy tu amigo —dijo el anciano—. Pero tienes que seguir adelante como si yo no existiera. ¿Lo entiendes? —Extendió hacia él las palmas de las manos.

—No —respondió Rick—. No lo entiendo. Necesito ayuda.

—¿Cómo voy a poder salvarte, si no puedo salvarme a mí mismo? —preguntó el anciano, que sonrió—: ¿No lo ves? Es que no hay salvación.

—Entonces, ¿qué objeto tiene todo esto? —exigió saber Rick—. ¿Para qué sirves?

—Para demostrarte que no estás solo —respondió Wilbur Mercer—. Estoy aquí contigo y siempre lo estaré. Ve a cumplir con tu deber, a pesar de que sabes que es un error.

—¿Por qué? ¿Por qué tendría que hacerlo? Dejaré el trabajo y emigraré.

—Te verás forzado a hacer el mal allá donde vayas —dijo el anciano—. Es la condición esencial de la vida verse requerido a traicionar la propia identidad. Siempre llega el momento en que todo ser vivo debe hacerlo. Es la sombra última, la derrota de la creación: es la maldición de la obra, la maldición que se alimenta de toda vida. Hasta en el último rincón del universo.

—¿Eso es todo cuanto puedes decirme? —preguntó Rick.

202

Una piedra pasó silbando, pero se agachó y le alcanzó en la oreja. Soltó de inmediato los mangos y se vio de pie en el salón de su apartamento, junto a su mujer y la caja empática. Tenía un fuerte dolor de cabeza de resultas de la pedrada. Se palpó la zona dolorida y comprobó que tenía una herida. La sangre le resbalaba por la mejilla.

Iran, utilizando un pañuelo, le limpiaba la herida de la oreja.

—Supongo que debo alegrarme de que me apartaras de la caja. No puedo aguantarlo cuando me dan una pedrada. Gracias por encajar esa piedra en mi lugar.

—Me marcho —dijo Rick.

—¿A trabajar?

—Tengo tres encargos. —Tomó el pañuelo de manos de su esposa y se dirigió hacia la puerta que daba al vestíbulo, aún aturdido y con náuseas.

—Buena suerte —le deseó Iran.

—Aferrarme a esos mangos ha sido una pérdida de tiempo —afirmó Rick—. Hablé con Mercer, pero no me dijo nada. No sabe más de lo que yo pueda saber. No es más que un anciano que sube una colina de camino a su propia muerte.

—¿No es ésa la revelación?

—Yo ya he tenido esa revelación —replicó Rick, abriendo la puerta—. Nos vemos más tarde. —Salió al vestíbulo y cerró la puerta del piso. Edificio de apartamentos 3967-C, pensó, leyendo la dirección en el dorso del contrato. Eso está en los suburbios. Allí todo está abandonado, es un buen sitio para esconderse. Excepto que de noche no hay luces. Así me guiaré, pensó. Por las luces. Fototropía, como la mariposa de la muerte. Y luego, después de todo esto, pensó, ya no habrá más. Haré cualquier otra cosa, me ganaré la vida de otro modo. Estos tres son los últimos. Mercer tiene razón, tengo que poner fin a esto. Pero no creo que pueda. Dos andys juntos, esto no es una cuestión moral, sino práctica.

Probablemente no pueda retirarlos, comprendió. Por mucho que lo intente. Estoy agotado y hoy ha sido un día muy largo. Puede que Mercer sea consciente de ello, reflexionó. Tal vez él previó que esto sucedería.

Pero sé dónde puedo obtener ayuda, una ayuda que se me ofreció antes pero que rechacé.

Llegó a la azotea y en un abrir y cerrar de ojos se encontró sentado en la oscuridad de su vehículo flotante, marcando un número.

—Asociación Rosen —respondió la telefonista.

—Rachael Rosen.

—¿Disculpe, señor?

—Póngame con Rachael Rosen.

—¿Espera la señorita Rosen su…?

—Estoy seguro de que así es —dijo. Y esperó.

Al cabo de diez minutos, la carita de piel oscura de Rachael Rosen asomó a la videopantalla.

—Hola, señor Deckard.

—¿Está ocupada ahora mismo o puedo hablar con usted? Sobre lo que me ha dicho esta mañana. —Pero no parecía que aquello hubiese sucedido ese mismo día. Una generación había visto su nacimiento y declive desde que había hablado con ella por última vez. Y todo el peso, todo el cansancio derivado, se había concentrado en su cuerpo. Acusó la carga física. Tal vez, pensó, por culpa de la piedra. Se limpió con el pañuelo la oreja, que aún le sangraba.

—Tiene un corte en la oreja —dijo Rachael—. Qué pena.

—¿De veras pensó que no la llamaría, tal como me pidió? —preguntó Rick.

—Le dije que sin mí uno de los Nexus-6 acabaría con usted antes de que lo retirara.

—Pues se equivocó.

—A pesar de eso me llama. Bueno. ¿Quiere que me acerque a San Francisco?

—Esta noche —dijo él.

—Ah, pero es demasiado tarde. Iré mañana, tengo una hora de viaje.

—Me han ordenado actuar esta noche. —Hizo una pausa y añadió—: De los ocho originales sólo quedan tres.

—A juzgar por su tono de voz ha tenido un día de perros.

—Si no vuela aquí esta noche, iré yo solo a por ellos y no podré retirarlos. Acabo de comprarme una cabra —añadió—, con el dinero de la recompensa que he ganado por retirar a los otros tres.

—Cómo son los humanos —rió Rachael—. Con lo mal que huelen las cabras.

—Sólo los machos. Lo he leído en el manual de instrucciones incluido con el animal.

—Está realmente cansado, aturdido. ¿Sabe de veras lo que se hace, yendo a por otros tres Nexus-6 hoy mismo? Nadie ha retirado jamás seis androides en un solo día.

—Franklin Powers —dijo Rick—. Hará cosa de un año, en Chicago. Retiró siete.

—Pertenecían al obsoleto modelo McMillan Y-4 —dijo Rachael—. Esto es otra cosa. —Lo pensó unos instantes—. Rick, no puedo. Ni siquiera he cenado.

—La necesito —De otro modo moriré, se dijo a sí mismo. Estoy seguro de ello. Mercer también lo estaba.

Creo que tú también lo estás. Y estoy perdiendo el tiempo suplicándote, reflexionó. De qué sirve suplicar a un androide, no hay fibra sensible que pueda tocar.

—Lo siento, Rick, pero no puedo ir esta noche. Tendrá que ser mañana.

—Venganza androide —dijo Rick.

—¿Qué?

—Te vengas porque te desenmascaré con la escala Voigt-Kampff —dijo, tuteándola.

—¿De veras piensas eso? —Abrió mucho los ojos y añadió—: ¿De verdad?

—Adiós —dijo, dispuesto a colgar.

—Escucha —se apresuró a decir Rachael—. No estás pensando con la cabeza.

—Te lo parece porque vosotros, los modelo Nexus-6, sois más listos que nosotros, los humanos.

—No, de verdad que no lo entiendo. —Rachael suspiró—. Sé que no quieres hacerlo esta noche, es posible que ni siquiera quieras hacerlo. ¿Estás seguro de que quieres que te ayude a retirar los tres androides restantes? ¿O quieres que te convenza de que no lo hagas?

—Si vienes podemos alojarnos en un hotel —propuso.

—¿Por qué?

—Por algo que he oído hoy —dijo con voz ronca—. Acerca de situaciones que tienen lugar entre humanos y mujeres androides. Si viajas esta noche a San Francisco no iré a por los demás andys. Haremos otra cosa.

Ella clavó los ojos en los suyos, antes de responder:

—De acuerdo, volaré a San Francisco. ¿Dónde nos encontramos?

—En el St. Francis. Es el único hotel decente que sigue abierto en el área de la bahía.

—Y no moverás un dedo hasta mi llegada.

—Esperaré sentado en la habitación del hotel —dijo—, y veré el programa del Amigable Buster en el televisor. Hace tres días que su invitada es Amanda Werner. Me gusta, podría pasarme el resto de la vida mirándola. Tiene unos pechos de los que sonríen. —Colgó el auricular y pasó un rato sentado sin pensar en nada concreto. Al final le despertó el frío que hacía en el coche. Giró la llave de encendido y, al cabo de un momento, puso rumbo en dirección al centro de San Francisco. Hacia el Hotel St. Francis.

16

En la enorme y suntuosa habitación de hotel, Rick Deckard permaneció sentado, leyendo las copias de papel carbón que contenían los detalles de los dos androides, Roy e Irmgard Baty. Habían incluido sendas instantáneas telescópicas, borrosas impresiones a color en tres dimensiones cuyos detalles apenas se distinguían. La mujer parece atractiva, concluyó. Pero Roy Baty es distinto. Peor.

Farmacéutico en Marte, leyó. Al menos el androide había recurrido a esa tapadera. Probablemente había desempeñado algún trabajo manual, un peón con aspiraciones a algo mejor. ¿Sueñan los androides?, se preguntó Rick. Evidentemente. Ésa es la razón de que a veces asesinen a sus empleadores y huyan aquí. Una vida mejor, sin estar sometidos a la servidumbre. Como Luba Luft, que cantaba *Don Giovanni* y *Le Nozze*, en lugar de los trabajos penosos que debía llevar a cabo en la superficie de un rocoso erial. En una colonia básicamente inhabitable.

Roy Baty impone, agresivo, lo que pasa por ser un sucedáneo de autoridad. Dado a preocupaciones místicas, este androide propuso al grupo la huida, justificándola ideológicamente con una pretenciosa excusa relativa a lo sagrado de la supuesta «vida» androide. Además, robó y experimentó con varias drogas de fusión mental, declarando al ser descubierto que esperaba facilitar a los androides una experiencia de grupo similar al mercerismo, la cual señaló que escapaba a los androides.

El relato poseía cierto patetismo. Un androide duro y frío que deseaba someterse a una experiencia de la cual, debido a un defecto deliberado en su fabricación, quedaba excluido. Pero no pudo lamentarlo por Roy Baty. Gracias a las anotaciones de Dave, experimentó repulsión por aquel androide en concreto. Baty había intentado forzar la experiencia de la fusión para vivirla personalmente, y luego, cuando el intento fracasó, había planeado el asesinato de varios seres humanos... seguido por la huida a la Tierra. Y en el presente, sobre todo desde ese mismo día, había conseguido la reducción del grupo original de ocho androides a tres. Pero también ellos, miembros destacados de aquella cuadrilla ilegal, estaban condenados, porque si él fracasaba alguien ocuparía su lugar. El tiempo y la marea, pensó. El ciclo de la vida. Y ahí terminaba, en el último crepúsculo. A las puertas del silencio que impone la muerte. Percibió en ello un microuniverso al completo.

La puerta de la habitación del hotel se abrió de par en par.

—Menudo vuelo —dijo Rachael Rosen, sin aliento, cuando entró vestida con un largo abrigo de escamas artificiales con pantalón corto y sostén a juego. Además del enorme bolso llevaba una bolsa de papel—. Es una habitación agradable. —Consultó la hora en el reloj de pulsera—. Menos de una hora, no está mal. Ten. —Le tendió la bolsa de papel—. He traído una botella. Bourbon.

—El peor de los ocho sigue vivo —dijo Rick—. Fue quien los organizó. —Le puso delante la hoja de papel cebolla con el historial de Roy Baty.

Rachael dejó la bolsa con la botella para tomar el papel que le tendía Rick.

—¿Lo has localizado? —preguntó ella tras leerla.

—Tengo el número de un apartamento. Está en los suburbios, donde lo más probable es que no haya más que un par de especiales deteriorados, majaderos y cabezas huecas, con su particular versión de lo que supone la vida.

Rachael extendió el brazo.

—Veamos qué dicen acerca de los demás.

—Las dos son hembras. —Le tendió ambos historiales. El primero correspondía a Irmgard Baty, el otro a la androide que se hacía llamar Pris Stratton.

—Oh… —dijo Rachael tras echar un vistazo a la última hoja. Las dejó a un lado, se acercó a la ventana de la habitación y contempló el centro de San Francisco—. Creo que ese último acabará contigo. Puede que no, tal vez no te importe. —Había palidecido y le temblaba la voz. De pronto parecía excepcionalmente frágil.

—¿De qué estás hablando? —Recuperó las hojas, dispuesto a repasarlas para ver qué la había trastornado.

—Abramos el bourbon. —Rachael llevó la bolsa de papel al baño, cogió dos vasos y volvió. Parecía distraída e insegura, además de preocupada. Rick percibió el vuelo veloz de sus pensamientos velados, transiciones que asomaban a su rostro tenso, al entrecejo arrugado—. ¿Puedes abrirla? —preguntó—. Ten en cuenta que vale una fortuna. No es sintético, sino de antes de la guerra, elaborado a partir de maíz de verdad.

Rick aceptó la botella y la abrió antes de servir bourbon en los dos vasos.

—Dime qué sucede —pidió.

—Por teléfono me has dicho que si volaba aquí esta noche no irías a por los restantes tres andys. «Haremos otra cosa», ésas fueron tus palabras. Y aquí nos tienes…

—¿Qué te preocupa? —preguntó.

Rachael se puso ante él, desafiante.

—Dime qué vamos a hacer en lugar de preocuparnos por los últimos tres Nexus-6. —Se desabotonó el abrigo, lo llevó al armario y lo colgó de una percha.

Eso le proporcionó su primera oportunidad de mirarla de arriba abajo.

Reparó de nuevo en que las proporciones de Rachael eran peculiares; con su densa mata de pelo negro su cabeza parecía mayor de lo que era y, debido a sus diminutos pechos, el cuerpo delgado le confería un aspecto aniñado, pero los ojos grandes y las esmeradas pestañas únicamente podían corresponder a una mujer. Allí acababa el parecido con una adolescente. Rachael basculaba el cuerpo sobre el extremo delantero de los pies, y flexionaba los brazos por la articulación, la postura, pensó, de un cazador precavido, quizás de origen cromañón. La raza de los cazadores altos, se dijo. No le sobraba un gramo de carne, tenía el vientre plano, trasero y pechos pequeños, a Rachael la habían construido inspirándose en el modelo celta, anacrónico, atractivo. Bajo el pantalón, las piernas delgadas poseían un aspecto neutro, ambiguo, carente de sensualidad. La impresión general era buena, pero, a excepción de los ojos inquietos, astutos, parecía más propia de una joven que de una mujer.

Tomó un sorbo de bourbon. Era tan intenso, tan fuerte su sabor y aroma, y se había vuelto tan desconocido para él, que tuvo problemas para tragarlo. Rachael, por el contrario, no tuvo dificultades con su bebida.

Rachael se sentó en la cama y alisó ausente la sábana. Había adquirido una expresión irritada. Rick dejó el vaso en la mesilla de noche y se sentó a su lado. La cama se hundió bajo su peso y Rachael cambió de posición.

—¿Qué sucede? —preguntó él, que extendió la mano para tomar la suya. Estaba fría, algo húmeda—. ¿Qué te preocupa?

—Ese jodido Nexus-6 —respondió Rachael, hablando con dificultad—, pertenece al mismo modelo que yo. —Se quedó mirando la cama, tiró de un hilo e hizo una bolita—. ¿No te has fijado en la descripción? Corresponde a la mía. Puede que lleve el pelo distinto y que vista de forma diferente. Puede incluso que se haya comprado una peluca. Pero cuando la veas entenderás a qué me refiero —Rió, sarcástica—. Menos mal que la Asociación admitió desde un principio que soy un andy. De otro modo menuda sorpresa te ibas a llevar nada más ver a Pris Stratton. La habrías confundido conmigo.

—¿Por qué te preocupa eso tanto?

—Pues porque te voy a acompañar cuando la retires.

—Puede que no. Quizá no logre dar con su paradero.

—Conozco la psicología de los Nexus-6. Por eso estoy aquí, ése es el motivo de que pueda ayudarte. Los últimos tres se han unido, agrupados en torno al trastornado que se hace llamar Roy Baty. Él será el cerebro de su última y crucial defensa. —Frunció los labios—. Dios mío.

—Anímate —dijo, tomando la pequeña barbilla de ella en la palma de su mano, y levantándole la cabeza para que lo encarara. Me pregunto cómo será besar a un androide, se dijo. Inclinó la cabeza unos centímetros y le besó los labios secos. No hubo reacción; Rachael se mantuvo impasible, como si no le afectara. Pero él percibió otra cosa, o tal vez quiso que fuese así.

—Me gustaría haberlo sabido antes de venir —dijo Rachael—. Nunca hubiera tomado ese vuelo. Creo que pides demasiado. ¿Sabes qué siento por ese androide, Pris?

—Empatía.

—Algo parecido. Me identifico con ella, a eso me refiero. Dios mío, puede que suceda así, que me retires en la confusión, en lugar de retirarla a ella, que podrá viajar a Seattle y llevar mi vida. Nunca antes me había sentido así. Somos máquinas, marcadas como la chapa de una botella. Es una ilusión que yo, que yo personalmente, exista de verdad. No soy más que la representación de un modelo. —La sacudió un escalofrío.

No pudo evitar que eso le hiciera gracia. Rachael se había vuelto tan sombría.

—Las hormigas no se sienten así y físicamente también son idénticas —dijo él.

—Las hormigas no sienten, punto.

—Los gemelos humanos idénticos no...

—Pero se identifican entre sí, tengo entendido que les une un nexo especial, empático. —Se levantó algo insegura para recuperar la botella de bourbon. Se llenó el vaso y de nuevo lo apuró de un trago. Pasó un rato recorriendo la habitación, enfurruñada, y entonces, como llevada allí por casualidad, volvió a sentarse en la cama, levantó las piernas y se recostó en las gruesas almohadas. Lanzó un suspiro—. Olvida a esos tres andys —pidió con un tono impregnado de cansancio—. Estoy agotada, supongo que por culpa del viaje. Y también por lo que he averiguado hoy. Sólo quiero dormir. —Cerró los ojos—. Si muero, tal vez renazca cuando la Asociación Rosen produzca la siguiente unidad de mi modelo. —Abrió los ojos y le miró, furibunda—. ¿Sabes por qué he venido en realidad? —preguntó—. ¿Por qué Eldon y los demás Rosen, los humanos, querían que viniera?

—Para observar —aventuró él—. Para averiguar exactamente qué hace el Nexus-6, qué lo delata en el test de Voigt-Kampff.

—Tanto en el test como fuera de él. Todo lo que lo diferencie. Luego debo informar para que la asociación haga las modificaciones adecuadas en el DNS del cigoto, lo que desembocará en el Nexus-7. Y cuando sea posible identificarlo, volveremos a modificarlo y, con el tiempo, la asociación tendrá un modelo que sea indistinguible.

—¿Has oído hablar del test Boneli del arco reflejo? —preguntó.

—También trabajamos en el ganglio cervical superior. Llegará el día en que el test Boneli quede sepultado por el olvido. —Esbozó una sonrisa inocua que contrastó con sus palabras.

Rick fue incapaz de discernir su grado de seriedad. Un tema de suma importancia, tratado con burlona seriedad. Tal vez sea una reacción propia de androides, pensó. No hay conciencia emocional, no siente el significado de lo que ha dicho, tan sólo la hueca definición semántica, intelectual, de cada una de las palabras.

Y lo que es más, Rachael había empezado a jugar con él. Había pasado imperceptiblemente de lamentarse de su condición a mofarse de él al respecto.

—Vete a la mierda —dijo Rick.

Rachael rió.

—Estoy borracha. No puedo acompañarte. Si te vas… —Hizo un gesto como de despedida—. Yo voy a quedarme aquí a dormir. Después ya me contarás qué ha pasado.

—Excepto que no habrá un después porque Roy Baty acabará conmigo —dijo él.

—Pero no puedo ayudarte porque he bebido más de la cuenta. De todos modos ya sabes la verdad, la superficie escurridiza, irregular y dura como un ladrillo de la verdad. No soy más que una observadora y no intervendré para salvarte; no me importa que Roy Baty acabe contigo o no. Lo que me importa es que eso no me pase a mí. —Abrió mucho los ojos—. Por Dios, soy empática conmigo misma. Y, mira, si voy a ese ruinoso apartamento de los suburbios… —dijo, jugueteando con un botón de la camisa de Rick, prenda que desabotonó con movimientos ágiles, lentos—. No me atrevo a ir porque los androides no sienten lealtad mutua y sé que esa jodida Pris Stratton acabará conmigo y ocupará mi lugar. ¿Comprendes? Quítate el abrigo.

—¿Por qué?

—Para que podamos meternos en la cama —respondió Rachael.

—He comprado una cabra negra de Nubia —dijo—. Tengo que retirar otros tres andys. Debo terminar mi trabajo y volver a casa con mi mujer. —Se levantó y rodeó la cama hasta donde estaba la botella de bourbon. Se sirvió otra copa. Reparó en que le temblaban un poco las manos, seguramente debido al cansancio. Ambos, pensó, estamos cansados. Demasiado para andar por ahí a la caza de tres andys, los más peligrosos de los ocho que se fugaron.

De pronto cayó en la cuenta de que había desarrollado un temor manifiesto e indiscutible hacia el android principal. Todo dependía de Baty, tal como lo había hecho desde el principio. Hasta ese momento se había limitado a retirar manifestaciones de Baty progresivamente más ominosas, hasta que le había tocado el turno al propio Baty. Al pensar en ello sintió que el miedo se hacía más fuerte hasta apoderarse por completo de él, una vez le había permitido acercarse a su mente consciente.

—Ya no puedo ir sin ti —dijo a Rachael—. Ni siquiera puedo salir de aquí. Polokov fue a por mí. Puede decirse que Garland hizo lo mismo.

—¿Crees que Roy Baty irá a por ti? —Dejó el vaso vacío y se inclinó hacia adelante para desabrocharse el sujetador, del que se liberó con soltura. Se levantó algo mareada y sus problemas para mantenerse en equilibrio la hicieron sonreír—. En mi bolso —indicó—. Tengo un mecanismo que nuestra fábrica automatizada de Marte construye como artefacto de emer... —Torció el gesto—. Como artefacto de emergencia, mientras llevan a cabo las comprobaciones rutinarias de un nuevo andy. Sácalo, parece una ostra. Lo verás enseguida.

Rebuscó en el bolso. Rachael llevaba toda suerte de objetos concebibles dentro, como cualquier mujer humana. Tuvo la sensación de revolverlo eternamente.

Entretanto, Rachael se quitó las botas y se desabrochó el pantalón corto. Apoyando el peso del cuerpo en un pie, se lo quitó y lo lanzó al extremo opuesto de la habitación. Luego se dejó caer en la cama, rodó sobre sí para tantear con torpeza la mesilla en busca del vaso, arrojándolo sin querer sobre la alfombra.

—Mierda —dijo, poniéndose de nuevo en pie, igual de insegura que antes. Se quedó de pie en bragas, mirándole mientras él le revolvía el bolso, y después, poco a poco, atenta a lo que hacía, retiró las sábanas, se metió en la cama y se cubrió con ellas.

—¿Te refieres a esto? —preguntó Rick, mostrándole una esfera metálica de cuya superficie asomaba un botón.

—Eso reduce un androide a un estado de catalepsia —explicó Rachael con los ojos cerrados—. Durante unos segundos. Le suspende la respiración. La tuya también, pero los humanos pueden funcionar sin necesidad de respirar, ¿de transpirar?, durante un par de minutos, al contrario que los andys, cuyo nervio neumogástrico, o nervio vago…

—Lo sé. —Rick se irguió—. El sistema nervioso automático del androide no es tan flexible a la hora de apagarse y encenderse como el nuestro. Pero tal como dices, no durará más de cinco o seis segundos.

—Lo suficiente para salvarte la vida —murmuró Rachael—. Así que, mira… —Se incorporó para recostar la espalda en la almohada—. Si Roy Baty asoma por aquí, ten eso a mano y aprieta el botón. Y mientras Roy Baty esté paralizado sin oxígeno en la sangre, mientras las neuronas se le deterioran, podrás matarle con el láser.

—Llevas un láser en el bolso —dijo él.

—Es falso. A los androides no se nos permite ir armados con láser. —Bostezó, cerrando de nuevo los ojos.

Él se acercó a la cama.

Rachael giró sobre sí hasta tumbarse boca abajo y hundir el rostro en las sábanas blancas.

—Es una de esas camas nobles, limpias y vírgenes. Sólo las chicas limpias, nobles que… —Meditó en voz alta—. Los androides no pueden tener hijos —dijo entonces—. ¿Eso supone una pérdida?

Rick terminó de desnudarla, dejándole al descubierto la piel blanca, fría.

—¿Eso supone una pérdida? —repitió Rachael—. En realidad no lo sé. No tengo modo de saberlo. ¿Qué se siente al tener un hijo? ¿Qué se siente al nacer, de hecho? Nosotros no nacemos, no crecemos. En lugar de morir por una enfermedad o a edad avanzada nos agotamos como las hormigas. De nuevo las hormigas, eso es lo que somos. No tú, me refiero a mí. Máquinas quitinosas que en realidad no están vivas. —Volvió la cabeza hacia un lado y añadió, elevando el tono de voz—: ¡No estoy viva! No vas a meterte en la cama con una mujer. No te sientas decepcionado, ¿de acuerdo? ¿Alguna vez has hecho el amor con una androide?

—No —dijo, quitándose la corbata y la camisa.

—Entiendo. Me han contado que resulta convincente si no piensas mucho en ello. Si le das muchas vueltas a la cabeza… no puedes continuar. Por motivos… —carraspeó— obvios.

Él se inclinó para besarle el hombro desnudo.

—Gracias, Rick —dijo ella—. Pero no lo olvides: no pienses en ello. No lo hagas. No te pongas filosófico, porque desde un punto de vista filosófico es terrible. Para ambos.

—Después iré a por Roy Baty —dijo él—. Necesito que me acompañes. Sé que el láser que llevas en el bolso es…

—¿Crees que te ayudaré a retirar uno de los andys?

—Creo que, a pesar de lo que has dicho, me ayudarás en la medida de lo posible. De otro modo no estarías tumbada en esta cama.

—Te quiero —dijo Rachael—. Si entrase en una habitación y viese el sofá tapizado con tu piel puntuaría muy alto en el test Voigt-Kampff.

En algún momento a lo largo de esta noche, pensó mientras apagaba la luz de la mesilla, retiraré una Nexus-6 que guarda un parecido casi idéntico con esta joven desnuda. Dios mío. Sigo los consejos de Phil Resch. Primero vete a la cama con ella, recordó. Luego mátala.

—No puedo hacerlo —dijo, apartándose de la cama.

—Ojalá pudieras —dijo Rachael con voz temblorosa.

—Tú no tienes la culpa. Es por Pris Stratton, por lo que tengo que hacerle.

—No somos la misma androide. No me importa nada Pris Stratton. Escúchame.

Rachael se removió en la cama hasta sentarse. Apenas pudo distinguir en la penumbra su silueta delgada, sin curvas.

—Ven a la cama y yo me encargaré de retirar a Stratton. ¿De acuerdo? Porque no puedo soportar acercarme tanto para…

—Gracias —dijo él. Una oleada de gratitud, debida sin duda al bourbon, le llenó el pecho hasta agolpársele en la garganta. Dos, pensó. Ahora tan sólo tengo que retirar dos, los Baty. ¿Cumplirá Rachael? Evidentemente. Así es cómo piensan y actúan los androides. Sin embargo, nunca se había visto en una situación semejante.

—Ven a la cama, coño —dijo Rachael.

Rick se acostó.

17

Después disfrutaron de un gran lujo: Rick encargó café al servicio de habitaciones. Estuvo sentado un buen rato en un sillón verde, negro y dorado, tomando café y pensando en las próximas horas. Rachael, en el cuarto de baño, chapoteaba y canturreaba bajo una ducha caliente.

—Has hecho un buen trato —dijo ella cuando cerró el grifo; goteando agua, con el cabello recogido con una cinta elástica, se recortó desnuda y sonrosada en el marco de la puerta del baño—. Nosotros, los androides, no podemos controlar nuestras pasiones físicas y sensuales. Probablemente ya lo sabías. Creo que te has aprovechado de mí.

Pero no estaba enfadada de verdad. Si acaso la vio más alegre, tan humana como cualquier joven que hubiese conocido.

—¿De verdad tenemos que ir esta noche a por esos tres andys?

—Sí —respondió él. Yo retiraré dos, pensó. Tú te encargarás del tercero. Como la propia Rachael había expresado, tenían un trato.

Rachael se cubrió con una gigantesca toalla blanca y dijo:

—¿Te ha gustado?

—Sí.

—¿Volverías a acostarte con un androide?

—Si fuera chica, sí. Si se pareciera a ti.

—¿Sabes cuál es la esperanza de vida de un robot humanoide como yo? Existo desde hace dos años. ¿Cuántos calculas que me quedan?

—Otros dos, más o menos —respondió él tras titubear.

—Nunca han llegado a solucionar ese problema. Me refiero a la sustitución celular. La renovación, ya sea perpetua o semiperpetua. En fin, así están las cosas. —Empezó a secarse con vigor. Su rostro se había vuelto inexpresivo.

—Lo siento —dijo Rick.

—Mierda —dijo Rachael—. Siento haberlo mencionado. Evita que los humanos opten por vivir con un androide.

—¿Y eso también se aplica a vosotros, los modelos Nexus-6?

—Es el metabolismo, no la unidad cerebral. —Soltó la toalla y se puso las bragas, antes de vestirse.

También él se vistió. Luego, juntos, sin decirse gran cosa, subieron a la azotea, donde habían aparcado el vehículo flotante, que encontraron junto a un amable sirviente humano que vestía de blanco.

—Hace una noche agradable —dijo Rachael mientras se dirigían hacia los suburbios de San Francisco.

—A estas horas mi cabra estará durmiendo —dijo Rick—. O tal vez sean noctámbulas. Hay animales que nunca duermen. Las ovejas nunca duermen, al menos la mía no. Siempre que las miras te devuelven la mirada. Esperan que les des de comer.

—¿Qué clase de esposa tienes?

Él no respondió.

—¿Tú…?

—Si no fueras un androide —interrumpió Rick—. Si pudiera casarme legalmente contigo, lo haría.

—O podríamos vivir en pecado, excepto que yo no estoy viva, claro —dijo Rachael.

—No legalmente. Pero en realidad lo estás. Biológicamente. No estás hecha de circuitos transistorizados como un animal falso. Eres un ente orgánico. —Y en cuestión de dos años, pensó, te apagarás y morirás. Porque nunca solucionamos el problema de la sustitución celular, como me has dicho. Así que supongo que de todos modos no importa.

Éste es mi final, se dijo. Como cazarrecompensas. Después de los Baty ya no habrá más. No después de esto, de lo que ha sucedido esta noche.

—Pareces triste —dijo Rachael.

Rick le acarició la mejilla.

—No podrás seguir cazando androides —dijo ella, tranquila—, así que no te pongas triste, por favor.

Se quedó mirándola.

—Ningún cazarrecompensas ha perseverado en su oficio después de estar conmigo —aseguró Rachael—. Excepto uno, un hombre muy cínico, Phil Resch. Y está loco. Trabaja siempre solo, por extenso que sea el terreno que deba cubrir.

—Comprendo —dijo Rick, incapaz de sentir nada. Estaba como entumecido. Todo su cuerpo permanecía inmóvil.

—Pero este viaje no supondrá una pérdida de tiem-

po porque conocerás a un maravilloso hombre espiritual.

—Roy Baty —dijo—. ¿Los conoces a todos?

—Los conocía a todos cuando existían, ahora sólo
conozco a tres. Esta mañana intentamos detenerte, antes de que te hicieses cargo de la lista de Dave Holden.
Lo intenté de nuevo, justo antes de que te localizase
Polokov. Pero luego, después de eso, no tuve más remedio que esperar.

—Hasta que cedí y tuve que llamarte —dijo él.

—Luba Luft y yo fuimos amigas, muy buenas amigas
durante casi dos años. ¿Qué te pareció ella? ¿Te gustó?

—Me gustó.

—Pero la mataste.

—Phil Resch la mató.

—Ah, así que Phil te acompañó de vuelta al Palacio
de la Ópera. Eso no lo sabíamos. Nuestras comunica-
ciones se interrumpieron entonces. Sólo sabíamos que
había muerto, y naturalmente dimos por sentado que tú
la habías matado.

—Gracias a las notas de Dave creo que puedo seguir
adelante y retirar a Roy Baty —dijo—. Pero tal vez no a
Irmgard Baty. —Y no a Pris Stratton, pensó. Ni siquiera
ahora, sabiendo lo que sé—. Así que todo lo que pasó
en el hotel no fue más que…

—La asociación quiso anular a los cazarrecompensas
de aquí y de la Unión Soviética. Este sistema funcionó…
por motivos que no entendemos del todo. Cosas de
nuestras limitaciones, supongo.

—Dudo que funcione tanto o tan bien como dices
—dijo, serio.

—Pero contigo lo ha hecho.

—Ya veremos.

—Lo supe en cuanto vi esa expresión en tu rostro, esa pena. La estaba esperando.

—¿Cuántas veces has hecho esto?

—No lo recuerdo; siete u ocho, no, creo que nueve. —Ella, o más bien «aquello», asintió—. Sí, nueve veces.

—Pues a vuestro plan se le ha pasado el arroz —dijo Rick.

—¿Có… Cómo? —preguntó Rachael, asustada.

Apartó con brusquedad el volante para que el vehículo planeara durante el descenso.

—Al menos así es como yo lo veo. Voy a matarte —dijo—. Iré yo solo a por Pris Stratton y Roy e Irmgard Baty.

—¿Por eso aterrizas? —preguntó ella, espantada—. Te multarán, soy propiedad de la asociación. No soy una androide fugada que se ha declarado en rebeldía aquí o en Marte. No soy como los demás.

—Pero si puedo matarte a ti podré matar a los demás —dijo él.

Ella llevó la mano al bolso abultado, lleno, repleto de basugre. Rebuscó con frenesí, y al final se dio por vencida.

—Jodido bolso —dijo, furibunda—. No hay manera de encontrar nada. ¿Me matarás de un modo indoloro? Lo que quiero decir es que lo hagas con cuidado. Si no me opongo. ¿De acuerdo? Prometo no resistirme. ¿Te parece bien?

—Ahora comprendo por qué Phil Resch dijo lo que dijo. No se estaba mostrando cínico, sino que sabía demasiado. Vamos, que había pasado por esto. Ha cambiado.

—Sí, pero no como yo quería. —Ahora parecía más entera, pero la tensión y la inquietud no la habían abandonado del todo. Aquel fuego oscuro se desvaneció, la vitalidad la abandonó de pronto, como tantas veces había visto que le sucedía a los androides. La clásica resignación. La aceptación mecánica, intelectual, con la cual un organismo auténtico, tras dos mil millones de años sometido a la presión de sobrevivir y evolucionar, nunca habría sido capaz de reconciliarse.

—No puedo soportar esa manera que tenéis los androides de tirar la toalla —dijo, cruel. El vehículo planeaba casi a ras de suelo, tuvo que recuperar el volante para evitar el impacto. Dio un frenazo y logró detener el coche, que dio unos botes de carena. Apagó el motor y sacó el láser.

—Por el hueso occipital, en la parte posterior del cráneo —pidió Rachael—. Por favor. —Se volvió para evitar mirar el láser. El haz penetraría sin que ella acusara el dolor.

—No puedo hacer lo que dijo Phil Resch. —Rick apartó el láser. Puso de nuevo en marcha el motor y, al cabo de un momento, el vehículo alzó el vuelo.

—Si piensas hacerlo, hazlo ahora. No me hagas esperar —pidió Rachael.

—No voy a matarte. —Condujo de vuelta al centro de San Francisco—. Tienes el coche en el Hotel St. Francis, ¿verdad? Te dejaré allí y podrás volver a Seattle. —Hasta ahí llegó lo que tenía que decir. Condujo en silencio.

—Gracias por no matarme —dijo Rachael.

—Qué coño, tú misma has dicho que no te quedan más de dos años de vida. A mí me quedan cincuenta. Viviré veinticinco veces más que tú.

—Pero me desprecias por lo que he hecho —dijo Rachael, que había recobrado la seguridad en sí misma.

La letanía de su voz recuperó el ritmo—. Has seguido el camino de los demás cazarrecompensas. Siempre se enfurecían y decían que iban a matarme, pero cuando llega el momento son incapaces de hacerlo. Igual que tú, hace unos instantes. —Encendió un cigarrillo e inhaló con ganas—. ¿Te das cuenta de lo que significa eso? Significa que yo tenía razón, que no serás capaz de retirar más androides. No se trata sólo de mí, sino también de los Baty y de Stratton. Así que vete a casa con tu cabra. Y descansa. —De pronto se sacudió el abrigo con la mano—. Mierda, me he manchado de ceniza. Vale, ya está. —Se recostó en el asiento, relajándose.

Rick no dijo nada.

—Respecto a la cabra, la quieres más que a mí —dijo ella—. Más que a tu esposa, probablemente. Primero la cabra, luego tu mujer, luego, en último lugar… —dejó la frase colgando porque se había puesto a reír—. ¿No te parece gracioso?

Rick permaneció callado. Ambos guardaron silencio un rato y entonces Rachael encontró la radio del vehículo y la encendió.

—Apágala —ordenó Rick.

—¿Apagar al Amigable Buster y sus amigos amigables? ¿Enmudecer a Amanda Werner y Oscar Scruggs? Ha llegado el momento de escuchar la esperada gran revelación que está a punto de hacer. —Se encorvó para leer la esfera del reloj a la luz que despedía la radio—. Muy pronto. ¿Estabas al corriente? No ha dejado de mencionarlo, aumentando la tensión para…

—Ah, sí, quería contaros que aquí estoy, sentado con mi amigo Buster, disfrutando de lo lindo mientras esperamos, atentos al tictac del reloj, lo que creemos será el anuncio más importante de… —decía a través de la radio una voz de hombre, de acento tan confuso como solían tenerlo los invitados del programa.

—Oscar Scruggs —dijo Rick, apagando la radio—. La voz de la inteligencia personificada.

Pero Rachael la encendió de inmediato.

—Quiero escuchar lo que dice. Tengo intención de hacerlo. Lo que el Amigable Buster diga esta noche es importante. —La voz idiota parloteó de nuevo a través del altavoz, y Rachael Rosen se removió en el asiento para ponerse más cómoda. A su lado, en la oscuridad, el ascua del cigarrillo resplandeció como el abdomen de una luciérnaga complaciente, firme extensión del logro de Rachael Rosen: la victoria obtenida sobre él.

18

—Trae el resto de mis cosas —ordenó Pris a J. R. Isidore—. En concreto, el televisor. Así podremos escuchar el anuncio de Buster.

—Sí, necesitamos el televisor —la apoyó Irmgard Baty, cuyos ojos febriles miraban a un lado y otro, veloces como el vencejo—. Necesitamos el televisor. Llevamos un buen rato esperando y no tardará en empezar.

—El mío sintoniza el canal gubernamental —dijo Isidore.

En un rincón de la sala de estar, acomodado en un sillón como si estuviera dispuesto a permanecer allí una eternidad, Roy Baty lanzó un eructo y dijo con tono paciente:

—Queremos ver al Amigable Buster y sus amigos amigables, Iz. ¿O prefieres que te llame J. R.? En fin, ¿lo entiendes? ¿Irás a por el televisor?

Isidore recorrió el vestíbulo vacío, lleno de ecos, camino de la escalera. La fuerte fragancia de la felicidad aún emanaba de él, la sensación de ser, por primera vez en su torpe vida, útil. Ahora son otros quienes dependen de mí, se regocijó mientras bajaba con dificultad la polvorienta escalera hasta la planta inferior.

Además, será agradable ver de nuevo al Amigable Buster en televisión, en lugar de oír la radio del camión. Y es cierto que el Amigable Buster tiene planeado hacer una importantísima revelación esta misma noche. Así que, gracias a Pris, Roy e Irmgard, podré ver lo que probablemente será la noticia más importante de los últimos años. Qué te parece eso, se dijo.

Para J. R. Isidore, la vida había experimentado una notable mejoría.

Entró en el antiguo apartamento de Pris, desenchufó el televisor y desmontó la antena. De pronto acusó el silencio, sintió que sus brazos se volvían indistintos. En ausencia de los Baty y de Pris fue como si desapareciera gradualmente, más cerca del inerte televisor que acababa de desenchufar que de un ser humano. Tienes que frecuentar la compañía de otras personas, pensó. Para tener una vida. Antes de su llegada podía soportar estar solo en el edificio, pero ahora todo ha cambiado. No puedes volver atrás, pensó. No puedes pasar de la gente a la no gente. Dependo de ellos, pensó presa del pánico. Gracias a Dios que se han quedado.

Serían necesarios dos viajes para trasladar al piso de arriba las pertenencias de Pris. Cargaba con el televisor y decidió empezar por él; después bajaría a por las maletas y el resto de la ropa.

Al cabo de unos minutos había subido el aparato. Le crujieron los dedos cuando lo dejó en la mesa auxiliar del comedor. Pris y los Baty le miraron impasibles.

—En este edificio hay buena recepción —dijo, jadeando, cuando lo enchufó y conectó la antena—. Lo sé porque cuando veía al Amigable Buster y sus…

—Tú enciende el televisor —ordenó Roy Baty—. Y deja de hablar.

Obedeció, apresurándose en dirección a la puerta.

—Bastará con otro viaje —dijo, demorándose al calor de su presencia.

—Perfecto —contestó Pris con aire ausente.

Isidore echó a andar. Creo que están abusando de mí, pensó. Pero no le importó. Se dijo que pese a todo valía la pena tenerlos como amigos.

De vuelta en la planta inferior, reunió la ropa de la joven, la metió como pudo en la maleta y luego recorrió el vestíbulo a paso de tortuga, cargado como una mula, y subió la escalera.

Algo pequeño se movió entre el polvo del escalón que tenía a la altura de los ojos.

El instinto le hizo soltar las maletas. Sacó un bote de plástico que, como todo hijo de vecino, llevaba para esas cosas. Era una araña, indistinguible pero viva. Con pulso tembloroso la introdujo en el bote, cuya parte superior estaba agujereada, y lo cerró.

Se detuvo al llegar al piso para recuperar el aliento.

—Sí, amigos. Ha llegado la hora. Al habla el Amigable Buster, que espera, desea y confía que estéis tan dispuestos como yo a compartir un descubrimiento que, por cierto, ha sido comprobado por investigadores cualificados que llevan semanas trabajando horas y horas en ello. Jo jo jo, amigos. ¡Atención!

—He encontrado una araña —anunció John Isidore.

Los tres androides levantaron la vista, apartando momentáneamente la atención de la pantalla del televisor.

—A ver —dijo Pris, extendida la mano con la palma vuelta hacia arriba.

—No hables cuando estemos viendo a Buster —dijo Roy Baty.

—Nunca he visto una araña. —Pris ahuecó ambas manos alrededor del bote, inspeccionando el arácnido que había en su interior—. Todas esas patas. ¿Para qué necesita tantas, J. R.?

—Las arañas son así —respondió Isidore, cuyo corazón latía con fuerza. Tenía dificultades para respirar—. Tienen ocho patas.

—¿Sabes qué creo, J. R.? —preguntó Pris tras ponerse en pie—. Creo que no necesita todas esas patas.

—¿Ocho? —dijo Irmgard Baty—. ¿Por qué no se contenta con cuatro? Arráncale cuatro a ver. —Abrió el bolso, de cuyo interior sacó un par de afiladas tijeras para las uñas que ofreció a Pris.

J. R. Isidore experimentó una peculiar sensación de terror.

Pris llevó el bote de plástico a la cocina y se sentó ante la mesa donde desayunaba J. R. Isidore. Quitó el tapón y liberó la araña sobre la superficie.

—Probablemente no podrá correr tan rápido —dijo, pero de todos modos ya no hay presas que pueda atrapar. Morirá de todos modos. —Echó mano de las tijeras.

—Por favor —suplicó Isidore.

—¿Tiene algún valor? —preguntó Pris, que levantó la vista hacia él.

—No la mutiles —dijo él, jadeando. Implorando.

Pris cortó con las tijeras una de las patas de la araña.

—Echad un vistazo al aumento de la imagen de una parte del fondo. Así es el cielo, tal como soléis verlo —decía el Amigable Buster en la pantalla del televisor—. Un momento, tengo aquí a Earl Parameter, jefe de mi equipo de investigación, dispuesto a hablaros de este descubrimiento que virtualmente sacudirá el mundo bajo vuestros pies.

Pris cortó otra pata, conteniendo la araña con el canto de la mano. Sonreía.

—Cuando en el laboratorio sometemos a riguroso escrutinio las gigantografías obtenidas a partir de la imagen de vídeo, descubrimos que el fondo gris del cielo y la luna diurna hacia la que se mueve Mercer no sólo no son terrestres, sino que son artificiales —explicó en televisión otra voz que no era la del Amigable Buster.

—¡Te lo estás perdiendo! —advirtió Irmgard a Pris. Se acercó rápidamente a la cocina y vio lo que ésta estaba haciendo—. Ah, déjalo para después. Esto que dicen es tan importante... Demuestra que todo lo que creíamos...

—Callaos —ordenó Roy Baty.

—... es cierto —terminó Irmgard.

—La supuesta luna está pintada. En las imágenes ampliadas, una de las cuales mostramos en este momento en pantalla, se aprecian los brochazos. Incluso hay pruebas de que los matojos y el terreno estéril, quizá incluso las piedras que los agresores invisibles arrojan a Mercer, constituyen asimismo una falsificación. De hecho, es bastante posible que las piedras estén hechas de plástico blando para evitar que puedan causar heridas de consideración.

—En otras palabras —intervino el Amigable Buster—. Que Wilbur Mercer no sufre lo más mínimo.

—Señor Amigable, al menos hemos logrado localizar a un antiguo experto en efectos especiales de Hollywood, el señor Wade Cortot, quien simple y llanamente ha declarado que, basándose en sus años de experiencia en el oficio, la figura de Mercer podría corresponder a un técnico que camina por un estudio de sonido. Cortot ha llegado al punto de declarar que reconoce el estudio como uno de los empleados por un cineasta menor que ya no está en el negocio, con quien Cortot había colaborado décadas atrás en diversas ocasiones.

—De modo que, según Cortot, es posible que no quepa la menor duda —resumió el Amigable Buster.

Pris había amputado tres patas a la araña, que reptaba con torpeza sobre la mesa de la cocina en busca de una salida, un camino a la libertad. Pero no lo encontró.

—Francamente, creímos a Cortot —dijo el jefe de investigación con su voz seca y su tono pedante—. Dedicamos bastante tiempo a examinar fotos publicitarias de actores que estuvieron empleados por la ahora difunta industria hollywoodiense.

—¿Y descubrieron que…?

—Prestad atención —dijo Roy Baty.

Irmgard miró fijamente la pantalla del televisor, y Pris dejó de mutilar a la araña.

—Tras examinar millares de fotografías localizamos a un hombre muy anciano, llamado Al Jarry, que había interpretado varios papeles en películas de la preguerra. Enviamos un equipo de nuestro laboratorio a la casa que tiene Jarry en East Harmony, Indiana. Confiaré la descripción de lo que descubrieron a uno de los miembros de dicho equipo.

Silencio, seguido por una voz nueva, igual de vulgar que la anterior.

—La casa de Lark Avenue, en East Harmony, se alza destartalada a las afueras de una población abandonada, donde ya sólo reside Al Jarry. Me invitó a entrar amablemente y me senté en el hediondo salón, mohoso y lleno por doquier de basugre. Allí escudriñé por medios telepáticos la mente atestada de detritos, confusa, de Al Jarry, que se sentaba ante mí.

—Escuchad —insistió Roy Baty, sentado al borde del sillón con una postura que recordaba a la de un felino que se dispone a atacar a su presa.

—Descubrí que el anciano había tomado parte en una serie de películas de vídeo de quince minutos de duración, encargadas por un cliente a quien nunca llegó a conocer —continuó el técnico—. Y, tal como habíamos teorizado, las supuestas piedras eran de goma; la supuesta sangre era ketchup, y el único sufrimiento al que se sometió el señor Jarry fue tener que pasar un día entero sin probar una gota de whisky —añadió entre risas.

—Al Jarry —dijo el Amigable Buster, cuyo rostro volvió a llenar la pantalla—. Vaya, vaya. Un anciano que ni siquiera en la cima de su carrera fue alguien a quien pudiera respetarse. Al Jarry hizo una película repetitiva, tediosa, de hecho una serie de películas, para alguien a quien ni siquiera conoció o ha llegado a conocer, con la de tiempo que ha pasado. A menudo quienes defienden la experiencia del mercerismo afirman que Wilbur Mercer no es un ser humano, que de hecho es una entidad arquetípica superior que quizá provenga de otros mundos. Y como vemos, en cierto modo este argumento ha demostrado ser correcto. Wilbur Mercer no es humano, de hecho no existe. El mundo por el que asciende no es más que un estudio de sonido de tercera categoría, situado en Hollywood, que acabó cubierto de basugre hace años. Entonces, ¿quién ha extendido este engaño por todo el sistema solar? Pensad un rato en eso, amigos.

—Nunca lo sabremos —murmuró Irmgard.

—Puede que nunca lo sepamos —continuó el Amigable Buster—. Tampoco entenderemos el propósito particular de esta estafa. Sí, amigos, estafa. ¡El mercerismo es una estafa!

—Creo que sí lo sabemos —dijo Roy Baty—. Es obvio. El mercerismo nació…

—Pero meditad lo siguiente —continuó el Amigable Buster—. Preguntaos qué hace el mercerismo. Si debemos creer a sus muchos practicantes, la experiencia fusiona…

—Es esa empatía que tienen los humanos —dijo Irmgard.

—A los hombres y mujeres de todo el sistema solar en una única entidad. Una entidad manejable por la llamada voz telepática de Mercer. Quedaos con ese dato. Un aspirante a Hitler con ambiciones políticas…

—No, no es la empatía —dijo Irmgard, furibunda. Tenía los puños cerrados y crispados y se dirigió hacia Isidore, que se encontraba en la cocina—. ¿No es un modo que tenéis los humanos de demostrar que sois capaces de hacer algo que nosotros no podemos? Porque sin la experiencia de Mercer no tenemos más que vuestra palabra de que sentís toda esa mierda de la empatía, esa cosa que compartís como grupo. ¿Cómo le va a la araña? —Se inclinó sobre el hombro de Pris.

Pris, armada con las tijeras, le cortó otra de las patas.

—Ahora le quedan cuatro —dijo, azuzando a la araña—. No llegará lejos, pero podría.

Roy Baty se acercó a la entrada de la cocina, aspirando aire ruidosamente con una expresión en el rostro propia de quien acaba de obtener un logro.

—Ya está hecho. Buster lo ha dicho alto y claro, y casi todos los seres humanos del sistema lo habrán escuchado: el mercerismo es una estafa. Toda la experiencia de la empatía es una estafa. —Miró con curiosidad a la araña.

—No intentará caminar —dijo Irmgard.

—Yo puedo hacer que ande. —Roy Baty sacó una caja de cerillas y encendió una, que acercó a la araña, más y más cerca, hasta que ésta reptó sin fuerzas.

—Yo tenía razón —dijo Irmgard—. ¿No os dije que podía caminar con sólo cuatro patas? —Miró expectante a Isidore—. ¿Qué pasa? —Le tocó el brazo y añadió—: No has perdido nada, te pagaremos lo que ese… ¿cómo lo llamáis? Lo que ese Catálogo Sidney diga que vale. No pongas esa cara. Menuda noticia lo del descubrimiento sobre Mercer, ¿verdad? ¿Qué te parece toda esa investigación? Eh, responde. —Y le propinó un codazo.

—Está disgustado —dijo Pris—. Porque tiene una caja empática. En otro cuarto. ¿La utilizas, J. R.? —preguntó a Isidore.

—Pues claro que la usa —contestó en su lugar Roy Baty—. Todos ellos lo hacen. O lo hacían. Puede que hayan empezado a preguntarse por qué.

—No creo que esto acabe con el culto a Mercer —opinó Pris—. Pero ahora mismo hay un montón de seres humanos que se sienten desdichados. —Se volvió hacia Isidore—. Llevamos meses esperando. Todos sabíamos que este anuncio de Buster tendría lugar. —Titubeó y añadió—: Bueno, ¿por qué iba a sorprendernos? Buster es uno de los nuestros.

—Un androide —explicó Irmgard—. Nadie lo sabe. Ningún humano, quiero decir.

Pris cortó con las tijeras otra pata de la araña. De pronto, John Isidore la apartó de un empujón y levantó a la mutilada criatura. La llevó a la pila y allí la ahogó. La mente de él, sus anhelos, también se ahogaron. Tan rápidamente como lo hizo la araña.

—Está muy disgustado —dijo Irmgard, nerviosa—. No pongas esa cara, J. R. ¿Y por qué no dices nada? —Volviéndose hacia su marido y Pris, dijo—: Me disgusta tanto verlo ahí de pie, junto a la pila, callado. No ha dicho una palabra desde que encendimos el televisor.

—No es el televisor —conjeturó Pris—. Es por la araña. ¿No es así, John R. Isidore? Lo superará —le dijo a Irmgard, que había ido al salón a apagar el televisor.

—Todo ha acabado ya, Iz —dijo Roy Baty, que miraba con fijeza a Isidore. Sacó la araña de la pila con las uñas—. Tal vez era la última araña, la última araña viva de la Tierra. —Reflexionó unos instantes—. En ese caso, tampoco las arañas tienen la menor esperanza.

—No... No me encuentro bien —dijo Isidore, que sacó una taza del armario de la cocina y la levantó en alto, mirándola unos segundos, no supo decir exactamente cuántos, antes de volverse hacia Roy Baty—: Entonces, ¿el cielo que hay detrás de Mercer está pintado? ¿No es auténtico?

—Ya has visto en televisión las ampliaciones de las imágenes —contestó Roy Baty—. Los brochazos.

—El mercerismo no está acabado —dijo Isidore. Había algo que afligía a los tres androides, algo terrible. La araña, pensó. Tal vez era la última araña viva en toda la Tierra, tal como había dicho Roy Baty. Y la araña ha desaparecido; Mercer ha desaparecido. Vio el polvo y la ruina que cubrían hasta el último rincón del apartamento, oyó cómo se cernía la basugre, el desorden último en todas sus variantes, la ausencia que en última instancia ganaría la batalla. Crecía a su alrededor mientras sostenía la taza vacía. Los armarios de la cocina chirriaban, se resquebrajaban, mientras sentía cómo cedía el suelo bajo sus pies.

Extendió el brazo para tocar la pared. Su mano quebró la superficie. Un goteo de partículas grises, precipitándose al vacío, fragmentos de yeso que semejaban la lluvia de polvo radiactivo. Se sentó a la mesa y, como tubos huecos, podridos, las patas de la silla se combaron. Se puso rápidamente en pie, dejó la taza e intentó enderezar la silla, intentó devolverle su forma original. La silla cedió en sus manos, los tornillos que anteriormente habían unido las piezas que la componían se soltaron. Vio sobre la mesa cómo se agrietaba la taza, dejando al descubierto su interior no vidriado.

—¿Qué hace? —preguntó Irmgard Baty, cuya voz le alcanzó como si hubiera cubierto una gran distancia—. ¡Lo está rompiendo todo! Isidore, para de…

—Yo no estoy haciendo nada —dijo. Anduvo con paso inseguro al salón, para quedarse a solas. Se quedó de pie junto al sofá harapiento, contemplando la pared amarillenta, sucia, con todas las manchas de insectos muertos que en tiempos habían reptado por su superficie, y de nuevo le asaltó el pensamiento del cadáver de la araña con sus restantes cuatro patas. Todo aquí es viejo, comprendió. Hace tiempo que empezó a degenerar y no dejará de hacerlo. El cadáver de la araña se ha enseñoreado sobre todas las cosas.

En la depresión causada por la combadura del suelo se manifestaron trozos de animales: la cabeza de un cuervo, unas manos momificadas que en el pasado pudieron pertenecer a un mono. Había un asno a cierta distancia, que no rebullía pero que parecía estar vivo; al menos no había empezado a deteriorarse. Echó a andar hacia él, sintiendo bajo los pies el crujido de los huesos, secos como juncos, esquirlas bajo los zapatos. Pero antes de que pudiera alcanzarlo, uno de los animales que más le gustaban, un cuervo azulado, cayó del cielo para posarse en el hocico del burro, que no protestó. No lo hagas, dijo en voz alta, pero el cuervo, rápidamente, arrancó con el pico los ojos del asno. Otra vez, pensó. Me está volviendo a pasar. Pasaré aquí abajo una buena temporada, porque aquí no hay cambios. Llega un punto en que ni siquiera degenera.

Sopló un viento seco y a su alrededor se quebraron las montañas de huesos. Reparó en que incluso el viento los destruía. En ese escenario. Justo antes de que cese el tiempo. Querría poder recordar cómo subir desde aquí, pensó. Levantó la vista y no vio nada a lo que aferrarse.

—Mercer —dijo en voz alta—. ¿Dónde estás ahora? Éste es el mundo tumba y aquí estoy de nuevo, pero esta vez tú no estás conmigo.

Algo reptó sobre su pie. Se arrodilló para tantear el terreno en su busca y lo encontró porque se movía muy lentamente. La araña mutilada avanzaba a trompicones gracias a las patas supervivientes. La recogió y la sostuvo en la palma de la mano. Los huesos, comprendió, se han invertido. La araña vive otra vez. Mercer tiene que estar cerca.

Cuando sopló el viento, los huesos restantes crujieron y se astillaron, pero percibió la presencia de Mercer. Ven aquí, dijo a Mercer. Repta sobre mi pie o encuentra cualquier otro modo de alcanzarme. ¿De acuerdo, Mercer?, pensó.

—¡Mercer! —gritó.

A través del paisaje se extendieron las malas hierbas, que avanzaron en espiral hasta cubrir las paredes que lo rodeaban, hasta anegarlas de tal modo que ellas, las malas hierbas, se convirtieron en su propia espora. La espora se hizo mayor, se partió y reventó en el acero y los fragmentos de hormigón que antes fueron paredes. Pero la desolación sobrevivió a la desaparición de las paredes. La desolación sobrevivía a todo lo demás. Exceptuando la tenue y quebradiza silueta de Mercer. El anciano se encaró a él con una expresión plácida en el rostro.

—¿El cielo está pintado? —preguntó Isidore—. ¿De verdad se aprecian los brochazos si amplías la imagen?

—Sí —respondió Mercer.

—No puedo verlos.

—Estás demasiado cerca —explicó Mercer—. Tienes que estar muy alejado, como lo están los androides. Ellos tienen una perspectiva mejor.

—¿A eso se debe que te acusen de ser un fraude?

—Soy un fraude —dijo Mercer—. Son sinceros. El resultado de su investigación es legítimo. Desde su punto de vista, soy un anciano actor de segunda llamado Al Jarry. Todo, su revelación, es verdad. Me entrevistaron en casa, tal como aseguran. Yo les conté lo que querían saber, es decir, todo.

—¿Incluido lo del whisky?

—Es cierto —dijo Mercer con una sonrisa—. Hicieron un buen trabajo y, desde su perspectiva, la revelación del Amigable Buster era convincente. Les costará comprender por qué no ha cambiado nada. Por qué sigues aquí y yo sigo aquí. —Mercer señaló con ambas manos la colina pelada, el terreno conocido—. Acabo de sacarte ahora mismo del mundo tumba y continuaré haciéndolo hasta que pierdas interés y quieras abandonar. Pero tendrás que dejar de buscarme porque yo nunca dejaré de buscarte a ti.

—No me ha gustado lo del whisky —dijo Isidore—. Ha sido un golpe bajo.

—Lo dices porque eres una persona muy virtuosa. Yo no lo soy; no juzgo a nadie, ni siquiera a mí mismo. —Mercer extendió el brazo con la mano cerrada, el puño hacia arriba—. Antes de que lo olvide, tengo algo que te pertenece. —Abrió los dedos. En la mano descansaba la araña mutilada, restituidas las patas que le habían cortado.

—Gracias. —Isidore aceptó la araña. Se disponía a decir algo más cuando...

Se disparó una alarma.

—¡Hay un cazarrecompensas en el edificio! —gritó Roy Baty—. Apagad todas las luces. Apartadlo de la caja empática. Tiene que prepararse para abrir la puerta. ¿A qué estáis esperando? ¡Apartadlo de ahí!

19

Al bajar la vista, John Isidore se vio las manos, asidas a los mangos de la caja empática. De pie, boquiabierto, con las luces del salón apagadas. Vio que Pris aferraba apresuradamente la linterna que descansaba sobre la mesa de la cocina.

—Escucha, J. R. —le susurró Irmgard al oído. Le había pellizcado el hombro, hundiendo las uñas con fuerza. Parecía no ser consciente de lo que hacía en ese momento. A la luz tenue que se filtraba procedente del exterior, el rostro de Irmgard se había distorsionado, se había vuelto astigmático, convertido en la viva imagen del miedo, con ojos diminutos, sin párpados—. Tienes que acercarte a la puerta cuando llame —susurró—. Si llama. Tienes que mostrarle tu identificación y decirle que éste es tu apartamento y que aquí no hay nadie más. Y tienes que pedirle que te enseñe una orden.

Pris, de pie al otro lado, arqueó el cuerpo y le susurró:

—No le dejes entrar, J. R. No digas nada, haz cualquier cosa para detenerlo. ¿Sabes lo que haría aquí un cazarrecompensas? ¿Comprendes lo que nos haría a nosotros?

Isidore se apartó de los dos androides hembra y se dirigió a la puerta. Palpó la superficie en busca del tirador y permaneció allí inmóvil, aguzando el oído. Percibía el vestíbulo al otro lado, igual que lo había percibido siempre: vacío, habitado por ecos. Inerte.

—¿Se oye algo? —preguntó Roy Baty, inclinándose sobre él. Isidore olió el cuerpo hediondo, inhaló el miedo que destilaba, el miedo que rezumaba hasta formar una especie de nube a su alrededor—. Asómate al vestíbulo y echa un vistazo.

Isidore abrió la puerta y paseó la mirada por el vestíbulo. Allí el ambiente no estaba tan cargado, a pesar de la huella del polvo. Conservaba en la mano la araña que Mercer le había dado. ¿Era la misma que Pris había mutilado con las tijeras de Irmgard Baty? Probablemente no. Nunca lo sabría. El caso es que estaba viva, reptaba en su mano cerrada, sin morderle: como pasaba con la mayoría de las arañas pequeñas, su mordisco no penetraría la capa de piel humana.

Llegó al extremo del vestíbulo, bajó la escalera y salió afuera, a lo que en el pasado fue una especie de jardín comunitario que se había echado a perder durante la guerra. El sendero que llevaba al jardín estaba quebrado en un millar de lugares. Sin embargo, conocía los accidentes del terreno, caminaba con paso seguro por el sendero ya familiar, y lo siguió, cruzó el edificio y finalmente salió al único lugar verde del vecindario: un trecho de un metro cuadrado de hierbajos cubiertos de polvo. Allí dejó a la araña. Notó la dubitativa evolución por la palma de su mano hasta que saltó de ella. Bueno, ya está, pensó al tiempo que se erguía de nuevo.

El haz de una linterna iluminó los hierbajos. A la luz, los tallos moribundos se le antojaron amenazadores. Vio la araña sobre una hoja dentada. Había saltado de su mano sin problemas.

—¿Qué ha hecho? —preguntó el hombre de la linterna.

—He soltado una araña —respondió Isidore, preguntándose por qué no lo veía el hombre de la linterna. A la luz amarillenta, la sombra de la araña se había agrandado, imponente—. Para que sea libre.

—¿Por qué no la ha subido a su apartamento? Podría haberla guardado en un frasco. Según el número de enero del Catálogo Sidney, la cotización de la mayoría de las arañas ha subido unos ciento y pico dólares.

—Si la devuelvo allí, no tardarían en mutilarla de nuevo. Pata a pata, para ver cómo se las apaña.

—Los androides hacen esa clase de cosas —dijo el hombre. Introdujo la mano en el abrigo y sacó algo que abrió al tiempo que extendía el brazo hacia Isidore.

A la luz irregular de la linterna, el cazarrecompensas le pareció un tipo del montón, nada impresionante. Cara redonda, lampiño, facciones suaves, como el oficinista dedicado a labores burocráticas. Metódico pero informal. No tenía el cuerpo de un semidiós, no era como Isidore se lo había imaginado.

—Trabajo como investigador para el departamento de policía de San Francisco. Deckard, Rick Deckard. —El hombre cerró la cartera donde llevaba la identificación y la devolvió al bolsillo interior del abrigo—. ¿Están ahí arriba? ¿Los tres?

—Verá, el caso es que estoy cuidando de ellos —dijo Isidore—. Dos son mujeres. Son los últimos supervivientes del grupo, el resto ha muerto. Subí a mi apartamento el televisor de Pris para que pudieran ver el programa del Amigable Buster. Buster ha demostrado más allá de toda duda que Mercer no existe. —Isidore sintió cierta emoción al saberse conocedor de algo tan importante; noticias que evidentemente el cazarrecompensas no había oído.

—Subamos —propuso Deckard, apuntando a Isidore con el láser; entonces, indeciso, lo apartó—. Usted es un especial, ¿verdad? —añadió—. Un cabeza hueca.

—Pero tengo un trabajo. Conduzco un camión para… —Descubrió horrorizado que había olvidado el nombre—. Es un centro veterinario —dijo—. El Hospital Veterinario Van Ness —dijo—. Propie… Propiedad de Hannibal Sloat.

—¿Me acompañará arriba y me indicará en qué apartamento están? Hay como un millar de apartamentos distintos. Puede ahorrarme mucho tiempo. —Su voz se tiñó de fatiga.

—Si los mata nunca volverá a fusionarse con Mercer —le advirtió Isidore.

—¿No va a acompañarme? Dígame al menos qué planta es. Ya me las apañaré yo para averiguar en qué apartamento están.

—No —se negó Isidore.

—En virtud de las leyes estatales y federales… —empezó a recitar Deckard. Pero calló de pronto, abandonando el interrogatorio—. Buenas noches —dijo, alejándose por el camino empedrado hasta entrar en el edificio, iluminando con la luz amarillenta de la linterna el difuso sendero que se abría ante él.

Una vez dentro del edificio de apartamentos, Rick Deckard apagó la linterna y se dejó guiar en el vestíbulo por las insuficientes bombillas espaciadas, pensando. El cabeza hueca sabe que son androides, ya lo sabía antes de que yo se lo dijera. Pero no lo entiende. Aunque ¿quién lo entiende? ¿Lo comprendo yo? ¿Lo hago? Y uno de ellos será una doble de Rachael, reflexionó. Tal vez el especial haya estado viviendo con ella. Me pregunto si le habrá gustado. Quizá creía que sería ella quien mutilaría su araña. Podría volver a por ella, pensó también. Nunca he encontrado un animal vivo en libertad. Debe de ser una experiencia fantástica ver algo que se te escabulle entre los pies. Puede que me pase algún día, como le ha pasado a él.

Había tomado del vehículo un aparato de escucha que puso en marcha en ese momento, una pantalla con rastreo rotatorio. En el silencio que reinaba en el vestíbulo, la pantalla no señaló nada. Al menos no en esta planta, se dijo. Pasó a modo vertical. En ese eje, la pantalla detectó una señal débil. Arriba. Guardó el aparato en el maletín y subió la escalera hacia la primera planta.

Alguien aguardaba apostado en las sombras.

—No se mueva o le retiraré —amenazó Rick. Era el macho, esperándole. Entre los dedos crispados, el láser era un seguro tangible, pero no podría levantar el cañón para disparar. Le habían sorprendido con la guardia baja.

—No soy un androide —dijo el hombre—. Me llamo Mercer. —Salió a la luz—. Habito este edificio por el señor Isidore. El especial que tenía la araña. Usted acaba de hablar con él fuera.

—¿Estoy al margen del mercerismo, como ha insinuado el especial? —preguntó Rick—. ¿Por lo que me dispongo a hacer dentro de unos minutos?

—El señor Isidore no hablaba en mi nombre —dijo

Mercer—. Lo que hace usted es algo que debe hacerse. Eso ya lo he dicho. —Levantó el brazo para señalar la escalera que había tras Rick—. He venido a decirle que uno de ellos está detrás de usted, abajo, no en el apartamento. Será el más duro de los tres y debe retirarlo primero. —La voz antigua, susurrante, se enardeció de pronto—. Aprisa, señor Deckard. En la escalera.

Rick se volvió, apuntando el láser hacia la escalera, al tiempo que flexionaba ambas rodillas para agacharse. Vio asomar a una mujer que se le acercaba. Cuando la reconoció apartó el láser.

—Rachael —dijo, perplejo. ¿Le había seguido en su propio vehículo flotante hasta ese lugar? ¿Por qué?—. Vuelve a Seattle. Déjame solo; Mercer me ha dicho que tengo que hacerlo. —Entonces reparó en que no era tan parecida a Rachael.

—Por lo que hemos significado el uno para el otro —dijo la androide cuando se le acercó con los brazos extendidos como para abrazarle. La ropa, pensó, no encaja. Pero los ojos, tenía los mismos ojos. Y hay más como ella, puede que sean legión; cada una de ellas con su propio nombre, pero todas Rachael Rosen, Rachael, el prototipo utilizado por el fabricante para proteger a las demás. Abrió fuego mientras se le acercaba implorante. La androide estalló y algunos pedazos saltaron por los aires. Rick se tapó la cara y volvió a mirar, miró y vio el láser que había saltado y que había ido a parar a la escalera. El tubo de metal se precipitó peldaño a peldaño, y el sonido reverberó, cada vez más imperceptible hasta el silencio. Mercer le había dicho que sería el androide más difícil de los tres. Miró a su alrededor en busca de Mercer. El anciano había desaparecido. Pueden acosarme con sus Rachael Rosen hasta el día en que muera, pensó, o hasta que el modelo se vuelva obsoleto, lo que suceda antes. Y ahora a por los otros dos. Uno de ellos no está en el apartamento, según había dicho Mercer. Mercer me ha protegido. Se ha manifestado y me ha ofrecido su ayuda. Ella, ello, habría acabado conmigo, se dijo, de no ser porque Mercer me ha avisado. Con los demás podré solo, ahora. Ése era el imposible. Ella supo que yo sería incapaz. Pero ha terminado. En un instante. Hice lo que no era capaz de hacer. Puedo rastrear a los Baty mediante los métodos habituales; me costará pero no tanto como esto.

Se puso en pie en el solitario vestíbulo. Mercer le había abandonado porque ya había cumplido con su cometido: Rachael, o mejor dicho Pris Stratton, había acabado desmembrada y por tanto estaba solo en aquel lugar. Pero en algún punto del edificio sabía que le aguardaban los Baty. Percibió lo que había hecho. Probablemente, en este momento, tengan miedo. Ésa había sido su respuesta a su presencia en el edificio. Su jugada. Sin Mercer habría funcionado. Había llegado su final.

Comprendió que no tenía un minuto que perder. Había que actuar rápidamente. Recorrió a buen paso el vestíbulo y, de pronto, el equipo de detección registró la presencia de actividad cefálica. Había localizado su apartamento. Ya no era necesario el equipo, así que lo dejó a un lado y llamó a la puerta.

—¿Quién es? —preguntó desde el interior una voz masculina.

—Soy el señor Isidore —dijo Rick—. Déjenme entrar porque les estoy buscando y do… dos de ustedes son mujeres.

—No abriremos la puerta —replicó una voz femenina.

—Quiero ver al Amigable Buster en el televisor de Pris —pidió Rick—. Ahora que ha demostrado que Mercer no existe es muy importante ver su programa. Conduzco un camión para el Hospital Veterinario Van Ness, propiedad del señor Hannibal Slo… Sloat. —Fingió la tartamudez—. ¿A… abrirán la puerta? Es mi apartamento. —Esperó y la puerta se abrió. Dentro del apartamento vio oscuridad y dos bultos indistintos.

El de menor tamaño, la mujer, dijo:

—Tiene que administrar los test.

—Ya es demasiado tarde para eso —dijo Rick.

La figura más alta quiso cerrar la puerta y activar algo electrónico.

—No —advirtió Rick—. Tengo que entrar. —Dejó que Roy Baty disparase una vez. Rick no disparó hasta que el haz de láser pasó junto a él instantes después de que se apartase de su trayectoria—. Tras abrir fuego contra mí han perdido su base legal. Tendrían que haberme obligado a someterlos al test Voigt-Kampff. Pero ahora eso ya no importa. De nuevo Roy Baty abrió fuego con el proyector láser, pero volvió a fallar, soltó el arma y se adentró en la oscuridad del apartamento, en otra habitación tal vez, abandonando el aparato electrónico.

—¿Por qué Pris no ha logrado detenerle? —quiso saber la señora Baty.

—Pris no existe —dijo—. Sólo existe Rachael Rosen, una y otra vez. —Reparó en el proyector láser que empuñaba ella. Roy Baty se lo había tendido, había planeado desde el primer momento tenderle una trampa para que entrase en el apartamento, de modo que Irmgard Baty pudiera abrir fuego sobre él, por el flanco—. Lo siento, señora Baty —dijo Rick, que disparó sobre ella.

Roy Baty soltó un angustioso grito desde otra habitación.

—De acuerdo, usted la amaba —dijo Rick—. Y yo amaba a Rachael. Y el especial amaba a la otra Rachael. —Disparó sobre Roy Baty; el cadáver del hombretón cayó como una montaña de entes separados, se golpeó contra la mesa de la cocina, arrastrando consigo en la caída algunos platos y piezas de la vajilla. Los circuitos reflejos del cadáver le provocaron espasmos y sacudidas, pero había muerto. Rick lo ignoró. Fue como si no lo viera, como si no reparase tampoco en el cadáver de Irmgard Baty junto a la entrada. Acabo de matar al último, se dijo Rick. Seis hoy, casi un récord. Y ahora ha terminado y puedo volver a casa, con Iran y la cabra. Y por una vez en la vida tendremos algo de dinero.

Se sentó en el sofá, consciente del silencio que reinaba en el apartamento, entre los objetos inmóviles. El especial señor Isidore entró entonces.

—Será mejor que no mire —le advirtió Rick.

—La he visto en la escalera. A Pris. —El especial estaba llorando.

—No se lo tome tan a pecho —dijo Rick. Se puso en pie, algo mareado, con dificultad—. ¿Dónde tiene el videófono?

El especial no dijo nada, no hizo nada excepto seguir allí de pie, así que Rick fue en busca del aparato, lo encontró y llamó a la oficina de Harry Bryant.

20

—Estupendo —dijo Harry Bryant después de que el cazarrecompensas le pusiera al corriente—. Bueno, ahora ya puedes irte a descansar. Enviaremos un coche patrulla a recoger los tres cadáveres.

Rick Deckard colgó el auricular.

—Los androides son estúpidos —dijo, furibundo, al especial—. Roy Baty no podía distinguirme de usted. Creyó que era usted quien llamaba a la puerta. La policía limpiará el lugar. ¿Por qué no se aloja en otro apartamento hasta que terminen? No querrá quedarse aquí con los restos.

—Voy a abandonar el edi... el edificio —dijo Isidore—. Viviré en la ciudad, donde haya más gente.

—Creo que hay un apartamento vacío en mi edificio —comentó Rick.

—No quiero vi... vivir cerca de usted —tartamudeó Isidore.

—Salga. No se quede aquí —insistió Rick.

El especial anduvo de un lado a otro arrastrando los pies, sin saber qué hacer. Una miríada de expresiones mudas cruzó su rostro. Entonces, se dio la vuelta y salió del apartamento dejando a Rick a solas.

Menudo oficio el mío, pensó Rick. Soy un azote, como el hambre o una plaga. Allá donde quiera que vaya me sigue la maldición. Como dijo Mercer, se me exige hacer el mal. He hecho el mal desde el principio. Pero ha llegado la hora de volver a casa. Puede que me olvide después de pasar un rato con Iran.

Cuando volvió al edificio donde estaba su apartamento, Iran le recibió en la azotea. Le dedicó una mirada extraña, como si no estuviera en sus cabales. En todos los años que llevaban juntos nunca la había visto así.

Le pasó el brazo por el hombro y dijo:

—Todo ha terminado. He estado pensando que tal vez Harry Bryant pueda asignarme a…

—Rick —dijo ella—. Tengo que contarte algo. Lo siento. La cabra ha muerto.

Por alguna razón la noticia no le sorprendió, tan sólo hizo que se sintiera peor, una suma cuantitativa al peso que le aplastaba.

—Creo que el contrato incluye una garantía —dijo—. Si enferma en un plazo de noventa días, el vendedor…

—No ha enfermado. Alguien… —Iran carraspeó antes de continuar—. Vino alguien, sacó la cabra de la jaula y la arrastró hasta el borde de la azotea.

—¿La arrojaron al vacío?

—Sí.

—¿Viste quién lo hizo?

—La vi claramente —respondió Iran—. Barbour seguía aquí, ocupado con sus cosas. Fue a buscarme y avisamos a la policía, pero para entonces el animal había

252

muerto y ella se había marchado. Era una mujer menuda, joven, con el pelo oscuro, ojos grandes y negros y muy delgada. Vestía un abrigo largo de escamas artificiales y llevaba un bolso grande. No hizo el menor esfuerzo para evitar que la viéramos. Era como si no le importase.

—No, no le importaba —dijo él—. A Rachael no le importaría nada que la vieras. Probablemente quería que lo hicieras, para que yo tuviera la certeza de quién era. —La besó—. ¿Has pasado todo este tiempo aquí arriba, esperando?

—No, sucedió hace media hora. —Iran respondió al beso con suavidad—. Es terrible. No tiene sentido.

Se volvió hacia el vehículo aparcado, abrió la puerta y se puso al volante.

—No creas —dijo él—. Tenía lo que debió de parecerle un motivo. —Un motivo de androide, pensó.

—¿Adónde vas? ¿No vienes al apartamento a hacerme compañía? Han emitido por televisión la noticia más espantosa que puedas imaginar. El Amigable Buster ha asegurado que Mercer es un fraude. ¿Qué te parece eso, Rick? ¿Crees que podría ser cierto?

—Todo es cierto —dijo él—. Todo lo que cualquiera haya pensado en algún momento. —Puso en marcha el motor del vehículo.

—¿Estarás bien?

—Estaré bien. —Y también voy a morir, pensó. Ambas cosas son ciertas. Cerró la puerta del coche, se despidió de Iran con un gesto de la mano y luego alzó el vuelo hacia el firmamento nocturno.

Hubo una vez en que vi las estrellas, pensó. Hace años. Pero ahora sólo queda el polvo. Nadie ha visto una estrella en años, al menos no desde la Tierra. Puede que vaya a un lugar donde pueda ver las estrellas, se dijo mientras el vehículo ganaba velocidad y altitud. Se alejó de San Francisco, rumbo a la inhabitada desolación que se extendía al norte. Al lugar donde no iría ningún ser vivo, a menos que sintiera que se acercaba su final.

21

Poco después de amanecer, la tierra bajo el vehículo se extendía infinita, gris, cubierta de desperdicios. Piedras del tamaño de casas habían rodado hasta detenerse unas junto a otras, y pensó: es como un almacén de expediciones una vez enviada toda la mercancía. Sólo quedan fragmentos de cajas, los contenedores no tienen ningún significado por sí mismos. Hubo un tiempo, pensó, en que aquí crecían cosechas y pastaban los animales. Qué pensamiento más notable, que algo verde pudiera cubrir este lugar.

Qué lugar más extraño para que todo eso muriera.

Descendió con el vehículo, sobrevolando un rato la superficie. ¿Qué diría Dave Holden en este momento acerca de mí? En cierto modo soy el mayor cazarrecompensas que jamás ha existido; nadie ha retirado antes seis modelos Nexus-6 en un período de veinticuatro horas, y probablemente nadie vuelva a hacerlo nunca. Debería llamarle, se dijo.

Una colina cubierta de cosas se alzó ante él. Cuando el mundo se fue cerrando alrededor del vehículo Rick ganó altura. La fatiga, pensó. No tendría que seguir conduciendo. Apagó el motor y planeó unos instantes, para después iniciar el descenso. El coche dio un bote en la ladera, dispersando las rocas, y con el morro hacia el cielo acabó finalmente deteniéndose tras deslizarse por el terreno.

Tomó el receptor del videófono y marcó el teléfono de la centralita de San Francisco.

—Póngame con el Hospital Mount Zion.

Enseguida vio el rostro de otra operadora en la videopantalla.

—Hospital Mount Zion.

—Tienen a un paciente llamado Dave Holden —dijo—. ¿Sería posible hablar con él? ¿Se encuentra lo bastante recuperado?

—Deme un momento para que lo compruebe, señor. —La pantalla se fundió en negro momentáneamente. Pasó un rato. Rick tomó un pellizco de rapé del doctor Johnson y sintió un escalofrío. Sin la calefacción puesta, la temperatura en el interior del coche había empezado a caer en picado—. El doctor Costa dice que el señor Holden no puede recibir llamadas —le contó la operadora al reaparecer en pantalla.

—Se trata de un asunto policial —dijo, mostrando la identificación de modo que apareciera en pantalla.

—Un segundo.

La operadora volvió a desaparecer y Rick inhaló de nuevo un pellizco de rapé del doctor Johnson. El mentol que llevaba tenía mal sabor a esa hora de la mañana. Bajó la ventanilla del coche y arrojó la lata amarilla a los escombros.

—No, señor —dijo la operadora—. El doctor Costa no cree que el estado del señor Holden le permita recibir llamadas, por urgente que sea la cuestión, al menos durante los…

—De acuerdo —dijo Rick, que cortó la comunicación.

También había algo raro en el ambiente. Subió la ventanilla. Dave está fuera de cuadro, concluyó. Me pregunto por qué no pudieron conmigo. Porque actué muy rápido, decidió. Todos en un mismo día, ¿cómo iban a esperárselo? Harry Bryant tenía razón.

Hacía mucho frío en el coche, así que abrió la puerta para salir. Un viento inesperado y hediondo le atravesó la ropa cuando echó a caminar, frotándose las manos.

Habría sido gratificante hablar con Dave, decidió. Él habría aprobado lo que hice. Pero también habría comprendido la otra parte, la cual no creo que ni siquiera Mercer entienda. Todo es fácil para Mercer, pensó, porque Mercer lo acepta todo. Nada le resulta ajeno. Pero lo que he hecho, pensó, lo que he hecho me resulta ajeno a mí mismo. De hecho, todo en mí se ha vuelto innatural. Soy un desconocido para mí mismo.

Siguió andando, subiendo la colina, y a cada paso que daba iba aumentando el peso que soportaba. Estoy demasiado cansado para ascender, pensó. Se detuvo y secó el sudor que le cubría los párpados, lágrimas saladas que producía su piel, todo su cuerpo dolorido. Entonces, enfadado consigo mismo, escupió, escupió con ira y desprecio hacia sí, con odio exacerbado escupió en el suelo yermo. Allí reanudó el difícil ascenso ladera arriba por el solitario y desconocido terreno, alejado de todas partes. Allí no había nada con vida, excepto él.

El calor. De pronto hacía calor. Era evidente que había pasado el tiempo. Se sintió hambriento. No había comido durante Dios sabía cuánto tiempo. El hambre y el calor se combinaron para alumbrar un regusto ponzoñoso parecido a la derrota. Sí, pensó, de eso se trata: me han vencido por medios extraños. ¿Por el hecho de matar a los androides? ¿Porque Rachael ha matado a mi cabra? No lo sabía, pero mientras caminaba con dificultad un manto mortuorio fruto de la alucinación le nubló la mente. Hubo un punto en que se encontró a un paso de sufrir una caída mortal por el borde de un risco, una caída humillante, pensó. Un paso y luego otro, sin que nadie pudiera verlo. Allí no existía nadie que pudiera hacer de cronista de su degradación, y el coraje o el orgullo que pudieran manifestarse en aquel lugar al final pasarían desapercibidos: la piedra muerta, la vegetación cubierta por el polvo, seca, moribunda, no percibían nada, ni sobre sí mismas ni sobre él.

En ese momento le alcanzó en la zona inguinal la primera piedra, y no estaba hecha de goma blanda, ni de espuma. El dolor, el conocimiento primero de la soledad absoluta, del sufrimiento, le recorrió el cuerpo, un dolor al desnudo, sin atavío.

Se detuvo. Entonces, azuzado por una espuela invisible a la que no podía llevar la contraria, reemprendió el ascenso. Era como rodar hacia arriba, pensó, como las piedras. Hago lo mismo que las piedras, sin voluntad. Sin que tenga ningún sentido.

—Mercer —dijo, jadeando. Detuvo de nuevo el paso, inmóvil. Delante de él distinguió una figura difusa, inmóvil también—. ¡Wilbur Mercer! ¿Es usted? —Dios mío, pensó. Es mi sombra. ¡Tengo que salir de aquí, bajar de la colina!

Descendió a toda prisa. Cayó al suelo en una ocasión. Nubes grises lo oscurecieron todo y se alejó corriendo del polvo. Corrió más y más, resbalando y tropezando en las piedras sueltas. Al frente vio el vehículo aparcado. He logrado bajar, se dijo. He descendido la colina. Abrió la puerta del coche y se sentó al volante. ¿Quién me ha arrojado esa piedra?, se preguntó. Nadie. Pero ¿por qué me preocupa? No es la primera vez que me pasa. Durante la fusión. Cuando usaba la caja empática, como todo el mundo. Esto no es nuevo. Pero lo fue. Porque, pensó, lo hice solo.

Con pulso tembloroso abrió la guantera, de cuyo interior sacó una cajita de rapé nueva. Arrancó el precinto y tomó un buen pellizco, descansó, con una pierna dentro del coche y la otra fuera, con el pie en el suelo árido, polvoriento. Éste era el último lugar al que podía ir, comprendió. No debí volar hasta aquí. Se sentía demasiado cansado para hacer el vuelo de regreso.

Si pudiera hablar con Dave, pensó, todo se arreglaría. Podría marcharme de aquí, volver a casa e irme a la cama. Aún tengo mi oveja eléctrica y conservo mi trabajo. Habrá más andys a los que retirar. Mi carrera no ha terminado. Aún no he retirado el último andy que existe. Tal vez sea eso, pensó. Quizá tengo miedo de que no haya más.

Consultó la hora en el reloj de pulsera. Las nueve y media.

Tomó el receptor del videófono y marcó el número del departamento de justicia de Lombard Street.

—Quiero hablar con el inspector Bryant —dijo a la operadora de la centralita, la señorita Wild.

—El inspector Bryant no está en la oficina, señor Deckard. Está en el coche, pero no responde a mi llamada. Debe de haber salido un momento del vehículo.

—¿Mencionó adónde iba?

—Dijo algo relacionado con unos androides que usted retiró anoche.

—Póngame con mi secretaria —pidió.

Al cabo de un instante, el rostro triangular de Ann Marsten apareció en pantalla.

—Ah, señor Deckard. El inspector Bryant quería hablar con usted. Creo que se ha propuesto presentar su nombre al jefe Cutter para una mención honorífica por retirar esos seis...

—Sé lo que hice.

—Nunca había sucedido nada parecido. Ah, y señor Deckard: ha llamado su esposa. Quiere saber si se encuentra bien. ¿Se encuentra bien?

Rick no respondió.

—Bueno, quizá deba llamarla para hablar con ella —sugirió la señorita Marsten—. Dijo que la encontraría en casa, a la espera de noticias suyas.

—¿Se ha enterado de lo de mi cabra? —preguntó.

—No. Ni siquiera sabía que tuviera una.

—Me la robaron.

—¿Quién lo hizo, señor Deckard? ¿Ladrones de animales? Acaba de llegarnos un informe sobre una nueva banda de ladrones, probablemente jovenzuelos, que opera en...

—Ladrones de vidas —dijo.

—No le entiendo, señor Deckard. —La señorita Marsten le miró fijamente—. Señor Deckard, tiene mal aspecto. Le veo agotado. Y por Dios, le sangra la mejilla.

Se llevó la mano a la cara y palpó la sangre. Probablemente causada por la piedra. Era evidente que le había alcanzado más de una pedrada.

—Me recuerda a... Wilbur Mercer —dijo la señorita Marsten.

—Es que soy Wilbur Mercer —dijo—. Me he fusionado perpetuamente con él. Y no puedo desfusionarme.

Aquí estoy, sentado, esperando a desfusionarme en algún punto de la frontera con Oregón.

—¿Quiere que enviemos un coche del departamento para recogerle?

—No —dijo—. Ya no trabajo para el departamento.

—Es obvio que ha acabado agotado tras la jornada de ayer, señor Deckard —dijo con tono reprobatorio—. Ahora lo que necesita es dormir largo y tendido. Señor Deckard, usted es nuestro mejor cazarrecompensas, el mejor que hemos tenido. En cuanto regrese el inspector Bryant le diré que ha llamado. Usted vuelva a casa y acuéstese. Llame inmediatamente a su mujer, señor Deckard, porque está muy, pero que muy preocupada. De eso he podido darme cuenta. Ambos tienen muy mal aspecto.

—Se debe a mi cabra —dijo—. No a los androides. Rachael se equivocó: no tuve ningún problema cuando llegó la hora de retirarlos. Y también el especial se equivocó, respecto a eso de que sería incapaz de fusionarme de nuevo con Mercer. El único que acertó fue Mercer.

—Será mejor que regrese al área de la bahía, señor Deckard, donde hay gente. Allí, cerca de Oregón, no hay nada vivo, ¿verdad? ¿Está solo?

—Es extraño —dijo Rick—. Tenía la ilusión real, absoluta, total, de que me había convertido en Mercer y de que la gente me arrojaba piedras. Pero no como lo experimentas cuando te aferras a los mangos de la caja empática. Cuando usas la caja empática sientes que estás con Mercer. La diferencia es que no había nadie más conmigo. Estaba solo.

—Ahora se dice que Mercer es un fraude.

—Mercer no es un fraude —dijo—. A menos que la realidad también lo sea. —Esta colina, pensó. Este polvo y todas esas piedras, distintas todas unas de otras—.

Me temo que no puedo dejar de ser Mercer —añadió—. En cuanto empiezas es demasiado tarde para retirarte. —¿Tendré que subir la colina de nuevo?, se preguntó. Para siempre, como lo hace Mercer… atrapado por toda la eternidad—. Adiós —dijo, y se dispuso a colgar.

—¿Llamará a su esposa? ¿Me lo promete?

—Sí. —Asintió—. Gracias, Ann. —Colgó el auricular. Reposo, pensó. La última vez que me acosté fue con Rachael. Una violación de las normativas. Copular con un android va en contra de la ley, tanto aquí como en las colonias. Debe de haber vuelto a Seattle, junto a los demás Rosen, reales y humanoides. Me gustaría hacerte lo que tú me hiciste, deseó. Pero eso es imposible con un android porque no les importa. Si te hubiera matado anoche, mi cabra seguiría con vida. Fue entonces cuando tomé la decisión errónea. Sí, pensó. Todo, la raíz del asunto, tiene su origen en ese punto, en el hecho de haberme acostado contigo. Pero tenías razón en algo. Me cambió. Pero no del modo que predijiste.

Lo hizo de un modo mucho peor, decidió.

Pero no me importa. Ya no. No, pensó, después de lo que me ha pasado aquí arriba, mientras ascendía a la cima de la colina. Me pregunto qué hubiera pasado después si hubiese seguido subiendo hasta llegar a la cima. Porque ahí es donde Mercer parece morir. Ahí es donde se manifiesta el triunfo de Mercer, ahí, al final del gran ciclo sideral.

Pero si yo soy Mercer, pensó, no puedo morir, ni en diez mil años. Mercer es inmortal.

Descolgó de nuevo el auricular para llamar a su esposa.

De pronto se quedó congelado.

22

Devolvió el auricular a su sitio, incapaz de quitar ojo al punto donde había percibido movimiento en el exterior del vehículo. El bulto en el suelo, entre las piedras. Un animal, se dijo. El corazón lastrado por el exceso de peso, la sacudida del reconocimiento. Sé lo que es, comprendió. Nunca lo había visto, pero lo reconozco gracias a los antiguos documentales que emiten en el canal público.

¡Pero están extinguidos!, se dijo. Sacó rápidamente el manoseado ejemplar del Catálogo Sidney, pasando las páginas con los dedos crispados.

«SAPO *(Bufonidae)*, todas las variedades… *E.*»

Llevaba años extinto. La especie animal más apreciada por Wilbur Mercer, junto al asno. Pero de todas, el sapo era su favorita.

Necesito una caja. Miró a su alrededor, pero no vio nada en la parte trasera del vehículo flotante. De un salto se acercó al maletero, que abrió e inspeccionó. Encontró una caja de cartón, dentro de la cual guardaba la bomba de combustible de repuesto. Vació la caja, encontró un rollo de cuerda de cáñamo y se acercó lentamente al sapo, sin apartar los ojos de él.

Vio que el animal se había camuflado totalmente con la textura y la tonalidad del polvo omnipresente. Tal vez había evolucionado, acostumbrándose al nuevo clima igual que lo había hecho con climas anteriores. Si no se hubiera movido no lo habría visto, pero había pasado todo aquel rato sentado apenas a dos metros del sapo. ¿Qué pasa cuando encuentras un animal que se cree extinto?, se preguntó, intentando recordarlo. No sucedía a menudo. Algo acerca de una estrella honorífica de las Naciones Unidas y un estipendio. Una recompensa que alcanzaba millones de dólares. Y de todas las especies animales, ésa era la más sagrada para Mercer. Dios mío, pensó. No puede ser. Quizá se deba a una lesión cerebral, a un exceso de exposición a la radiactividad. Soy especial, pensó. A algo que me ha pasado. Como con el cabeza hueca Isidore y su araña, lo que le pasó a él me está pasando a mí. ¿Es cosa de Mercer? Pero yo soy Mercer. Yo lo hice. Encontré el sapo. Lo encontré porque veo a través de los ojos de Mercer.

Se sentó de cuclillas, cerca, junto al sapo. Había escarbado la mugre para hacerse un agujero donde poder refugiarse, desplazando el polvo con las ancas. Sólo la parte plana de su cráneo y los ojos asomaban del suelo. Entretanto, su metabolismo casi había detenido todas sus funciones hasta sumirse en un estado de trance. No había luz en sus ojos, ni conciencia de su presencia, y pensó, horrorizado, que estaba muerto, que quizá se había muerto de sed. Aunque le había visto moverse.

Dejó en el suelo la caja de cartón y empezó con cuidado a barrer el terreno a su alrededor, apartando del sapo las piedras y el polvo. El animal no pareció tener nada que objetar, aunque no era consciente de la presencia de Rick.

Cuando levantó el sapo sintió su peculiar frialdad. Al tacto el cuerpo se le antojó seco y arrugado, blando, y tan frío como si hubiera salido de una cueva situada a kilómetros bajo tierra, lejos del sol. El sapo rebulló, intentó con escasas fuerzas librarse de su mano, buscando instintivamente alejarse de un brinco. Es un ejemplar adulto, pensó. Desarrollado, sabio y capaz, a su manera, de sobrevivir incluso a aquello a lo que no podemos sobrevivir. Me pregunto dónde encuentra el agua para sus huevos.

Así que esto es lo que ve Mercer, pensó mientras cerraba con dificultad la caja de cartón y la ataba una y otra vez. La vida que ya no podemos distinguir, la vida cuidadosamente sepultada hasta la cabeza en el esqueleto de un mundo muerto. En cada mota de ceniza del universo Mercer percibe la vida inadvertida. Ahora ya lo sé, pensó. Y una vez visto el mundo a través de los ojos de Mercer, probablemente nunca deje de hacerlo.

Y ningún androide amputará las patas del sapo, como hicieron con la araña del cabeza hueca.

Puso la caja con cuidado en el asiento del coche y se sentó al volante. Es como ser niño otra vez, pensó. Todo el peso que había sentido le había abandonado, la fatiga monumental, sofocante. Ya verás cuando Iran se entere. Tomó el receptor del videófono y se dispuso a marcar. Entonces se detuvo. Le daré una sorpresa, concluyó. No me llevará más de treinta o cuarenta minutos volar de vuelta.

Puso en marcha el motor y, al poco rato, había alzado el vuelo rumbo a San Francisco, a mil cien kilómetros al sur.

Iran Deckard se hallaba sentada ante el climatizador del ánimo Penfield, con el dedo índice de la mano derecha en el disco selector numerado. Pero no marcó. Se sentía demasiado apática y enferma para querer nada, un peso que aprisionaba el futuro y cualquier posibilidad que éste pudiera haber provisto. Si Rick estuviera aquí, pensó, me seleccionaría el 3 y así querría marcar algo espléndido, una alegría inconmensurable, o un 888, el deseo de ver la televisión sin importar lo que puedan emitir. Me pregunto qué darán. Entonces se preguntó de nuevo adónde había ido Rick. Tal vez regrese, tal vez no lo haga, se dijo, sintiendo que la edad le encogía los huesos.

Llamaron a la puerta del apartamento.

Dejó el manual del climatizador Penfield y dio un respingo, pensando que ya no necesitaba marcar nada. Si es Rick, pensó, ya lo tengo. Corrió hacia la puerta, que abrió de par en par.

—Hola —dijo él. Ahí estaba con un corte en la mejilla, la ropa arrugada, gris, incluso el pelo saturado de polvo. Las manos, el rostro, cubiertos hasta el último rincón de polvo, exceptuando sus ojos. Redondos, sus ojos resplandecían de asombro, como los de un niño pequeño.

Parece, pensó ella, como si hubiese estado jugando y ahora hubiera llegado el momento de dejarlo y volver a casa. Para descansar y lavarse y hablarme de los milagros del día.

—Me alegro de verte —dijo Iran.

—Traigo algo.

Llevaba en las manos una caja de cartón que no soltó al entrar en el apartamento. Como si dentro guardase algo demasiado frágil o valioso para dejarlo escapar, pensó. Quería tenerla siempre en sus manos.

—Te prepararé una taza de café —dijo Iran. Apretó en

266

la cocina el botón del café y al cabo de unos instantes había puesto la taza en el sitio donde solía dejarla en la mesa.

Rick se sentó sin soltar la caja, los ojos muy abiertos, sin que hubiese desaparecido la expresión maravillada del rostro. En todos los años que hacía que se conocían, nunca le había sorprendido con esa expresión. Algo había pasado desde la última vez que lo había visto. Desde anoche, desde que se había ido en coche. Había vuelto, trayendo esa caja. En la caja llevaba todo lo que le había sucedido.

—Me voy a dormir —anunció él—. Todo el día. He telefoneado a Harry Bryant. Me ha dicho que me tome el día libre y descanse, que es exactamente lo que pienso hacer. —Dejó con cuidado la caja sobre la mesa y cogió la taza de café porque, atendiendo los deseos de su mujer, quería tomárselo.

Ella se sentó frente a él y dijo:

—¿Qué hay en la caja, Rick?

—Un sapo.

¿Puedo verlo? —No perdió detalle mientras él desataba la caja y levantaba la tapa—. Vaya —dijo al ver el sapo, que por algún motivo la asustó—. ¿Muerde? —preguntó.

—Extiende las manos. No muerde. Los sapos no tienen dientes. —Rick lo levantó y se lo tendió a su esposa.

Ella combatió la aversión que sentía y aceptó su ofrecimiento.

—Creía que los sapos se habían extinguido —dijo mientras le daba la vuelta, mirando con curiosidad las ancas, que parecían casi inertes—. ¿Saltan los sapos como lo hacen las ranas? Me refiero a si podría saltar de mis manos inesperadamente.

—Los sapos no tienen mucha fuerza en las ancas —dijo Rick—. Ésa es la principal diferencia entre sapos y ranas, ésa y el agua. Una rana permanece cerca del agua, pero el sapo es capaz de vivir en el desierto, cerca de la frontera con Oregón. Donde todo lo demás ha muerto. —Extendió las manos para recuperarlo, pero ella había descubierto algo. Sin soltarlo, le tanteó el abdomen y entonces, con la uña, localizó el diminuto panel de control y lo abrió.

—Vaya. —Mudó la expresión—. Sí, ya lo veo. Tienes razón. —Abatido, miró mudo al falso animal. Lo recuperó y jugueteó con las ancas como si estuviera confundido. No parecía entenderlo bien. Entonces lo devolvió con cuidado a la caja—. Me pregunto cómo llegó a esa zona desértica de California. Alguien debió de dejarlo allí. A saber por qué.

—Tal vez no tendría que habértelo dicho. Que es eléctrico, me refiero. —Le puso la mano en el brazo. Se sentía culpable tras ver el efecto que había causado en él. El cambio experimentado.

—No —dijo Rick—. Me alegra saberlo. O, más bien… —Guardó silencio—. Prefiero saberlo.

—¿Quieres utilizar el climatizador del ánimo para sentirte mejor? Siempre le has sacado más provecho que yo.

—Estoy bien —respondió, negando con la cabeza, sacudiéndola como si quisiera despejarse las ideas—. La araña que Mercer dio al cabeza hueca, Isidore. Probablemente también fuera artificial, pero no importa. Las cosas eléctricas también tienen sus vidas. Por insignificantes que sean.

—Tienes aspecto de haber caminado ciento cincuenta kilómetros.

—Ha sido un día muy largo —dijo, cabeceando en sentido afirmativo.

Se quedó mirándola, perplejo.

—Ha terminado, ¿verdad? —Quería que ella se lo dijera, como si Iran lo supiese. Como si escucharse a sí mismo decirlo no supusiera nada. Parecía dudar de sus propias palabras, que no serían verdad hasta que ella las confirmase.

—Ha terminado —afirmó Iran.

—Dios mío, qué encargo maratoniano —dijo Rick—. En cuanto empecé con él no hubo forma de parar. Siguió tirando de mí, hasta que llegué al apartamento de los Baty, y entonces de pronto no me quedó nada por hacer. Y eso… —Titubeó, asombrado ante lo que acababa de decir—. Esa parte fue la peor —dijo—. Al terminar. No podía parar porque cuando lo hiciera no quedaría nada. Tenías razón esta mañana, cuando dijiste que no soy más que un poli con las manos ásperas.

—Ya no pienso eso —dijo Iran—. Me alegro mucho de que hayas vuelto a casa, que es el lugar al que perteneces. —Le besó y eso pareció complacerle.

Se le iluminó el rostro, casi tanto como antes, antes de que ella le revelara que el sapo era eléctrico.

—¿Crees que no he actuado bien? —preguntó él—. Me refiero a lo de hoy.

—No, no lo creo.

—Mercer dijo que hice mal, pero que debía hacerlo de todos modos. Es muy extraño. A veces es mejor hacer algo malo que lo correcto.

—Es la maldición que pesa sobre nosotros —dijo Iran—. De eso nos habla Mercer.

—¿Del polvo? —preguntó él.

—Los asesinos que encontraron a Mercer en su de-

cimosexto cumpleaños, cuando le dijeron que no podía
hacer retroceder el tiempo y devolverle la vida a las cosas. Así que ahora lo único que puede hacer es continuar con la vida, ir a donde le lleve, hasta la muerte. Y
los asesinos le arrojan las piedras. Son ellos quienes lo
hicieron, quienes nunca dejaron de perseguirle. Y a todos nosotros, de hecho. ¿Fue uno de ellos quien te hizo
ese corte en la mejilla, la herida por la que sangras?

—Sí —dijo, ausente.

—¿Irás ahora a la cama? ¿Si marco en el climatizador el estado 670?

—¿De qué va?

—Un merecido descanso.

Se puso en pie, dolorido, confundido y con media
cara insensible, como si una legión de batallas se hubiesen librado en ella a lo largo de los años. Entonces, poco
a poco, avanzó por el camino que lo llevaba a su dormitorio.

—De acuerdo —dijo—. Un merecido descanso. —Se
tumbó en la cama, levantando una nube de polvo sobre
la sábana blanca.

No sería necesario poner en marcha el climatizador
del ánimo, comprendió Iran cuando apretó el botón
que oscurecía las ventanas del dormitorio. La luz grisá-
cea del día desapareció.

Tumbado en la cama, Rick se quedó dormido en un
abrir y cerrar de ojos.

Ella siguió allí un rato, sin apartar la vista de él para
asegurarse de que no se despertaría, de que no se incor-
poraría como activado por un resorte, temeroso, como
hacía algunas noches. Entonces regresó a la cocina y
tomó asiento a la mesa.

Junto a ella, el sapo eléctrico se agitó en la caja. Se

preguntó qué comería y qué reparaciones necesitaría. Moscas artificiales, pensó.

Abrió el listín telefónico y buscó en las páginas amarillas la entrada ACCESORIOS ANIMALES, ELÉCTRICOS. Marcó el número y cuando una comercial respondió a la llamada, dijo:

—Me gustaría encargar kilo y medio de moscas artificiales que sean capaces de volar y zumbar de verdad, por favor.

—¿Para una tortuga eléctrica, señora?

—Para un sapo —respondió.

—Entonces le sugiero nuestra mezcla especial de insectos artificiales y voladores de todos los tipos, incluidos...

—Bastará con las moscas —dijo Iran—. ¿Entregan a domicilio? No quiero salir del apartamento. Mi marido duerme y quiero asegurarme de que se encuentra bien.

—Tratándose de un sapo, le recomiendo una charca perpetuamente autorrenovable, a menos que sea un sapo cornudo, en cuyo caso hay un juego que incluye arena, piedras multicolor y restos orgánicos. Si tiene planeado que pase regularmente por el ciclo alimenticio, le sugiero que permita que nuestro departamento técnico lleve a cabo ajustes regulares de lengua. En los sapos eso es vital.

—Estupendo —dijo Iran—. Quiero que funcione perfectamente. Mi marido le tiene mucho cariño. —Dio la dirección y colgó.

Sintiéndose mejor, se preparó finalmente una taza de café. Ardiente. Negro.

AUSTRAL SINGULAR es una colección de Austral que reúne las obras más emblemáticas de la literatura universal en una edición única que conserva la introducción original y presenta un diseño exclusivo.

Hamlet, William Shakespeare
Romeo y Julieta, William Shakespeare
Frankenstein, Mary Shelley
Drácula, Bram Stoker
Ana Karenina, Liev N. Tolstói
Guerra y paz, Liev N. Tolstói
La guerra de los mundos, H. G. Wells
El retrato de Dorian Gray, Oscar Wilde
Una habitación propia, Virginia Woolf